陌乡

廖陆◎著

天津出版传媒集团
百花文艺出版社

图书在版编目（CIP）数据

陌乡 / 廖陆著. -- 天津：百花文艺出版社，
2023.12
ISBN 978-7-5306-8544-0

Ⅰ. ①陌… Ⅱ. ①廖… Ⅲ. ①散文集-中国-当代
Ⅳ. ①I267

中国国家版本馆 CIP 数据核字（2023）第 214825 号

陌乡
MO XIANG
廖陆 著

出 版 人：薛印胜
选题策划：胡晓童 **责任编辑**：胡晓童
出版发行：百花文艺出版社
地址：天津市和平区西康路 35 号 **邮编**：300051
电话传真：+86-22-23332651（发行部）
+86-22-23332656（总编室）
+86-22-23332478（邮购部）
网址：http://www.baihuawenyi.com
印刷：四川科德彩色数码科技有限公司
开本：880 毫米×1230 毫米 1/32
字数：219 千字
印张：9.375
版次：2023 年 12 月第 1 版
印次：2023 年 12 月第 1 次印刷
定价：68.00 元

如有印装质量问题，请与四川科德彩色数码科技有限公司联系调换
地址：成都市郫都区成都现代工业港北片区港北二路 551 号
电话：（028）86965202 邮编：611700

自 序

千挑万拣，终于将近年来所写的一些文字汇集成了一本书，左思右想后，取名《陌乡》。

人长大后，总要从一个熟悉的地方走向另一个陌生的地方。他会揣着属于自己的梦想，要么扬名立万衣锦还乡，要么著书立说名传千古……可是，估计很少人或者根本没人会选择当老百姓，当平民，如果说这也算梦想的话，肯定会笑坏个把人。于是，我从小便也只能随大流，梦想着自己读名校，行好运，做大事赚大钱。可以说，我们家乡人的童年虽然清苦，有人可能三餐都无法吃饱，可是就没一个人能够心甘情愿地，安分守己地苟且活着，大家都愿意活在看起来不切实际的梦想里边。

2015 年 3 月，我凭一篇散文《美丽的梦》荣获北海“中国梦”散文大赛一等奖。如果说，在此之前，所有关于文学的梦想，如同关于人生憧憬一样，往左或者往右，前进或者后退，让人无所适从，那么，“意外”地获得了这个征文奖项，顿时让我感到，人真的是非常需要梦想的，无论是苦是甜，无论成功或者失败，万一，它就实现了呢？所以，如果想要做点什么，执着心和耐心，平常心和勤奋，缺一不可。

可是，我在城市工作生活经年，依然有着一种难以言表的乡愁情绪。我清醒地认识到，自己的文学天赋非常有限，有限到每写一篇作文，都需要全力以赴全神贯注，为之绞尽脑汁费尽心思，虽然不至于达到贾岛“两句三年得，一吟双泪流”的地步，至少写得很苦，而且少有妙笔生花之作，尽皆来自日常生活的大白话，我手写我见，仅此而已。

白居易说，文章合为时而著，歌诗合为事而作。直白地说，就是文章要反映现实，为民生服务。我关注世象人生，便偏爱绘画般地写作。我写作的灵感，大概全部来源于前半生的经历，而无处不在的乡愁，便时时刻刻给我力量，催促我不断地，最大限度上去修正一些此前未尽如人意的人生看法，以及言谈举止，所作所为……城市依然陌生，乡村依然难忘，我自信而执拗地写着。

写于2023年12月

目录

Contents

风情篇

行游篇

人物篇

涠洲篇

乡愁篇

后记

陌乡

Mo Xiang

chapter 01

风情篇

青山青

北海人文底蕴深厚，在以实现“城乡美丽”为主题的脚步中，以非物质文化传承演绎地域特色内涵，因地制宜地打造各式具有浓郁本土情怀的文化载体，开发保护经营同步进行，展现其温暖感人的人文和历史文化之美。挟国家历史文化名城之底蕴，全域创建、全业发展、城乡共建，城市面貌日新月异，乡村环境沧桑巨变。青山头旅游度假区率先举起村民合作发展旅游的旗帜，从“靠海吃海”到如今“向海而生”，特色乡村旅游散发魅力，“渔家乐”经济后来居上，让人刮目相看。

青山头地处铁山港公用码头南端，西北南康江跨境而过，面对北部湾烟波浩渺，陆地有一大片原始茂密的木麻黄丛林。2016年春，北海作协“美丽广西·魅力北海”采风团慕名而至，但见江海相交处，金色的沙滩一览无遗，一条观海长廊在木麻黄林荫道中向远方延伸。近岸水草边，大群壮健的海边肉猪，哼哼唧唧着，随走随啃，或躺或拱；成群的海鸭子，扑棱着争抢鱼食……

央视《舌尖上的中国》第六集《秘境》，倾情推介青山头村周氏渔家沙蟹汁。这种来源于海鲜，又有别于海鲜的风味小吃秉承传统手工制作，色泽诱人、入口醇香，让北海市民倍感亲切、骄傲，获颁“2015 年北海市优秀旅游商品”金奖，列入市级

“非遗”项目，其传承人沙蟹妹凭借清纯的形象走红网络。在央视“我有传家宝”节目中，沙蟹妹再次作为北海民间美食代表向全国观众讲述了沙蟹汁的传承故事，向世界伟递古代海上丝绸之路始发港独特的人文风景。

生态青山头，风情赶海湾。继大王岭被命名为“文化古村”，白龙珍珠古城荣列第二批广西传统村落名录之后，彬塘村因其位置优越、环境优美，实至名归地被评为自治区级生态村。青山头江海渔产丰盛，其原生态的木麻黄林带景观屡获自驾游客、户外垂钓者青睐，众多区内外驴友纷至沓来。借助全域旅游示范区创建契机，在“美丽北海，乡村建设”引领下，假以时日，绿水青山必将撑起青山头乡村旅游的一片蓝天。

（刊于 2018 年 2 月 23 日《北海日报》第七版：市井）

独特的民系

《广东通志》载：“疍民，是当年越人抵抗秦始皇统治的遗民。”疍家与客家一样，是中原汉族的一个独特民系，乃我国粤、桂、闽沿海地区水上居民的统称。他们漂泊不定、靠海繁衍生息，成为中国“水上吉卜赛人”。

北海疍民，祖辈生活在海上，多以船为家，大部分从事渔业、运输业。北海外沙与地角的疍家人大致都认同先辈源自福建沿海，在 19 世纪中叶的某一天因遇台风漂泊而至北海半岛，于是上岸搭棚、架网，暂栖其上，一代接一代繁衍，慢慢形成聚居区，并延续着疍家人的生活习俗和风情文化。侨港镇是历史上躲避战乱和旅居越南侨民的杂居之地，“洋疍”渐而演变成“商疍”和“土疍”了；营盘以东，则是“海疍”世居之所，基本上都已变为半渔半农的“农疍”；涠洲“岛疍”更是历经惊涛骇浪，成为客家民俗与天主教文化融合的先锋。

疍家人天生与红树林、海鲜有缘，海边潮间带是他们与陆地居民紧密联系的纽带。

北海近六百公里蜿蜒曲折的海岸线，基本上都是平缓清洁的沙质土壤，尤其是铁山港至大冠沙一带沿海滩涂尽是沙虫最佳栖身之处，也是万千吃货们食之不厌流连忘返的地方。

疍家人世代辛劳，靠海吃海，呼啦啦一下子因沙虫受吃货们追捧涨价而富得流油。

大冠沙大片密密匝匝的红树林，或高或矮，或茂密或蓬勃，能够有效地减少赤潮的发生，促进海洋生物的生长繁殖，净化空气和海水水质、减轻海洋污染。盘根错节的红树林拥有发达的根系，形成一道防风消浪、保护海堤的天然屏障。成片的红树林以凋落物的方式，通过食物链的转换，为鱼、虾、贝类和螃蟹等浅海湿地生物提供养分丰富的食料，成为海洋生物理想的发育、生长、栖息、避敌场所，是典型的中国海洋生物多样性湿地生态区域，具有极高的科考价值和观赏价值。

北海海鲜到底鲜在哪？由于每个人的味蕾都不尽相同，答案也是五花八门。但是对于北海海鲜的“鲜”度，估计人人都要毫不犹豫地伸出大拇指点赞吧！而最能体现一方水土是否洁净环保的海洋生物，非一种叫作方格星虫（俗称沙虫）莫属。沙虫对生态环境要求极高，而且味道鲜美，是南来北往吃货们的最爱。不过物以稀为贵，沙虫的价格也是日益猛涨，百姓餐桌也不是能够常见的了。

人们都说北海疍家人“死食”“识食”，不是没有理由的。一是街头巷尾，常见屋前一张简陋饭桌上，简单摆着三两样炒菜，一碟花生，半斤土炮，几个吃货即刻赤膊开饮，直喝得醉眼迷离，唾沫横飞，车起“大炮”（摆龙门阵）没完没了；二是每次炒菜少放调味，菜是清炒，鸡鸭皆白切，尤其是烹饪海鲜，洗净，扔进锅里煮一煮，捞出来，拍碎几只蒜头，蘸点酱油白醋，有时连饭都不吃，就那样掰壳、啜汁、喋肉、喝酒。

北海北背岭回建小区，住着银滩白虎头村疍家渔民，他们祖辈耕海为生，做梦都想不到有朝一日能洗脚上岸，因旅游业的兴起而成特色疍家小镇，因疍家民俗文化而再次发家致富。小镇里面，一幢幢海味浓郁的疍家建筑，外墙一律涂脂抹粉，海鲜、海产、海风，各领风骚……

（刊于 2018 年 10 月 19 日《北海日报》第七版：市井）

夜未央

初次听到“未央”二字，是在周杰伦演唱的歌曲《菊花台》（电影《满城尽带黄金甲》片尾曲）里。歌曲毫不吝啬地连用三次“北风乱，夜未央，你的影子剪不断，徒留我孤单在湖面成双……”歌词缠绵悱恻，曲调柔美动听，周杰伦略带低哑又煽情的“men”性嗓音，霎时打动了我这个年届不惑的“大叔”。随后，知道了曲子居然出自周杰伦之手，更是感到无限惊奇。到底这个娱乐场中俗世人眼里风流倜傥玩世不恭的“周董”，究竟接受过怎样的文化熏陶，才能谱出如此牵动人心令人牵肠挂肚的曲调？

据查，“未央”之典，最早来自《诗·小雅·庭燎》：“夜如何其？夜未央。”《楚辞·离骚》也说：“及年岁之未晏兮，时亦犹其未央。”杜甫《章梓州橘亭饯窦少伊》诗：“主人送客何所作，行酒赋诗殊未央。”王逸注：“央，尽也。”未央，道之无穷，传之无尽。“夜未央”之意就是：长夜漫漫无穷尽，无论是写男女相会，还是描写君王勤政，都暗含着绵延不断的种种寄望。

史载，汉高帝七年建未央宫（今陕西西安市西北长安故城内西南隅），新莽末毁。东汉末董卓复葺未央殿。唐未央宫在禁苑中，至唐末被毁。可见，“未央”二字，并不能使封建王朝宫殿永恒，时世易也，江山易辙如日月风云变幻。

忽一日，在北海一条不很偏僻的街道，新辟出一处巷子，居然名之“未央巷”。此“未央”与彼“未央”有何牵连，又有何不同？就着傍晚的夕光，近而观之。未央巷恰到好处地掩映在街边几棵大树浓荫下，因地制宜，因陋就简，既未能围而建宫，四面也未能各辟一门，更无法筑有阙楼。至若诸侯来贺，士民上奏云云，更是痴心妄想。那么，巷既“未央”，经营者想要表达什么？闹市之中大兴土木建那么一条巷子，到底有何意图呢？

彼时华灯初上，只见巷口里面，两边杵着系列仿唐建筑，楼高不过三数层，皆青砖白墙，一排而过。楼前房边，皆装饰古旧，“私房碳烤”“芳华里”“辣尚瘾”之类店名鳞次栉比。甬道上方，“落叶归根，我归你”“春风十里不如你”等网络用语赫然而挂，引得时髦男女哗然一片。令人奇怪的是，此时此地居然听不到周杰伦的歌声煽情！

甬道两旁，一大帮垂髫少年、金钗少女据桌而坐，手持针头线脑，叽叽喳喳，犹如活泼的麻雀，恰似无忧的稚子，此情此景让人怦然心动。

如果说，这世界上还有什么让人无法拒绝的事情，那应该就是少年脸上干净的笑容了。这种没有城府的快乐，从来不会对人设防，它发自内心，纯净，温婉，自然而然，让许多自认为在红尘俗世中已经泡得发硬的成人心肠也会随之软化。

往事既已，江湖犹存，未央应在。莫非，这才是未央巷主人初衷？

（刊于 2019 年 5 月 22 日《北海日报》第七版：人文）

大冠沙日出

大冠沙海边，摄影爱好者们众口一词，皆言此地为北海半岛拍摄日出最佳去处。2019 年盛夏，凌晨四点刚过，我们抱着大小器材，驱车穿过冯家江畔，沿着绿意盎然的岸线公路一直向东，来到湿地公园密匝的红树林深处，用镜头捕捉传说中的亲海美景。

当我们惺忪着眼打着哈欠到达目的地，时针还没指到五点，正是“发烧”摄友们公认的好节点。

刚一进园，只见西村港近岸浅海灯火忽明忽灭，人影幢幢，不知多少早起渔民正在起网捕捞！见此情景我们赶紧取出家什，选取位置，搭架调机，好一阵忙碌。

大冠沙景区又名金海湾红树林生态保护区，它位于北海市滨海国家湿地公园范围，毗邻城市中心。保护区成立于 2008 年夏季，陆地部分素以木麻黄野生贱长著称，滩涂上大片茂盛的红树林错落有致，生活着红隼、雀鹰等珍稀濒危野生动物数十种，也包括一些候鸟。就在我们架设备的时候，依稀的晨光中，不时有翔鹭伶仃着单脚划空飞过。浅水里弹涂鱼、招潮蟹忙忙碌碌，趁潮涨潮落间来往穿梭，不亦乐乎。没到脚脖子的滩涂里藏着硕大的牡蛎，肥螺胖贝俯首一抓一大把；浅浅的金色沙层下面，孕育着营养丰富、味美价高的方格星虫（俗称沙虫）；近海里还有无数的白帆鱼、沙箭鱼……究竟还有多少意想不到的海鲜呢？谁都无法说得很具体。中国从北到南，海里“刨”食的套路不尽相同。北部湾渔场海产之丰全国有名，此地渔民世代依赖这一片海的慷慨馈赠，日益走向富裕。

近年来，随着北海政府“一意见三方案”相继颁布、实施，市民欣喜地感受到了在磅礴大气的“一带一路”背景下，珠乡大地依托2000多年来沉淀积累的汉唐历史文化底蕴，坚定不移地践行“生态立市”方针，沿着汉水—长江—湘江—漓江一脉相传奔涌而来的丰厚滋润，顺着南流江流域向着更广袤无边的远洋深蓝，昂首打造向海经济。

北海市滨海国家湿地公园冯家江流域是我国南部沿海“库塘—河流—近海”复合湿地生态系统的典型代表，被纳入全国湿地保护“十二五”工程。2018年开始实施的水环境治理工程PPP项目以改善区域内水环境，提升河道水体水质，保护大冠沙海洋生物多样性生态区域及周边红树林为目标，项目治水与造景、生态与发展、公益与经济“三个结合”，水安全、水生态、水景观和水文化为一体，“治水、造景、促城”和谐互动，动态构建“清、活、灵、动、美”的滨海城市。2018年12月18日，北海金海湾红树林生态旅游区被选定为“2018年度国家级服务业标准化试点项目”，说明了高质量旅游服务业助推北海市旅游文化经济发展已取得实效。

此时，我们仰望东方天际，原本幽红静寂的一片云层已经渐变渐亮，仿佛经过漫长黑夜的精心酝酿，悄然剥开了笼罩其上的面纱，似乎一个新生命迫不及待地要从里面跳跃出来了。清淡的晕影随着时间的变化而若隐若现，不断改换着颜色，从暗到明，由深而浅，一轮暖暖的朝阳喷薄而出。

但见海风微漾，薄雾舒缓，镜头方框，怎是一张数张相片能够涵盖得了的丽日风情？诗云：“冠沙日出红似火，晴空鹤立美如画。千顷红林腾紫气，一湾金海映明霞。”

此时此刻，风光乍现；此情此景，意境非凡。妙哉！

（刊于 2019 年 9 月 23 日《北海晚报》）

生活如此多彩

时下百业兴旺，万象更新，小城处处歌舞升平。君不见，短短一截街道不过百米距离，东边长青公园，西接北部湾广场，街两边竟饭馆充塞，店铺拥挤，人人皆食人间烟火；如不吃饭喝酒，就算是购物观摩也是熙熙攘攘，大有一条龙式服务成套之势。

傍晚时分，小城更是无比喧闹，白天车辆滚滚的交通要道，霎时变成摊档林立的夜市，人潮汹涌，人声鼎沸，少有清静之地。街道内花草枯黄零落，天桥把式，地摊推车……既有“花姐海鲜”的婉约清淡，又有“千古一香”的震撼浓辣，各式各样，应有尽有。在烟气弥漫中，在灯红酒绿间，吆喝声、叫卖声、划拳声、煎炒声，声声入耳，唯有孤零零的路灯吊在空中，无遮无挡，白花花的灯光尽情泼洒而下。市民食客兀自摩肩接踵，迤逦而来，或溜达赏观，或流连品咂。

遥想当年，小城举办第一届珍珠节，人湖拥挤，其盛况至今犹历历在目。又忽一日，也在这条路上，兴师动众，封锁街道，搭棚架台，围栏而售福利彩票。高台上崭新的小车、摩托车、家用电器等一字排开，众多打扮时尚的美女闪亮登场，主持人巧舌如簧，不断鼓动造势，气氛越演越烈。高台四周围满从乡下蜂拥而来碰运气的一干人等，个个犹如打过鸡血，眼睛盯着奖品，三五成群在台下议论纷纷。有人仗着一身牛力左冲右突，纷纷解囊，买两块钱一张充满了希冀的卡片即开即中，既担忐忑之心，或失百般所望。随着时间流逝，不时有人刮出中奖图案，雄赳赳上台竞奖，顿时鼓乐齐鸣，万响鞭炮炸响，不断刺激着众人神经，于是其他人更加疯狂地掏空衫袋。有些人甚至连近在咫尺的北部湾广场都没来得及逛一逛，不知不觉中路费就没有了，最后奖没中成，只能满怀失望地徒步走几十里路回家，成了大伙的笑话，多年以后还不时被人拿来取乐。当时心中要多不爽就有多不爽。

后来，彩票被人搬入了家庭作坊。临街租一家门面，摆一张桌，放一张凳，搁一台电脑，装一部电话，就构成一间迷你彩票销售点，最大限度满足了民众无时不在的“博彩欲”。人人皆可随意购票出彩，然后比照当期公告，或中或不中，皆是不经意举动，好不潇洒自在。便是有幸中得百万巨奖，也可悄然认领，不必于大庭广众之下诚惶诚恐，害怕莫名地戴上大红花示众。剩下时间，大可坦然超然地盘算起花钱计划投资渠道，可谓安全可靠，好处多多。市民欢呼雀跃，争相交易。转眼间，大街小巷，各式彩点遍地开花，涵盖了生活的方方面面，可谓彩旗招展，彩票飞舞，营造出一派多彩气氛。日复一日，市民们无聊的日子有了盼头，空虚的精力得到了宣泄，足见此举顺民心得民意，万人上街拥挤踩踏的“福彩”现象从此一去不复回，长青路当年的轰动再也不再。

所谓天下熙熙，皆为利来；天下攘攘，皆为利往。街头巷尾，一拨一拨纷至沓来的过往羁客之中，又有几人能如闲云野鹤般洒脱？那天路过，发现某间彩点门前洒落一地烟花纸屑，便知有人于不声不响中兑了巨奖，却偏要在鞭炮的轰响当中体验一种快感，并通过振动释放给众人。于是，各种揣测油然而生，大家皆在心中做出了各种决定或取消了某种打算。

好像有人说过，一个人心有多大，人生的舞台就有多大。但我愿意，行行且止，左顾右盼。江湖人生，永远都是你方唱罢我登台，永远都是胜者为王败者寇。万花筒一闪而过，许愿灯飘在空中，唯有曾经历的一切是那么的真实，唯有正体验的生活是那么实在。走在路上，风景就好，何必奢求终点的缥缈花香？在那样一个油烟弥漫的夜晚，我独自品味着这多彩生活的赠予，慢慢踱步走向前方……

（刊于 2012 年 7 月 4 日《北海日报》第七版：人文）

花香人迷离

一路鲜花，入夜绽放。踯躅漫步，满眼芬芳。

中年以后，越发懒得走动了，饭后散步，几成习惯。北岸公园甫成之时，曾经去过几回，主要还是冲着高德大桥夜景而去。海边灯火阑珊，浪沙轻拂，路旁夹竹桃花枝招展，惬意几何。只是北岸离“窝”甚远，加上俗务缠身，一来二去要花费不少时间，不久就惰性上身，不愿长途“奔袭”了。后来改到长青球馆打乒乓球，未几，因找不到合适的对手，加上锻炼时间不自由，无奈放弃。及后，气排球、羽毛球、象棋皆浅尝辄止，不得要领。

直到有天傍晚，偶然沿着北京路走了一圈，线路长短，或快或慢，觉得非常适合我，而且时间不需固定，随时可以“操练”，也不用刻意约人。

于是便迷上了散步。顺着北京路段往海门广场方向走去，无论是春暖花开时节，还是夏夜蝉鸣声声，或是秋风扫落叶，还是冬季凉风习习，皆别有景致。无数次的循环往复，无数次的步行丈量，既看了各色美女帅哥，也见了霓虹灯影幢幢，或闷气长舒或怦然心动，复杂的心境无以言表。

转角处满眼繁华，人喧车闹，步行似已渐入佳境。这时，一阵浓浓的花香快速钻入口鼻，我不由紧吸几下，不禁连打几个喷嚏。四下巡视，前面几株高大的盆架子映着闪烁的路灯，把一树的花团锦簇肆无忌惮地泼洒下来，花香浓则浓矣，似乎过犹不及。

马路对面，北海一中旁，几株百年樟树高大挺拔，树影婆娑。听说它们也曾历经不少波折，居然存留至今！试想，课室里，多少青春脸庞每日伴着少年书香，守着古樟树花香味，那是怎样一番闲暇景致？而路边盆架子不遑多让，丝毫不以后来者自甘。每到初冬时节，无论细雨晴朗，入夜即香。那香不只向着行人飘浮闪转，而且缠绕着香樟树躯干不放，似要比较个高低，又好似痴男怨女般缠绵。由于发力“沉醉已忘归路”。过猛表现过头，那香气就显得过于霸道煽情，令行人猝不及防晕头转向，偶有过敏之人就要跟它较真，怀疑其是否心术不正别有用心，这香气，不会有毒吧?！园林部门辛勤劳作，无端躺枪，不得不屡次请权威专家出面辟谣澄清。种种纠葛牵扯，不损盆架子节操，反让其名声大噪风光无限，愈发开得得意忘形忘乎所以。幸其花期不长，也就数晚时间，而且白天竟一反夜间“媚”态，仿佛羞于与红男绿女为伍，又似乎情愿埋没于车水马龙。

当一切喧嚣归于平寂，一切当下悄然复始，附近谁的窗口隐隐传来那英的歌声，是那首百听不厌的“白天不懂夜的黑”。

花香迷离一地，我在散步中迷离！

（刊于 2016 年 6 月 17 日《北海日报》第七版：市井）

向海而生

“秋风清爽水潾潾，疍家开海行好运。风调雨顺鱼满舱，政通人和官爱民。旧时呢处系烂塘，宜家已经变天堂。侨港明天更美好，经济文化更辉煌……”一年一度的北海市侨港开海起航仪式，在非物质文化遗产侨港咸水歌声中开始。数千面国旗迎风飘扬，猎猎作响，映红了侨港，映红了渔民们炽热的心，《歌唱祖国》嘹亮的歌声，响彻电建渔港上空。

40 年前，当 7000 多名落难侨胞扶老携幼回到祖国，走上空荡荡的滩头，他们无论如何想象不出，几十年过去，侨港居然出落得如此风光，风光得甚至让他们差点以为当年漂洋过海、刻骨铭心的苦难经历都是假的。而 40 年，侨港翻天覆地的变化，有目共睹。

归侨们在党的领导下，奋发图强，锐意进取，抢抓国家经济快速发展的历史性机遇，搭乘改革开放的快车，在这片曾经的荒滩上挥洒汗水，用勤劳和智慧将侨港镇打造成海洋捕捞、水产品加工和特色旅游文化融合发展的典范，打造成闻名五湖四海的特色旅游名镇。侨港利用文化搭台，经济唱戏，以特色美食作引子，以疍家民俗丰富文化内涵，祭海、祈福、开渔、表演，系列活动环环相扣，相辅相成，游人接踵而至，居民笑逐颜开，助推北海全域旅游蓬勃发展。

40 年风雨兼程，疍家渔民们以侨为桥，陆海联通，抓住国家海洋牧场项目落户北海银滩海域的有利契机，大力打造向海型经济。如今，他们又自豪地向自己远在海外的亲朋好友讲述侨港故事，讲中国故事，吸引更多的港澳台同胞和海外华侨华人回北海看看，支持、参与北海的建设和发展。侨民风情、疍家民俗渐渐成为侨港，乃至北海旅游的金字招牌，疍家婚礼、咸水歌、赛龙舟等民俗瑰宝焕发生机，侨港海上运动基地扬名全国。疍家渔民归去来兮，从此由侨民变成主人，又因特色旅游蓬勃发展而得到了更多发展机遇。

2017 年 7 月，侨港凭借独具东南亚风情而被批准为第二批全国特色小镇。2018 年，侨港又被评为全国文明镇、全国先进基层党组织。

祖国！我爱您！侨港的每一步发展、每一个变化，无不凝聚着各级党委、政府的关心和爱护，凝聚着社会各界人士的帮助和支持，也凝聚着侨港全体归侨的努力拼搏。

（刊于 2019 年 10 月 11 日《北海日报》第七版）

古韵悠悠

万物生长靠阳光，地球公转绕太阳。大多数河流从诞生之日起，不管愿或不愿，皆不得不无可奈何地接受了自西向东流的命运安排。可聪明的，你告诉我，在日升月起之间，时光如白驹过隙一去不回，为何纵贯合浦古珠郡的一条百里大江，竟然一直埋头向南，执拗地将北部湾畔当成了它千年的归宿？

世上很有几条能够挣脱天然地心引力束缚，自找方向，轰然入海的河流。如源出我国阿尔泰山西南坡山间的额尔齐斯河，自东南向西北一路奔流出境，汇入哈萨克斯坦斋桑湖，再经俄罗斯鄂毕河哗然注入北冰洋。闻说额河流域内支流受地貌影响，形成典型的梳状水系，沿岸风光壮美，有“金山”“银水”之美称。惜乎额河在漫长的历史流动中不幸“脱轨”了，隐有“花落他家，香在彼岸”的些许遗憾。

发源于桂东南最高峰大容山主峰莲花顶（海拔 1275.6 米）南麓绿蓝水（白鸠江）的南流江古称合浦水。如名所示，南流江发轫以来，不管山高路远，不管人间是非曲直，罔顾王朝兴衰更迭，不顾俗世凡尘三七二十一，只是沿着岭南丘陵山地的九曲十八弯辗转腾挪，至北部湾洋面独流入海。

大容山（“因高五百余丈，周围千余里，以其迥阔无所不容而名。”见《金通志》）地处郁江平原与玉林盆地之间，属勾漏山脉余脉，急滩跌水，绵延不绝，有“北欧风光”之誉，南汉高祖刘龑曾封号“南方西岳”，可见山势雄险，与华山有得一比。究其地质起源，早在燕山运动早期，伴随着大规模的花岗岩侵入，山脉南北分别沉降为郁江—浔江与玉林—南流江谷地，两地之间形成地垒式断块山，山顶风化塌陷，呈东北—西南走向，雨水渗流遂沿山地两侧断裂发育成江。

携拥大容山神韵，南流江流程长、流域广、水量丰，沿途风光秀丽，当为世殊。如玉林福绵镇石桥船埠，是“南蛮人”发祥地之一，云龙桥古迹史称“固西南之关锁，实行旅之要津”，博白铜鼓湾“石高数仞，峻峭壁立……”（《博白县志》）风景迥然，各具特色。唐诗为证：“一去一万里，千知千不还。崖州在何处？生度鬼门关。”

南流江出海处更因河道屡有变迁，外沿汊道将陆地分割成岛，滩涂广袤，尤为适宜捕捞和海产养殖，加上支流众多而形成网状河系，光、热、水、土条件优良，三角洲地带物产富饶，周江水道，乾体海港，商贾云集，码头繁忙，滋润得廉州古船埠人兴城旺。合浦“东坡亭”有联称：“沧海遗珠品重南国，雪泥旧迹人仰东坡。”一代文豪风范，尽诉古城风流。

自公元前 214 年秦王朝一统岭南，西汉元鼎五年（前 112 年）汉武帝大军朝发夕至，东汉时马援兵会合浦，南流江重要的军事、经济通道作用渐趋显现，中原正统经济文化影响顺流南渐，水陆联运干线沟通南北，长期有力地维系、推动了沿岸城市政治、经济与文化生活交流，促进其发展和繁荣。古代乾体水道千帆竞渡，远达南亚西非欧陆，海上丝绸之路故事频频；近代乾江书香古镇名闻遐迩，农家“沙谷米”远近知名，海产“蚝蛎”

滋阴壮阳，乾江狗肉让人垂涎欲滴……

随着历史的镜头由远及近，如今南流江沿岸各处码头唯余颓垣断壁，青石板路木屐声声，静观百年好合，风水变幻。不说汉闾文化园里埋藏千年的博大精深，不说合浦古珠池蕴含数十代的珠光宝气，单说南流江下游江湾转折处因为偶然机会得以脱去历史陈封乍见天日的皇后宝玉，就让世人感慨唏嘘。

“玉在山而木润，川生珠而岸不枯。”承载着南流江的悠悠春水，接纳了大容山的源远流长，皇后宝玉几经流转，名声渐大，隐成气候。纯美、耐磨、稀罕是天然宝石三要素。“南流江牛筋石重、韧、硬俱全，超耐高温，1300℃以上煅烧，居然皮不损，质不变，锤击时依然火星四射玉振金声，刚玉硬度计（9 度）未能损伤丝毫，用天然蓝宝石刻划，无痕迹可寻。”磨掉外皮抛光的牛筋石，宝光溢逸，加工出来的饰品则散发着令人心旷神怡的荧光。黄褐色水草纹、黄色发丝纹、鲜红色水草纹原石五花八门，黄蜡石、玛瑙石和水晶石琳琅满目，蛋白石、彩玉石、木化石、黄蜡石、石英石、石珊瑚应有尽有，用以制成圆牌、手牌、珠串、吊坠等，一动一静，一粗一细，让人回味，令人赏心悦目；用以雕刻手把、手链、手镯、雕摆等挂件，可观、可玩、可戴，让人爱不释手。为何此处玉石与别处玉石品质殊有不同？为何此处玉石能一“石”激起千重浪？无人能解释清楚，可古代廉州繁华盛况已因“石”破而天惊。

21 世纪上半叶，大海为媒，和平为介，人类文明从古老的大陆向深邃的海洋递延，极大地丰富了丝绸之路的内涵，浸染其中，必将给中国乃至世界旅游文明的进一步繁荣昌盛提供了最广阔的空间和舞台。

幽幽江水可以见证，南流江背负着文明古国达济天下的大国风范，孕育了桂南沿海的灵山秀水，它“独”而有联，从善如流，巧接上古汉风余韵，引来博古通今的中原文明之火，一往无前地将陆地丝绸之路径向远洋深处拓展，从此，流传千古的“碧海丝路”才有了可能，中华文明经此传播四方。

一江汉水向南流，引无数人就此沉迷陶醉其中。

（刊于2016年5月25日《北海日报》，获征文三等奖）

学种昙花的日子

初识昙花，先从成语“昙花一现”开始，喻说，美丽动人的东西都是不长久的。

据说昙花为原产中、南美洲热带森林中一种附生类型的仙人掌类植物。其奇形怪状加上锐利的尖刺，使人望而生畏，但它们开出的花朵却分外娇艳，花色丰富多彩，有着流苏般的花穗。与涠洲岛上既开花又结果的“纯”仙人掌类植物颇有不同，各具特色。

于一个偶然的机会得到了一株昙花根茎，许是因为得来全不费工夫，素爱植花种草的我对它并不在意。只是觉得弃之可惜，遂置盆填泥，把截株用土一埋，简单安置在阳台上一个不起眼的角落了事。

谁曾想昙花遇土即活。即使环境不尽如人意，它还是不显山不露水地活了下来，虽不蓬勃，但亦有生机。隔三岔五地，不时冷丁想起，就兜头泼淋一盆清水，之后依然故我，不管不顾，任它自生自长。

日子一天天过去，昙花与我状态都依旧，某日在不经意间发现，昙花的枝茎上已泛出一撮绒绒的嫩绿，如触角般，嗅一下外面的世界。跟着“嗖”的一声从土里冒起一支壮硕的根茎，淡紫略红，夹在满腔绿意间，凭借着灰旧的老枝，证明它实实在在的存在……

转眼工夫，新长出的根茎变粗变大，由淡紫略红渐而演变成一针状物，到最后，迎风轻摆，自在悠然，高高超出母体，显示其有别于老枝的活泼生机。

酷暑盛夏时，昙花便到了花期。在某一个闷得透不过气的夏夜醒来，忽然看到了纸葫芦肩部的异样，红须护体的一节物事，分明是昙花之萌芽！以后的日子，我便身不由己地为昙花所系。一日复一日，就盼着花开的日子。

某日，萌芽探头探脑一番后，将惊喜带来了。只是那娇嫩的花蕾模样犹怜。那时便想，是否只有天气晴朗的夜晚，搬一个竹凳，独自守护着，才能目睹传说中刹那间的美丽？

终于，抱成一团的花瓣依次弹开，几丝花蕊，若隐若现，在瓣中吞吐着、演绎着、沉淀着一个姹紫嫣红的梦。

子夜已逝，余却丝毫没有倦意，几番出入，既想近而尽赏，又怕灯光刺目，惊扰清梦，终是畏首畏尾，踌躇往返，不亦乐乎。数个时辰已过，犹见昙花开得泼辣自如、热烈向上，不禁怀疑传闻是否有误。谁说昙花一现，生命如流星闪过？或许它生性傲岸不群，不喜欢白天的喧哗嘈杂，却偏爱黑夜的宁静祥和，于是，选择了悄悄地开，默默地谢，宁愿于静夜无人处放纵自我的内心，也不肯带走白天尘俗的牵挂。我思虑再三，归而卧息，不作他想。

翌日晨曦，起而巡视，却见昙花颓然倒悬于根叶之下，生机顿失，其状甚怜，把一身的疲惫，表现得淋漓尽致。

（刊于2012年12月31日《广西工人报》第八版：职工艺苑）

白花花的盐，蓝幽幽的海

——盐故事系列之一

题记：在人类发展史上，食盐不仅是首要调味品，更是重要的生命资源。在斯拉夫文化圈中，面包蘸盐用来欢迎贵客，象征着一种最慷慨的赠予。在中国五大基本味觉体系里，咸是最重要的一味。毫无疑问，没有盐，就没有美食的存在。没有盐的人生，应当而且肯定乏味不止。

序言

中国幅员辽阔，民族众多，风俗各异，民间对于盐的图腾由来已久。

传说古代中国盐业发轫于山东沿海，有三位盐神广传后世。首席盐神乃炎帝神农氏时代，胶州湾东夷部族一位叫宿沙氏的渔猎高手。他在煮海水时发现了盐的结晶体，发现了盐作为调味品的重大价值。

商周时期，胶鬲凭借天赋技能，使得海盐从饮食发展到商业，被周文王追封为盐神。

春秋时期，齐国管仲制定了第一部国家盐政大法，帮助齐国成就七国之雄霸业。此后，按人口分配食盐和国家专营并严禁走私原则构成了历代统治者治盐理政的法理依据。

因为盐对于食物和身体的独特功用，因为盐对于阶级形成和国家治理的特殊意义，海盐、井盐、矿盐相继走进人类生活，又一步步从苦难岁月中曲折走来，逐渐迎来人类生命的辉煌。

广西北海濒临北部湾，地理位置所在，沿海盐场一度多如牛毛。银海区福成西村与大冠沙盐场隔着一个港湾，那港俗称西村港，那湾冠名金海湾。港是因村而名，或者是古村因港而传，村里百岁老人都无法说清楚，似乎也不必弄清一个所以然来。但是，此间村民的喜怒哀乐、生老病死，以及一切故事的源头，不知从什么年代开始，都逐渐与一种叫盐的物品密切相关……

西村港，大冠沙

竹林盐场所处海域海水清澈洁净，岸边生长着连片的胎生植物——红树林。西村港海产丰饶，浅浅的滩涂下面，沙虫个大味甜，是当地人发家致富的“秘密武器”。红树林遮盖着的浮泥之上，许多模样呆萌的招潮蟹，时不时张着一把把吓唬人的大螯横冲直撞，肆意妄为。

丁酉年某天，一群安徽作家同行远道而来，他们对闹市的灯红酒绿、五彩缤纷丝毫不感兴趣，异口同声地说要去看看本地人究竟如何海里“揾”食！笔者便“勉为其难”地带着他们吆五喝六地来到尚且保留原始“海味”的西村港“采风”。中巴车带着一路风尘，经北海大道，入北铁公路，转海洋大道，沿着防浪堤内侧泥路一路颠簸，走走停停，停停走走，不时溅起几滴泥水。车刚停稳，一大帮文人便争先恐后跳下车来，迫不及待地高高挽起裤脚，相携越过盐场不甚陡峭的防浪堤口，顺着浅海滩涂走出数里之遥，去体验渔民挖螺耙海，看渔夫插箔起网。潘小平、许春樵、李国彬等人惯居城市高楼大厦，属当代“山佬”无疑，乍然见到海水海景，哪里受得了这蔚蓝色的致命诱惑，人一下子便疯了一般，风乎舞兮，兴高采烈，叽叽喳喳，恨不得就此跳进海里来一次亲密接触。海归作家赵萌和美女诗人何冰凌兴头上来，便缠着要我这个半拉子“摄影师”帮忙拍照留念，在无数次快门的咔嚓声里，帅哥美女作家们仪态万千，容光焕发，笑声抖落一方海面。

无边海景就在眼前，众人目不暇接，大呼小叫声此起彼伏。也许谁都想象不出，旁边不远处长而弯的盐场堤坝里面，一粒粒表面粗硕的盐，以及一格格空可照人的盐田，竟然是不久之后各方谈论西村和竹林地界开发时总也绕不开的一个话题。

武刀墩，武刀讯

西村人至今还固执地说着一种发音奇怪的语言——波米话。初听觉得类同闽南语系和雷州半岛黎族口音，细听之下却又混沌不清、晦涩难懂，令人如听古代部落咒语般茫茫然不知所措。经有心人考证，西村村民或许是秦汉时期北方汉族军民迁徙而来，与闽南渔民和百越土著通婚杂交繁衍，日积月累，村民先祖在历史变迁过程中不断融合了雷州府俚人和沿海疍家血统，在某个特殊的时期，后人不知何故，忽然远离闹市，刹那间与世隔绝，风俗习惯与周边村落语言陡呈断崖式差异，祖辈相传而与汉民口音迥然不同的语言因此得以顽固地保存了下来。

我曾经数次出入西村地界，北海竹林盐场偌大一片盐田就是西村当年村场所在。盐场四工区一处防浪堤口与武刀寨原址武刀墩毗连，可惜我多少次施施然走过、路过、错过，居然一无所知，屡屡与武刀墩擦肩而过。更为遗憾的是，我那时根本不知道武刀墩这个地名，更无从了解武刀墩居然大有名堂。

有一次，趁工作之便，我甚至已经无限地靠近武刀墩，但我那时还是无缘听人说起它的名字。我像个愣头青一样冒失地站在武刀墩紧邻沟渠上，视线所及，沙墩周围速生桉树长势茂盛，树林里渔家炊烟袅袅，人影绰绰，鸡鸣狗吠，流水潺潺地穿过荒草丛生的堤坝涵洞，流经西村港湾，流向大海更远处……

据查，武刀寨乃是明洪武元年廉州府奉旨而建的珠场八大海寨之一，隶属于营盘白龙卫所。为了抵御倭寇入侵、看守珠池，官府明令海寨附近不能插箔围网（清道光张堉春《廉州府志》：武刀寨至龙潭、至杨梅池十五里守军十一名，本寨沙尾有箔五所俱在，池不可插）。为了秋夏季节西南海浪汛期防范，还设有武刀汛示警。武刀寨旧址地势明显高出周围一大截，正是武刀墩所在。传说某年台风季节，罕见的狂潮巨浪上涌，西村良田屋舍被淹没无数，村民避无可避，仓皇栖身其上，幸而躲过一劫。村民劫后余生，都以为武刀墩乃神佑之所。

西村人世代在此定居，他们晒盐、贩盐，吃盐、品盐……他们大多数人或许遗传了武刀寨军士好勇斗狠的基因，男子皆孔武有力，善游会水；女子皆黝黑结实，不让须眉。

武刀墩，是西村港的地理标志；说着“波米话”的村民，是西村特有的人文印记。两者合一，诉说着一个古老而又年轻的村落传奇。

无论人们主动与否，所有因为盐或者与盐有关的故事，就那么逐渐地在西村地界不停发生……

味可尝，命难违

在繁体汉字中，“盐”字结构借指官员监视盐工搅拌卤水，放在器皿上烤。如果说地球是一个蓄满水的星球，那它也是一个遍布盐粒的星球。盐，不管以什么方式存在，人们总会有办法开采、争夺、利用它，从古至今，人与盐相生相伴，难解难分。

在人类存在的大部分时间里，我们狂热地寻找盐、交易盐、争夺盐，世界的历史，在某种程度上，就是一部盐的进化历史。盐在餐桌上调拌着味蕾的神经，搅动着世界历史格局，在各个角落创造了色彩斑斓的人类生活史。盐不仅是生活所需，更是流动的信仰。盐矿之争，不仅是财富之争，也是国家命脉之争。盐的贩运编织了庞大的商业帝国，建立了一座座城镇；盐的开采造就了苦难也催生了新科技；对盐所带来的巨额财富的管理，成为最重要的治国技巧。

史书记载，汉初霍光倡导无为而治，放开盐禁，但是桑弘羊反道而行，坚持国有资本垄断盐业，以维持国家机器运转，为此写下了著名的《盐铁论》。汉武帝纳谏如流，实行了盐铁专营，强汉风光，一时无两。

岁月流转，悠悠来到 20 世纪 60 年代末。合浦依据北部湾之利，举全县之力围海造田，一万多名基干民兵汇聚东村与西村边壤处，奋战两年，一座全国第三、广西第一的海水盐场凭空而成。为什么盐场在东村、西村之间却借竹林村而名，问过盐场老职工，皆茫茫然不知其因。

海盐制作过程从技术层面说，极为简单。夏季时节，“轰”

的一声把进水闸门打开，天然海水浩浩荡荡地从水门奔涌而进，穿过大堤漫涌进蓄水池，顺着坡度流经盐田，逐级曝晒，每晒一轮就把卤水逆流放至上一级盐田。几天后，卤水进入最后盐田结晶，就可以收获均匀洁白、光泽性强的海晶盐粒了。晒盐技术含量低，全凭经验作业，纯粹是靠天吃饭，其工艺说复杂也算复杂。盐田海水深没过膝，在猛烈的阳光下晃得人眼花缭乱，盐工们光着脚或者穿着过膝长靴，长年浸泡在苦涩的海水里，一日复一日，一年复一年，放眼望不到尽头的苦力生涯让人没来由地心生绝望。翻、晒、扫、挑，扎包、入仓、储运，每个环节都需要人力，一般人根本承受不了这种艰辛劳动。所谓盐工者，男性莫不膀大腰圆，一餐能吃下一斤大米饭，妇人一律手粗脚壮，背着孩子挑着盐担还能健步如飞。

竹林盐场围垦面积近两万亩，有效生产面积过万亩，盐制产品非常丰富。除了主导产品海晶盐，还有一种叫盐花盐的白色小结晶体，主要成分为氯化钠，含有钙、镁、钾等多种微量元素，是一种低钠盐，具有清凉、润喉、解暑等作用。氯化镁是利用苦卤水提炼的一种辅助产品，广泛应用于冶炼、建材、烟花爆竹等行业。海水晶含有天然海水的各种组成成分，具有净化水质和提高养殖海产品成活率等特点，适用于海洋公园、海水养殖、运输海鲜等领域……

从 20 世纪 70 年代初建场以来，到 21 世纪初期，竹林盐场曾经辉煌一时，大海无私慷慨馈赠，职工日夜辛勤耙捞不休，每当丰收季节，人人脸上笑开了花。可惜好景不长，随着全国食盐市场逐步放开，原盐生产日渐式微，起初是担心出了优质原盐卖不了好价钱，后来是因为设备落后，没能力将原盐加工成食用精盐，初级产品照样是有货没市场……一夜之间，竹林盐场从统购统销、旱涝保收、令人艳羡的国企变成了朝不保夕的困难户。如今，盐场工人们守着大海过着不再生产盐的日子，又迎来了企业改制的关键时刻。许多盐仓门口，由于多年风吹日晒和盐水浸泡，墙壁上盐渍形成了一圈一圈的图案，透过这些图案，我们仿佛看到了盐场工人们辛苦劳作的情景。每次走过密密麻麻，细如阡陌般的盐田工区小道，不时看见一长溜开着黄花的仙人掌孑孓而立，几株不知名的野草在海风萧瑟中抖动，心里不知是啥滋味。

盐花花，时光线

盐的历史就像一条延长的时光丝线，伴随着人类命运起伏不定。它穷尽一切力量，变幻着各种形态，成为人类赖以生存的光芒，贯穿着人类的文明史，它裹挟着残酷、勇气和力量，诠释着生命的真谛，凝结着人与自然的动人故事。

把盐局限在一种调味品，并且视若平凡渺小，不过是人类社会百多年来的印象。而在此之前，盐曾经是人类最渴望的食品，也是一粒难求的商品，犹如货币般珍贵。

在故乡，吾辈年幼时，经常听奶奶说，为了养家糊口，爷爷曾经偷偷贩过私盐。在缺衣少吃的夏收时节，客家乡村贫雇农户那几亩薄田早就收割一空。因为无地可耕，无事可做，为弥补家用，他便赤着一双大脚，挑着近 200 斤一担的生盐，从公馆铁山盐田的泥泞土路，一直走到 50 多公里（1 公里为 1 千米）开外的廉州县城贩卖，路途遥远，基本上是一天一个来回。奶奶经常摩挲着她平滑而多茧的脚板对我说，年轻时路走多了，脚板就磨成了这样。我不知道她的脚板是不是真的因为走路造成的，但是我知道用脚走路并不是一件令人愉快的差使，特别是挑着重担赶路，那肩膀会火辣辣地痛。往左挪，疼痛钻心，往右挪，疼痛难忍，左右不是，担子又不知何时才能卸下来，那滋味别提有多难受了。其实，盐工们从担子上肩之时开始，就恨不得早日甩掉千钧重压。可是人生的无奈就在这里，一旦挑上了生活重担，哪有那么容易就可以卸下的？大多数人终其一生，都只能负重前行，直至油尽灯枯。

史料记载，大约南北朝时期（479—502），合浦郡属齐地，当时便有了煮海水制盐的工艺，朝廷于是在南康、营盘一带设立盐田郡管理盐民，征收盐税。唐宋年间，公馆乡修建了盐田。之后，通过公馆盐务管理机构“白石驿”中转，借助南康江水运便利，大廉港至石康盐仓的运盐驿道因此应运而生。笔者少年时经常看到，每到七八月份大潮来临期间，沿海盐田便经常决堤溃坝，海水倒灌而入，沿海村民惊慌失措，流离失所。但是公馆盐田旧址究竟在哪儿，爷爷为了谋生贩挑的私盐从哪儿而来，价钱几何，收入能否保证，奶奶总是无法说清楚来龙去脉，每每问起，屡次含糊带过，仿佛为过去苦难的日子避讳似的。

从家人口中听到，爷爷的伯父、叔父都有一身好功夫。可惜，在新中国成立前闹土匪的时候，叔祖爷爷自告奋勇追赶山贼时，反被山贼用马队围困，最后陷在烂泥塘里了，尸骨无存。奶奶偶尔说起爷爷也曾是个孔武有力的客家汉子，练得一身好拳脚，寻常三五个成人近不得身。笔者自小多病，瘦弱不堪，差点早夭，便对传说中祖辈们的勇猛威风神往无比。后来，听得村中长辈说起爷爷个子虽高大，但是性格懦弱，逢人就堆着笑，遇事唯唯诺诺，还被人起了个绰号“大龙粄”（客家乡村逢年过节专门制作的一种糕点，大如筐装，小以叶包，既甜且腻，可以存放很长一段时间不坏），大约是嘲笑的成分多，赞美的语气少。爷爷偷运私盐贩卖养家糊口的事情，或许是真的。至于他会不会武术，村人言辞与奶奶讲述颇有出入，不过这已经不重要了，即使爷爷最终成不了我想象中备受村民景仰的好汉，但是，我在奶奶的故事里，已经与盐开始了非正常的亲密接触。

因为少时体弱多病，胃口不好，营养不足，家里没钱，每次生病了都只能撒点盐花送热粥充饥，几口稀粥囫囵喝下去，热腾腾看得见人影的稀米汤糊，使得我黯淡无光的眼睛重新有了精神，对盐的感觉就显得更加强烈。客家乡村自古就有“盐捞粥，肥嘟嘟”的民谚。肥嘟不肥嘟不要紧，重要的是有了那一粒粒盐花，才有了咸淡可口的盐捞粥，我这条小命终于延续了下来，并且渐渐长大成人。

在蜿蜒曲折的海岸线上，千百年来，流动的是岁月，流动的是历史，只有盐在风吹日晒中沉淀下来，默默向我们讲述一个个被盐腌制过的故事，盐文化早已融入起居饮食，人生况味尽在其中。现实社会中盐与人的故事，肯定也将继续上演。

海洋对人类社会生存和发展具有重要意义，海洋孕育了生命、联通了世界、促进了发展。海洋所能提供给人类的不只是盐，它还有很多待开发的未知。以北部湾海洋生态保护和岸线修复及以北海海洋科技产业园配套基础设施项目和海洋四所创业谷创客基地顺利推进为依托，科学管理和利用自然资源，充分释放自然资源政策红利……向海经济的快速发展，慢慢成为支撑北海经济社会持续健康高质量发展的一大亮点。

近期，广西头号文旅项目银基国际滨海旅游度假中心落地竹林盐场旧址，将有力助推北海全域旅游圈快速完善，促进城乡风物水乳交融，西村港周边居民日子必将越过越红火。

后记

中国近年发布的《国民营养计划（2017—2030 年）》建议，到 2030 年，全国人均日食盐量降低 20%，每人每天食盐摄入量不超过 6 克。

汉郡文化重镇合浦曾是古代海上丝绸之路始发港之一。陶器、青铜器、水晶玛瑙、琥珀松石等一件件文物精品见证了古代中国与亚非欧国家贸易往来、文化交流的历史人文，合浦汉墓保护群及汉代文化博物馆所深藏的文化底蕴，就是北海宝贵的历史文化财富，也是北海顺应国家全域旅游发展需要，打造差异化滨海历史文化旅游目的地的现实基础。

文化的继承和发展，必须要有可靠而有效的载体。挖掘汉代历史文化底蕴，整合古代海上丝绸之路始发港人文禀赋，加强历史研究和传承，巧让历史文化“说话”，传递出“原住民”对于家乡历史的深层次体会，让古代海上丝绸之路始发港固有的历史人文基因潜移默化、涓滴细流般滋润着城里的每个细胞，这是北海文化在新时期发扬光大的“法宝”。

建设中的西村港跨海大桥，其构思来源于北海著名文物——合浦汉代铜凤灯，“凤冠琴韵”元素是带有盐味且有别于他处的另类风景。大桥与向海大道纵横交错，都市景观将经由金海岸大道从冯家江畔越过金海湾红树林生态保护区呼啸而来，西村亲海风光顺势与全市交通完美对接，为北海城区加速拓展、外延，提供了一个无限的空间，也为北海丰富的人文与历史资源找到了一处出口，最大程度上为北海构建半岛风景廊道，实现城乡协同发展，打造全域旅游半小时辐射圈起到了勾连作用，成为北海产城融合、打通向海经济发展之路的财富通道，极大提升北海城市品位。

西村地界曾经挖出一面东汉青铜鼓，体形硕大，鼓面直径 1 米，高约半米，鼓面正中有太阳纹，周围是三弦纹，四周有两对完整的累蹲蛙，兽纹、羽人纹和五铢钱纹环绕鼓身，经鉴定为国家三级珍贵文物。铜鼓由古代铜釜发展演变而来，是中国古代西南少数民族使用的青铜打击乐器，主要用于演奏音乐或舞蹈伴奏，被作为礼器用于祭祀、仪典或战争等活动。这个意外的发现，对研究西村居落变迁及军事、文化考古有着重要的意义。

目前，虽然北部湾沿海岸盐场基本上已经改制转产，虽然，盐作为传统意义上的食用功能渐渐减弱，但盐与生俱来的保健效用依然有待挖掘，盐艺制作观赏技巧更预示着我们对于传统历史的一种寄往和记忆。闻说人们在天空之镜青海茶卡盐湖开发了体验制盐等商业“把戏”，设计师们把关于盐花的种种想象演绎得生动形象，让游人大掏腰包。

往事已矣，未来可期，让我们顺着白花花之盐腌渍而成的时光线，不论过往，努力前行。

（刊于 2023 年 6 月《三月三》第 3 期，总第 468 期）

老爹的 1931 与盐有关

——盐故事系列之二

一

直到庚子鼠年深秋某一天，正当全国各地声势浩大地举行抗美援朝 70 周年纪念活动时，我才后知后觉地“发现”，原来，老爹出世的 1931 年，恰好与“九一八”事变爆发同一年份。

其时，蒋、汪集团之间为了争权夺利而爆发的“中原大战”刚结束不久，国内形势动荡不安，饿殍遍地，民不聊生，笼罩在一片愁云惨雾之中。1931 年正月，序属初春，春寒料峭，中国岭南贫苦客家山村新屋地，一个小男孩呱呱坠地。此村名曰新屋地，其实没有多少间砖瓦房是崭新完好的，岁月如流，风雨如晦，早就在上面刻下了无数印记，苔痕、烂瓦，枯枝、败叶，还有野猫乱窜，疾风凛吹……昔唐代贺知章诗云：“碧玉妆成一树高，万条垂下绿丝绦。不知细叶谁裁出，二月春风似剪刀。”春景无边，诗意盎然。但是，爷爷奶奶苦困日子过得捉襟见肘，夜半风起寒刺骨！他们斗大的字根本认不得半箩筐，贫穷人家正为生计发愁，哪还有啥闲情逸致！老爹到底仰仗了什么，竟然不依不饶、不管不顾地出现了？看着这个一出生就注定要缺奶少食的小儿子，爷爷奶奶脸上该有的喜悦转瞬即逝，心酸欲泪。

1931 年，中国大地上的大事接连发生，多得甚至让人记不清。但是，一些让人刻骨铭心的历史事实，又是那么令人记忆犹新。就像鲁迅先生说过的：“中国社会上的状态，简直是将几十世纪缩在一时：自油松片以至电灯，自独轮车以至飞机，自镖枪以至机关炮……都摩肩挨背地存在着。”

1931 年 1 月 1 日，中国国民政府制定的《海关进口税税则》正式实施。

6 月，国民政府正式公布实行《中华民国训政时期约法》，标志中华民国的正式法律开始制定……似乎，中国近代语言、政治、民生俱皆就此产生了些许变化，但是，中华民族何时才能够在世界上发出自己洪亮的声音呢？也许，没有人能够预判到那一天何时到来。

所谓物极必反。某些“好事”过于频繁，因而“糟事”也层出不穷。那年 11 月 19 日，中国现代浪漫爱情主义诗人徐志摩因空难丧生。

当然，最引人注目的还得数日本关东军悍然发动的“九一八”事变，从此拉开了日本帝国主义全面侵华战争的序幕。这也间接促成了国民党中央执委会决议蒋介石第二次下野，甚至催生了中国第一个红色政权中华苏维埃共和国 11 月 7 日（农历九月二十八日）在江西瑞金选举成立。苦难中国，依然还要在黑暗中寻找未来。

彼时，或远或近发生的国内外政治经济民生大事，暂时都与老爹毫无瓜葛。他尚且懵懂无知，八个月大了才勉强学会爬行，每天拖着长长的鼻涕，浑身脏兮兮地与鸡鸣狗吠为伴，在泥地上滚翻玩闹，常常食不果腹，兀自自得其乐。与老爹多少算得上有牵扯的是，从 1931 年年底开始，爷爷战战兢兢地跟在本乡长辈们身后“正式”加入了本地民间挑贩私盐的人群。

二

北海（合浦）沿海岸线曲折蜿蜒，从古至今，那里曾是著名的海盐生产基地和海防重地，周边村民祖祖辈辈都以古法制盐为生。自西向东，从北海大冠沙到福成竹林，到南康北暮，闸口白沙头，再到白沙榄子根，大小盐场一字排开，总有几十间之多。

大约南北朝时期（479—502），合浦郡便有了煮海水制盐的工艺。自西汉武帝起，历朝历代都对盐业实行分级专营，南康、营盘一带先后设立盐田郡管理盐民。唐宋年间，公馆乡修建了盐田，盐务管理机构“白石驿”应运而生。

明清时期，朝廷设福禄厂，下辖储备盐仓福禄堡六间，盐灶五十一座（《史志》）。广东高州、雷州、琼州三府食盐经由福禄铺调运至石康盐仓，中转输送范围达十数里之遥，盐民无数。遥想当年，闸口大廉盐驿沿南流江、北流江抵郁林（今广西玉林市），转入西江，由梧州溯桂江而上，过灵渠，进湘江，直抵中原地区，盐税商业，一时兴旺。铁山盐田随着附近盐道日渐繁荣而人欢马喧。

据《北海港史》，宋代廉州隶属广南西路，元代转属湖广行省，明洪武二十七年（1394 年）改隶广东，1949 年后，在两广间反复划置，1965 年，才终于正式“落户”广西。合浦一直为“粤盐入桂”沿南流江线路的关键节点。至若清代，“粤盐入桂”实行更严格的官运官销制度。由于广西长期官盐短缺、盐价高，以致安南私盐泛滥，沿海盐市饱受冲击，盐民苦不堪言。

辛亥革命后，旧桂系奉行“以粤养桂”政策。1927年后，两广军、政、财界均插手经营合浦盐业，各方利益纷争不断。民国期间，合浦海岸沿线大小盐场星罗棋布，公私合营盐场不计其数，效益高低不一。21世纪前后，上述盐场先后转轨改制，员工相继分流出走，海边盐田或丢荒弃置，或渐渐改成了虾塘鱼塘。

三

说起老爹，首先要说到爷爷。爷爷大名立德，他还有个鳏夫弟弟叫立愚。中国春秋经典著作《左传》曰：“太上有立德，其次有立功，再次有立言。”我不知道爷爷的名字是不是从《左传》而来，如果是，他一介乡野鄙夫，大字不识得半个，从哪里能够听说过《左传》之类古籍典藏！如果不是，为何世事又如此巧合？难道先辈们真有这样的预见和祈盼？

客家人自中原地域起源，开枝散叶，广布于黄河、长江流域。历次迁徙途中，客家人皆不是当时的主流百姓，少见官方支持垂怜，甚至无法预知下一站究竟远在何方，所到一地，不但典籍异册，且屡被当地官府民众歧视排斥，世代栖身城郊野外，生活苦如一粒粒白花花的盐。

农闲日子，本地贫苦人家无地可耕，缺衣少吃，成帮结队偷贩私盐是他们最“靠谱”的谋生之路。话说20世纪上半叶某天，爷爷回头看着饥一餐饱一顿饿得皮包骨的妻儿，经过许多日夜的辗转反侧，终于下定决心走上“贩盐”之路。每当夜幕降临，他与三伯祖和十六叔祖踩着通往公馆铁山盐田的泥泞土路，风餐露宿，披星戴月。有时，连夜赶往100多里开外的廉州县城；有时，翻山越岭来到浦北灵山等周边山区……雇主催得紧的话，奶奶就迈着一双三寸小脚，颤颤巍巍地挑着一副小担跟在爷爷后面，一起跌跌撞撞，风雨兼程。盐担的一头，往往就装着老爹瘦小单薄的身子。

我懂事时，奶奶已经到了耄耋之年。在她零零碎碎的叙述中，粗贱如盐早已融入了散发着腾腾热气的小米稀粥，成为穷人家最好的滋补品。

靠着爷爷偷贩私盐得来的微薄收入，老爹吃了上顿没下顿，在饥寒交困中一天天长大。每次奶奶从盐筐底下剐蹭出来几粒剩余盐花捞粥而吃，那是苦中又有甜的美餐啊，曾经救活了多少人命，让多少黯淡无光的客家人眼睛重新有了精神！

四

新中国成立后，少年老爹为了填饱肚子，长工短工无所不干。

1950 年年初，青年老爹因为出身三代贫农，根红苗正，土改期间，先被推荐参加新屋地大队土改工作，接着调到了公馆乡公安中队，3 月份，因表现出色被派到钦州地区公安大队集训。几个月后，朝鲜战争爆发的消息传遍全世界，老爹正当血气方刚之年，满脑子想的都是怎样才能早日加入军营冲到战场火线杀敌报国。

经过锲而不舍地努力，机会终于来了。1951 年 3 月，老爹如愿以偿地加入了中国人民解放军。当他胸前戴上大红花，作别敲锣打鼓的送行队伍，乘着军车出发的那一天，爷爷奶奶已被岁月的风霜磨成一团皱褶的脸庞同时绽开了一朵朵盐花般的笑颜。

老爹参军来到了中国人民解放军 55 军所属一部。55 军为原湖南国民党起义部队成建制改编的解放军第 21 兵团演变而来，首任军长为黄埔一期名将，原国民党军第一兵团司令官、湖南省主席陈明仁。55军是一支具有光荣历史的部队，其组成部分分别来自红军、八路军、新四军以及更早的秋收起义部队，曾经涌现了长征“大渡河连”、抗战“狼牙山五壮士连”、击毙日军“名将之花”阿部规秀中将的黄土岭“功劳炮连”等英雄连队，新中国成立后曾为肃清广西匪患立下了大功。1979年之后，55军还参加了对越自卫反击战，在东线战场最激烈的谅山战役中大败越军，战绩辉煌。

老爹所在4连驻防在广西贵县（现贵港市）和北流等地。新兵训练期间，老爹天天起得比鸡早，睡得比牛迟，他肯动脑筋，勤学苦练军事本领，因为表现优异，不久就被连长点将当了连队文化教员。想来那时老爹大字刚刚识得几个，一部分还是参加土改时见缝插针跟同事们学会的，再有就是刚入伍时刻苦自学得来的。换句话说，他也就刚好跨过文盲的坎儿，居然也有机会成了部队文化教员，可见文化的重要性，在任何时代都是一样。

1951年4月下旬，中国人民志愿军发起抗美援朝第五次战役，中朝联军一度越过“三八线”，直逼汉城（今首尔）。老爹和战友们听到消息，个个摩拳擦掌，嗷嗷叫唤，恨不得长出翅膀，几下飞到东北前线，马上就能雄赳赳地跨过鸭绿江。此时，著名军旅作家魏巍《谁是最可爱的人》发表，英勇惨烈的志愿军故事激励了无数国人，大家热血沸腾，浑身躁动。1951年3月，47军在曹里怀将军带领下奉调入朝，打出了军威、国威。云南50军在曾泽生军长率领下，先后于1950年10月和1951年7月两度入朝，共进行大小战斗上百次，歼敌近2万人，立功无数。凭什么他们能，我们不能?！大伙平时有力无处使，就拼命操练，把沙包木偶当成敌人，直揍得手臂血肉模糊，丝毫也不觉得疼痛。

盼星星盼月亮，1953 年夏，55 军一部奉命向东北集结，老爹以为保家卫国的机会来了，高兴得摩拳擦掌、跃跃欲试。当他们刚刚兴冲冲赶到中朝边境时，甚至已经听到了鸭绿江对面传来的隆隆炮声，似乎闻到了刺鼻的硝烟味道，不料，历经多轮反复谈判，你来我往，极尽钩心斗角之能事，1953 年 7 月确定了“三八线”停火协议。老爹他们出国参战的愿望瞬间泡汤，盼了多少年建功报国的机会就此流走，老爹顿时就像一只鼓足气力准备勇斗老鹰的小公鸡，一下子失去了叮啄的目标，只好快快地打道回府。这是他们的宿命，更是许多中华儿女的宿命。战争其实对于每个人和哪个国家来说都不是一件好事，战胜者或者战败者都要付出惨痛的代价。可是，一旦事关民族危亡的战争不幸来临，恐怕谁都不会主动退缩，也不敢轻言退缩吧！

五

1956 年夏，老爹服役期满，复员返乡务农，不久被公社通知赴广州学习。1957 年 1 月，老爹有幸参与钦州地区合浦化肥厂的筹建。其时，化肥厂旁边有条小河汊，七拐八拐，弯弯曲曲，一直通到千米开外的铁山港公馆盐田村。多年以后我才得知，这条客家小村应该算是北海（合浦）到目前为止，唯一一个以盐田命名的海边村落。老爹人生之路兜兜转转，就此完成了身份转换，成了一名吃上国家粮的工人。

老爹从基层干起，脏活苦活抢着来，凭着汗水流得比别人多，先做电工，后来当了组长当班长，车间主任……中年时他成了主管供销和经营业务的副厂长。在水泥和化肥非常旺销的双轨制时期，那个位置是很多人眼中的肥缺。并且，厂长每有出差，总是安排老爹代行职权，相当于现在所说的“常务”，购销签批，行政事务，一概让他代理。由于权力斗争，那个厂的厂长位置时常空缺，但老爹好像很安于现状，从没有非分之想，对一般人看重非常的权、钱根本不甚感冒，多少人挖空心思、绞尽脑汁抓在手中的权力在他眼里竟不值一提，每次代理厂长时都诚惶诚恐，小心翼翼。以致有个笑话，在当地流传至今。某次，他在出差人员报销发票上签的不是“同意报销。某某”，而是“某某知道”。这让财务很为难，也让很多人百思不解。老爹可能是对企业里某些人多拿多占或弄虚作假的行为很不以为然，既不想对厂长直接表明不再当这个有名无实、虚头巴脑的“常务”，又不愿干脆反对，于是搞出了一种恐怕全中国都没有的“×氏签字法”。但一而再，再而三，厂长出差时依然还是选择性地有意让老爹代行职务，于是“×氏签字法”反复出现，直到老爹不堪其扰，断然拒绝为止。

老爹也许承继了爷爷秉性，为人做事低调谦和，知足常乐。他固执地信奉“父母在，不远游”古训，多次婉拒上级组织调动、提拔、升迁良机，专心就近在家尽孝，直至奶奶高龄寿终。小时候，我最爱的就是每个周末老爹回家的时光。他每次从厂里下班或者出差回来，似乎永远只会就近去到盐田码头买来几斤咸水鱼货和一大包海盐，打开院门，自行车一放，用盐把鱼再腌一遍，趁着大好阳光，晾晒在院落里。随后，老爹搬张凳子坐在树荫底下，伴着满院子浓重的咸鱼腥味，读书看报，喝茶讲古，或者煞有其事地给我们讲《三国演义》《水浒传》，还有出差见闻，偶尔还讲到年轻时当兵的经历……惜乎家务事老爹一样不会，一概不理。这一“癖好”一直让老妈诟病不已，却在老爹执拗坚持下无奈妥协。幼年如我，无所牵挂，天天盼望着老爹早点下班回家讲古的激动时刻。晚饭时分，阳光暖暖地照进树叶缝隙，油锅早已烧旺，空气中腥腥的、涩涩的咸鱼香味，飘进我的童年记忆中。

1969 年前后，合浦县抽调上万名基干民兵到福成西村地界围海建设竹林盐场，本乡一些盐贩子后代，便纷纷招工进场当了盐工，部分分配到白沙揽子根盐场，部分来到北暮盐场、白沙头盐等产盐单位，可谓是子承祖业，再次与散发着苦涩咸腥的海盐产生了密切关联，从此不离不弃，没完没了。

在双轨制时期，化肥厂相当于县处级单位，比当地乡级官员高出好大一截。老爹在村里辈分颇高，平时毫无领导干部该有的架子，无论是日常乡里公干，还是农忙回村帮工，大家都自然而然地对他较为尊敬。令人诧异的是，老爹偶然见到同为盐二代或者盐三代的儿时玩伴，那些现在的盐场工人，竟然频频点头打招呼，甚至默许个别熟人对他开一些不大不小的玩笑。我就想，这跟传闻中爷爷唯唯诺诺有啥两样呢？男子汉大丈夫，应该敢爱敢恨的，喜欢的就笑脸相迎，讨厌的不屑一顾才对啊！但老爹依然故我。直到晚年，更为淡泊，几乎没看过他发脾气。

奶奶少年时做过地主丫鬟，壮年守寡，辛苦一辈子，晚年因行动不便，瘫躺在床。老爹诸事不放心，不顾自己年纪也不轻，但凡吃喝拉撒，能做的定要亲自照料。奶奶活到 90 岁才善终，临终前口中絮絮念叨的全是老爹兄弟俩的名字。全村人都说她好福气，生了两个有出息的儿子。出殡那天，几百号村人，包括那些盐二代、盐三代们，不约而同地自发前来给她老人家送终，头上顶着白毛巾的队伍排得老长老长……一方面说明了奶奶在世时与人无争的好福分，另一方面也说明了老爹兄弟俩为人处世的温良谦恭让。

六

老爹退休之前，经常因公出差，走南闯北，到处奔波。令人奇怪的是，他所到之处不少，可拍照留念的地方寥寥无几，给我印象最深的除了20世纪80年代初他在天安门广场照的一张黑白相片，再就是一张他到海南岛莺歌海盐场取经时，顺道在三亚那块“天涯海角”大石头前的留影——这是谁？幼时的我傻傻地指着相片中容貌清癯的男人问母亲。她笑着用手指摸摸我的脑袋说，真笨，连你爸爸年轻时的样子都认不出来？话语中有溺爱，也含有少许嗔怪。我顿时满脑门子星星，奶奶在一旁张开没牙的嘴巴，哈哈大笑。

我家祖上400多年前从广东迁来新屋地，繁衍传接赫然已超过二十多辈矣。每年清明，老家风俗，大小老幼由四面八方向新屋地群归集聚，一起祭拜先人。年轻时为了破旧迎新不能理直气壮地过过清明的老爹和伯父兄弟俩就特别兴奋，不顾年岁已高，经常要亲临祭扫一线指挥，跋山涉水，蹚沟过坎，抬担挑牲，整坟烧香，摆放祭品，样样抢着来。一大群生性跳脱的小孩子在他们带动下，个个不敢偷懒，人人争着动手，披荆斩棘，拔草垒土，把一座座祖坟捯饬得圆润饱满，气势轩昂……

已近百岁高龄的伯父精神矍铄，记性很好，哪位祖上葬在哪儿，谁是谁的谁，他心里门儿清。每次到后山扫墓，都是他扛着大铁铲，健步如飞，带头跑在前面。地上杂树乱枝，山路崎岖，恁大年纪了，一不留神摔跤怎么办？我不停地提醒他慢点，要注意安全，偏他老当益壮，说没事没事，还要逞能似的加快脚步向前走。突然“哗”一声打了趔趄，伯父身子一倾，顺着山石乱草慢慢侧倒下来，我拼着绿箕扎肉，赶忙伸手一捞，在他将跌未跌之前好险不险地把他扶住，连说小心小心。伯父咧嘴一笑，说没事，这小山冈，走几十年了，何况还有阿祖保佑，闭着眼睛都摔不了我。说着，还夸张地甩手跺脚，以示自己安然没事。活脱脱一个不服老的老顽童样。老爹小伯父几岁，也已 90 多岁，他站在不远处山脚下，笑眯眯地看着自家大哥，仿佛想起了小时候兄弟俩在奶奶面前拌嘴斗闹的淘气样子……

七

随着辛丑鼠年春节到来，抗美援朝电视连续剧《跨过鸭绿江》在各地卫视热播不停，勾起了国人尘封已久的历史记忆。近年来，老爹慢慢眼花耳背，腿脚渐渐不太灵便，读书看报什么的早就力有不逮，偏偏对抗美战争剧目兴致勃勃，每当电视机声音一响，他依然端坐在前，饶有兴趣地从头“看”到尾……

打得一拳开，免得百拳来。新中国的这场仗可谓惊天地泣鬼神！历史不会重演，更难以重演。但是，深刻的历史教训能够让我们民族常怀警惕之心，不曾有丝毫松懈怠慢。怀念过去，铭记历史，是为了更好地走向未来。抗美援朝系列剧作所展示出来的民族精神不经意间成为助力中国人坚定信心、自力更生，属实是一套文化大餐。

随着 2021 年春天到来，伟大的中国共产党历经沧桑自奋强，辉煌壮丽的幸福中国初现雏形。

20 世纪 30 年代初，在共产党 10 岁生日之前，老爹有幸来到了这个世界。21 世纪 20 年代伊始，中华大地草木葳蕤，万象更新。在共产党百年华诞即将来临之际，老爹大步穿越了 90 载历史烟云，从一个食不果腹的民间盐贩子后代，到如今衣食无忧，儿孙满堂。老爹一贯饮食清淡素简，晚年尤其讲究低盐少糖少油，这何尝不是他经历岁月沧桑，阅尽世间繁华落寞后，返璞归真的一种生活状态。他勇敢地走过世间人情冷暖，却从不对未来有过丝毫畏惧，他从不气馁悲观，无欲无求，闲淡自在地颐养天年，他衷心祝福伟大祖国繁荣富强，希望中华儿女们世代兴旺。

龟鱼

——北海美食之一

北海民间俗语：拼死食龟鱼。我一直不太明了，这到底是什么意思。

听人念叨多了，我就很疑惑，是龟鱼太贵，一般人吃不上，偶尔撮一顿则有倾家荡产之虞？还是龟鱼含有剧毒，谁吃了它都会吃不了兜着走，搞不好一命呜呼，死得不能再死呢？或问旁人，要么言辞闪烁，要么神神秘秘不愿明说，令人百思不得其解，浑身痒痒。

直到有一天，几位做海鲜生意的酒肉朋友突然来电话说："A6，今晚请你吃大餐，快过来吧。"我兴冲冲地赶过去一看，锅里冒着热气，不知名的渔货在上下翻腾。海鲜历来对我有着莫大的吸引力，馋虫立马涌了上来。

开台了，一个家伙用筷子搛了一条奇形怪状的鱼放到我碗里，慢条斯理地说："这——可是龟鱼，你敢吃吗？"眼里全是挑衅的神情。我心里一惊，难道这就是传说中沾上则亡的龟鱼！但这时已经没有退路了，总不能说没胆子尝试一下吧！我横下一条心，闭眼，张嘴，猛咬了一大口，一边咀嚼一边提心吊胆着毒性是否随时发作，好马上拔脚向医院狂奔——也不曾想想，如果真是中毒了，我还能走得动吗？

好在患得患失地陪着那帮不知天高地厚的食客们风卷残云一番，直到杯盘狼藉，醉眼迷离，始终也不见有任何不良反应，倒是吃得太饱，肚子胀得难受，这才知道是虚惊一场。现在想想，当时也不见得龟鱼的味道有多鲜美，是否北海人江湖传闻言过其实了呢？

海鲜海鲜，其实讲究的就是一个“鲜”字。北海三面环海，北部湾水域历来渔产丰富，无论哪样海鱼，皆可就鲜下锅，佐料可有可无。不用，则滋味天然，用之，也难掩其原汁原味，可谓各有所长，相差无几。龟鱼本身滋味究竟如何如何，想必也无法断言其真能冠绝同类，鲜美寡敌，坊间谣言，似乎有点夸张了，真是夸张了。

北宋大吃货苏东坡老先生曾有诗云：“竹外桃花三两枝，春江水暖鸭先知。蒌蒿满地芦芽短，正是河豚欲上时。”这是借“春江晚景”画作而言美食，诗韵皆美，却“幽”了惠崇老和尚一“默”——你不是谨守戒律吗？当河豚美味飘香时，看你咋办！

诗中所说河豚与“龟鱼”类同，此鱼性腺、眼睛、皮肤、内脏、血液皆有剧烈毒性，处理时稍有差池，毒性便会渗入皮肉，冒冒失失食之极易引发中毒，严重者致人死亡，乖乖，这才是龟鱼令人恐惧的原因吧，这又何尝不是龟鱼的魅力所在呢——你看，我为了追求美食，连死都不怕了，可见其滋味是多么的天上人间少有啊！

后来，后来的后来，有些喜欢冒险的美食“砖家”便以讹传讹，半是为了显摆费尽九牛二虎之力心惊胆战才能够吃上一顿龟鱼的不容易，半是有意无意地渲染龟鱼身价不寻常，龟鱼身价不寻常也就使得食客身价相跟着不寻常。凡此种种，都不过是为了掩饰自己贪嘴的本性罢了——便是因此而死，也有慷慨赴义之高尚啊！

此念一通，我对龟鱼的感观更加不好，也算是“怨人及鱼”了吧，好吃也不咋的，谁叫我至今连个吃货都算不上呢！

凉茶

——北海美食之二

我当年下海之后操持的第一个营生就是煮凉茶，卖凉茶。

论起凉茶，两广人都不陌生。南蛮古地，瘴疠滋生，湿气沉重，在这一方水土上讨生涯的岭南人谁都难免有个头痛脑热的时候，多以夏枯草、金银花、冬桑叶、木棉花、槐花、菊花、茉莉花、甘草、生地等中药按不同配方泡制茶饮，以驱火除湿，保健养生。

粤省民间谚语：“广东三件宝：烧鹅、荔枝、凉茶铺。”大家熟知的“王老吉”“廿四味”“大声公黄振梁”“三虎堂”“一葫春”，都鼎鼎大名，有“凉茶铺多过米铺”之说。尽管凉茶味道苦涩难以下咽，尽管新潮咖啡馆、时髦甜品店数不胜数，凉茶铺照样遍地开花，生意红红火火。

北海毗邻粤地，属粤东语系，不但气候温湿与广东一致，风俗习惯更是如出一辙。喝凉茶讲究个对症下药，对症喝茶。去火就用绿豆生地汤，感冒就喝五花茶，喉咙痛则饮龟苓膏……凉茶火候到了，可清热解毒，祛病提神，一般的感冒发烧、口舌溃疡什么的，基本不用上医院，就靠一碗凉茶解决。喝着凉茶长大，喝着凉茶生活，喝着凉茶老去，这就是北海人的日常写照。

俗话说：瘦人多上火，肥人多湿热。我本来是不太懂中医的，但这并不妨碍我久“热”成医。经过多年煮凉茶、喝凉茶，反复淬炼，对中药不说全能弄个明白，至少了解到一二成。凉茶这玩意儿，是个慢工出细活的事情，急不来也虚不得，只要料备足，工夫到了，肯定滋味不差，效果也好。从业之前，我预先做足了功课，不但到县城大街小巷里的凉茶铺走了个遍，还对一个当时火爆全国的加盟连锁凉茶牌子做过一番深入研究，专程远赴外地考察特色凉茶店，从优势、劣势、机遇、挑战等进行了全面分析，为此洋洋洒洒写了一篇几千字的项目策划书（啧啧，自己也觉得正规得不得了）……花钱跟人拿摊位时，连带着把人家敝帚自珍般的凉茶方子也买过来了。

一直以为，我这人的性格，认死理，少变通，坑蒙拐骗的事不敢做也不屑于做，医者仁心，凉茶讲究真材实料，下火消炎，解湿除热，与人方便，倒是蛮符合我的一贯秉性。最重要的一点是，凉茶行当本小利大，对当时没有多少积蓄的我来说，等于白手起家，于是，我毫不犹豫地全身心投入，意欲借此开启人生之路。

我将旧凉茶架喷刷一新，买来一顶四角活动大帐篷，上面描有明亮的LOGO，还绞尽脑汁拟了一副关于凉茶泡制技巧和功效的对子分挂两边。锃亮的招牌，崭新的形象，无论怎么看，这都是一个颇具“凉茶文化”的场所！

每当夜幕降临，我和当时年仅两岁的女儿，便劲头十足地推着凉茶架来到固定的摊点，开始兜售妻子精心熬制的各式凉茶。由于货真价实，款式多种，加上服务热情周到，根本不用大声吆喝，顾客便络绎不绝，口口相传，回头客特别多，凉茶常供不应求。一个月下来，收入居然比上班打工三个月的工资总额还要高！

我和妻子都是很容易满足的人。初战告捷，令我信心百倍，正想着添置设备，在凉茶行业大展拳脚，靠勤劳奋斗个丰衣足食，孰知此时，街面上流动的摊贩因为有碍观瞻，影响市容，一律被城管取缔收缴，强制大家入室经营，可怜我刚刚萌发的创业梦就此大受打击。好在这短暂的凉茶生意虽没能掘得人生一桶金，却为我这个名不符实的“经济师”上了一堂生动的市场经济课，从此，因死读书而沾染上的书生气逐渐淡而退化，对生活的认知由此上了一个台阶。

海鲜粥

——北海美食之三

广西北海海鲜名闻遐迩，名不虚传。

前些年，大舅子靠圈海养殖牡蛎，很是发了一笔小财，人也开始嘚瑟起来了。每次吃海鲜，动辄开口点5斤重以上的石斑，而且还要问是不是真正的海货，对“海佬”人工围桩吊养的“半挑子货”基本上不屑一顾，让我辈“穷人”每当招待他时想买便宜海鲜糊弄糊弄都不好意思，只好打肿脸充胖子，到处寻购深海石斑而不获，搞得家常宴都鸡犬不宁的，为此很是郁闷不已。

平时除了煮汤、煲粥，以及给身子虚弱的家人调理康复，北海“食家”一般少有用石斑鱼来煮粥的，如果夜宵想要呷粥，那牡蛎是比较靠谱的食材。牡蛎富含铁锌，有滋阴壮阳之效，古代海上丝绸之路始发港烟楼所在地廉州湾海域水温皆宜，所养牡蛎个大味鲜，畅销全国。近年获得国家地理标志之后，那价格更是不断往高了上去。但本地土著偏要小心眼，扭扭捏捏地害怕别人说他总是吃牡蛎，是不是因为那方面不行了，把心一横，索性选取其他不为人所注意的材料熬粥。选什么呢，久食不厌的猪筒骨对海边人来说是没有什么吸引力的了，那就沙虫呗——且慢，沙虫是南来北往吃货们的最爱，不过禁不住海边村民大肆挖掘，价格早就贵得离谱，已经不是平头百姓能够常常享用的稀罕物了，还是来点大众化的泥虫较为靠谱吧！次点也是要找来虾、蟹、螺几样同煮才略为有滋有味。

几乎是一夜之间，山口泥虫王、闸口泥虫煲，开遍了北海的大街小巷。北海位列全国首批十四个沿海开放城市之一，经济、文化亮点纷呈，而且拥有众人艳羡的渔业资源，人人天生傲骄，个个口味都挑剔得要命，论及吃食不但讲究新鲜，还要换着花样尝试不同风味，挑三拣四，没有满足的时候，但吃货们似乎从来没人对泥虫取代沙虫后的生活挑肥拣瘦评头论足，何哉？一鲜遮百味！滑溜蠕长的泥丁虫经过渔妇们巧手翻挑，顿时血水淋漓，死成了一条湿鱼。不过不要害怕，也不要着急，想要享用美食，好戏还在后头呢。

随着旁边柴灶里边文火熬就的小米粥冒起了腾腾白气，主厨者先把翻好的泥虫“哗”一声倒进铁锅，拿起偌大个锅勺好一阵搅拌，软塌塌的泥虫在锅里上下翻滚几遍，早已熟透。此时小碗装盛的泥虫血水也已过滤澄清，于是，小心翼翼将泥虫和着血水倾进粥锅，胡乱丢些螺贝、瘦肉进去，之后，撒一把葱花，几片嫩姜，再抓一把切成细条状的萝卜丝，不一会儿工夫，泥虫淡淡的腥味早已经被中和掉，剩下的只有混合着葱花姜味的清香，顿时令人食指大动。食客们趁着滚热，人手一盆，吸、嘬、吞、咽，汗流浃背，唯恐落后，怕不吃个三两海碗都不肯罢手。这时，精明好客的主家不失时机地捧上两斤土蒸米酒，几只大花蟹，一盘猪大肠，一碟脆皮花生，更让人拍手叫好。

当然，如果食客们还有时间闲暇，单用当季肥大花蟹伴瘦猪肉，加几只海虾熬粥，或者纯用海螺贝类与米饭同煮，末了撒一圈芥菜，简单易做，滋味也是不差。只是，奉劝大家不要食髓知味，觉得海鲜粥好吃，就开始幻想着天天要求自家夫人煮一锅沙虫粥尝鲜啊，那可是人间美味，只能偶尔解馋，千万不可贪吃。

客家扣肉记忆

——北海美食之四

关于故乡，关于美食，每个人都觉得自己有很多可以念叨、说道的东西在里面。也许你关于故乡的记忆就是孩童时代的所谓“美食”带给的，也许你对于美食的眷恋早就蘸满了乡愁……

而我，在几十年七弯八拐的人生旅途中，在琳琅满目五花八门的美食世界里，至今念念不忘，百吃不腻，认为天下美味不过如此的，应该就属远近闻名的客家传统佳肴——公馆扣肉了。

公馆是广西北海市合浦县辖管的一个古镇，有1400年多年行政建制史了，全镇10多万人，全部来自中原客民后代。数百年前，自从他们的祖先集体迁居至此，古来民风剽悍，宗族观念强烈，轻易不服管教。曲樟乡曾是公馆一部分，清一色客家人，20世纪80年代才独立成乡，两地一脉相连，风土人情基本一样。曲樟乡除了客家土围屋闻名于世，曲樟猪肉为地方一大特色。

大廉山脉梅嶂山村，地势陡峭，与六万大山余脉连为一体，交通殊为不便。农家“山”猪概用番薯、芋头、玉米、小米等粗粮，伴以麦糠、芋梗、薯藤，剩菜剩饭喂养，大小“二师兄”们在农家院四周或躺或卧，或踱步或挠痒痒，渴了喝山泉，饿了到处拱菜根，山前屋后，水洼烂泥，皆是其打滚撒欢的乐园。这样子养出来的猪，体型瘦长结实，其肉白灼鲜香可口，制成扣肉炖蹄则嫩滑绵软，不油不腻，远近闻名。就读公馆中学时，一位来自抗战名将陈铭枢故乡——曲樟璋嘉村陈氏老祠堂的学校大厨手艺精湛，刀工绝妙，尤擅扣肉制作，令我印象深刻。

我从小肠道虚弱，能侥幸活了下来，全靠一日数餐吃农家杂粮熬成的粗茶淡饭。因出世以来就病痛不断，打针吃药太多，早早就对大饥荒年代村人巴巴盼望的鸡鸭鱼肉没了胃口。可奇怪的是，我偏偏禁不起公馆扣肉的香气诱惑，嗜之如命，无论肥瘦，闻味识香，食欲倍增，食指大动，一顿饭居然可以连吃两大块扣肉！那时节，农村住校学生普遍营养不良，校园时有学生饥饿晕倒的事情发生。饭量大的同学整天饿得嗷嗷叫，每顿甚至可以吃下一斤米饭！学校食堂统一用一个个筲箕大小的锑托，装上暗黄的陈年旧米，浇上水后放进一个大锅里面蒸熟，均匀划成三角形小块，要吃多少就用饭票来换。分量严重不足，油水也远远不够。买菜时最盼望的是食堂阿姨能多舀一勺菜汁，浇在清汤寡水的菜叶上，则幸运不过。如果偶尔碰上有扣肉供应，更是妙不可言。虽然食堂加工成的那块扣肉可是真薄，简直可以用薄如蝉翼来形容，就如同现在流行的A4纸厚薄，可这对于我这个经常饿得眼发昏却依然挑肥拣瘦的“马骝精”来说，已经算得上破天荒的大餐了。

大伙或高或低地排着队打饭菜，都使劲踮着脚尖，眼尖的立即可以看见厨房灶台边大桌上，肥头大耳的陈氏大厨下身系一条脏兮兮的围巾，正在眯缝着细眼眉，拿一把寒光闪闪的剔骨利刃，在一大坨黄灿灿的坐臀肉（肥猪臀部肉之谓也，肥瘦可宜，滋味特别，是制作圆蹄扣肉的优质材料）上划来划去，一会儿一片肥瘦相间的扣肉，一会儿一片肥瘦相间的扣肉，每一块顶上都连着一溜儿的肉皮，香酥甜美（真的是这样，我们个个眼里放光，看到的就是“香酥甜美”)！转眼间，一大坨肉变成了一大盆，一片片泡在一汪香喷喷的肉汁里！卖菜阿姨转身端来窗口，轻轻一墩，放声大喊：“香喷喷的扣肉啦，每块一元钱！”老天！每块一元！虽然食堂饭菜价格我们都清楚不过，天天听得都腻了，但还是感到不可思议！那时，每人一周的伙食费不过五元，每周五天半时间只有五元菜钱啊，大哥！而现在一块扣肉就要一元钱！这餐吃了块扣肉解了馋，剩下时间吃什么？我们都禁不住那诱惑，可又犹豫不决。最终，大多数同学还是吞着口水乖乖走到卖青菜的橱窗前，数着手里可怜的几张毛票，简单挑了两样素菜，快快离开。运气好的同学，碰上熟悉的阿姨（大部分是老师的爱人，农转非后没有工作，又没文化，基本上都只能在食堂帮工）在卖菜，阿姨瞅着总务不注意，就偷偷从盛放扣肉的大盆里面使劲“掘”出一大勺带着几根肉丝的汁，快速“淘”在他的饭菜上，那个同学慌慌张张地快步走出饭堂，心里早就笑开了花，那天的饭，吃得鲜香无比。

我一直以为，扣肉这样的稀物只有陈氏大厨之类师傅才能操弄。事实也证明，全镇每有红白喜事，基本上都要延请陈大厨到场掌勺——这或许才是饥荒时期也养得他肥头大耳的原因吧！直到多年以后，有一年春节，我母亲居然亲自操刀，里外忙碌一番，一个人整出了几大盆圆蹄扣肉，让我们兄弟几个吃了个溜饱。这才知道，只要有了原料，有了时间，有了闲情，有了心思，平民百姓也是可以整饬饕餮之宴啊！

那年春节来临之前，母亲早早买得一大块本地猪优质坐臀肉，用须刨细细地把猪皮上的棕毛刮干净，跟着将整坨肉放进大锅里面煮个半生不熟，然后捞起滤干，整个翻转，丢进烧得旺热的油锅里用文火炸个透彻，此时，韧性的猪皮已变得半金不黄，接着用大盆凉开水把坐臀肉淹没，泡个小半天，之后再捞出来，自然晾干。跟着最重要也是最细致的工作开始了，母亲找来长长尖尖的金属织衣针，戴着老花眼镜，把整块坐臀肉的皮挨个密密戳一遍，一边戳一边用手往肉皮上抹蜂蜜及五香粉调成的混合物。在戳猪皮的过程中，落针时不能深也不能浅，深了戳到肥瘦相连的肉层里去了，就容易发生串味，浅了不能将肉皮戳到底，蜂蜜、五香粉等便不能很均匀地渗进肉皮里面去，进而导致扣肉成品味道不平衡。经过一番操作，再按纹理将坐臀肉切成肉分皮稍连的状态，终于可以装盆了。先是将炒得香喷的虾米和沙虫摆满碗底，再将整块坐臀肉皮朝下小心翼翼地搬弄入碗，用手稍加固型，然后在大瓷碗上面铺上黄澄澄的大叶酸菜，有条件的话还可以上面再撒一层虾干、沙虫，接着依次端进架着“牛二”大铁锅上的蒸笼里面一一摆好，就可以烧水蒸炊了。时间不长，也就10个、8个钟头而已，或许一夜之间，随着锅里蒸汽的袅袅飘溢，一股淡而香的味道慢慢弥漫了整个厨房。

乡村的早晨总是来得那么早，有扣肉香味飘荡的早晨更是令人欢愉。翌日早上，我们兄弟几个迫不及待地要求母亲端一碗来尝尝。母亲早有准备，转身揭开不知何时另起炉灶的小锅锅盖，取出一碗香气扑鼻的扣肉，上面还凝有闪闪发光的油呢，桌上已经放好一个大碗，猛一下子将碗里的扣肉“扣”下去，一揭瓷碗，偌大碗真材实料的客家扣肉，成了！我们几个争先恐后把筷子伸了过去，一人搛起一块或两块，连皮带肉，大快朵颐，满嘴流油，不亦乐乎。

昔孔子云：食肉者鄙！可是，在这样的美食诱惑面前，历史上曾经有多少人斯文扫地。唾液发自内心，诱惑扑面而来，我们已经什么都顾不得了。

（刊于2019年1月《三月三》第一期）

心里美

——北海美食之五

小时候，离老家不到 3 里远的老姑丈家里有棵歪脖子老枣树，我至今记忆犹新。树上结的不是现在人们吃不腻的小红枣，而是脆生生的大青枣，也许哪天熟透后它会变红，但我从来没等到它变红的那天。每当青枣成型，圆鼓鼓的果实刚刚泛起一层水光，我们已经迫不及待地结伴来到老姑丈家，也没啥客气的，就那么争先恐后地爬上树去，踩着颤颤巍巍的枝干，伸出长长的竹竿，一阵乱敲，青枣便落了一地。七手八脚抢起来塞进嘴里，大嚼一通，涩涩的，还有一股少年的调皮味道。青枣营养丰富，脆甜可口，含有大量维生素 C、膳食纤维，有益胃生津、养颜美容、延缓衰老的功效。可惜入口生涩，使人觉得好像还有什么愿望没能满足似的，略带有一丝未了的遗憾。

人到中年，忽然就开始关注起了保健，但还不至于像传说中的老干部那样每天往保温杯里抓一把红红的枸杞泡得不亦乐乎，而是对沙沙的、甜甜的小红枣情有独钟。原因很简单，据书上介绍，枣实皮薄肉厚，甘甜适中，含有蛋白质、脂肪、18 种氨基酸、6 种有机酸、36 种微量元素及丰富的维生素 A 等，不仅是大人小孩都喜爱的果品，也是一味滋补脾胃、养血安神、治病强身的良药，为秋冬进补之佳品。《本草备要》记载："红枣补气益中，滋脾土，润心肺，调营养，缓阴血，生津液，悦颜色，通九窍，助十二经，和百药。"民间素有"天天吃红枣，一生不显老"之说。红枣还象征着幸福、美满和吉祥，"枣生贵子"乃是对新人的最好祝福。

对生活不甚宽裕的普通家庭来说，想要以最低的代价把孩子养得聪明伶俐，结结实实的，选用红枣最好不过。于是，我就见样学样，煮饭时，丢几颗红枣到锅里共焖；熬骨头时，放一把红枣煲汤。有时，还把红枣洗净蒸熟晾干了，给女儿当零食吃。她先是不情愿，吃过几次后居然上瘾了，嚼得津津有味。一段时间过后，幼时缺奶少营养的黄毛丫头，小脸蛋渐渐红润起来。于是，我便更加执着地坚持着把全家吃枣行动继续下去。

一次偶然的机会，很惊讶地在"北海春"饭店遇到了一味菜肴——心里美，名字起得很有诗情画意，隐约带有一丝小资情调。这道菜的制作不复杂，却需要手法细腻，用心专注。选用天然优质红枣去核水汆，将本地清香大糯米磨成粉状，用温水蘸冰糖调匀作馅，然后用红枣把馅料和在一起捏造成型，再放入高温糖油里炸个熟透，出锅后，趁着粉嫩软绵，马上装盘，快速浇上一层糖油，再撒上一点灵魂芝麻，顿时，一股诱人的香气扑鼻而来。

用樱桃小嘴轻咬一口，软糯清甜，枣香浓郁，吃相优雅，食材健康，吃在嘴里，软糯糯的，甜滋滋的，暖洋洋的，人心里积攒了许多的爱意，刹那间无端泛滥。究其原因，或许酒家厨师的用意是以诚待客，使尽浑身解数想把最好的美味呈现给客人。但客人闻风而至，乍尝美食，他（她）心里何尝不是已经亮堂一片，美成一团！这样一道菜名，何止于仅仅是一道菜名。糯米富含蛋白质、糖类、钙、磷、铁、维生素B1、维生素B2及烟酸等营养成分，有补中益气、健脾养胃、止虚汗等功效。红枣和糯米的结合，搭配得如此天衣无缝，色、香、味俱全。再加上“心里美”这个菜名，马上衬托得人心里柔软起来，它简直是客人因此而感动的理由和开始。

在纷繁复杂的人生旅途中，何去何从？有时可能会有人或明或暗给你指路，但更多时候，需要你自己穷尽一生使尽浑身解数去反复摸索才能找到心理定位。此时此刻，那就请给文学留开一扇窗吧，它会告诉你，美丽不用化妆，你如果心里有爱，如果心里有美，那就勇敢地把它传递给身边的人吧。

写过《有了快感你就喊》的著名作家池莉说，你本质上是一个什么样的人，你最终就会有一张什么样的脸。这看起来带有颜色的书名其实更是一句充满阳刚之气的格言。

换言之，人心里美了，头脑亮堂了，那么即使有朝一日青春已逝，胶原蛋白不断减少，新陈代谢慢慢降低，你内心的光华依然可以透射颜面，让你神采飞扬。

心里美——一道让人欲罢不能、念念不忘的神奇菜肴。

食得菜根

——北海美食之六

记忆中，薯类食物是幼年生活常态。我印象中小时候没有多少餐是能吃得上肉的，因此对薯类等农作物的感受就特别深。

俗话说：咬得菜根，百事可做。初时并不以为然，作物之所以能作为食物，不外乎其干、其果、其叶、其枝、其花能果腹充饥。根茎也能食用，已是一奇。偏它味道上佳还营养丰富，更是让人食髓知味没齿难忘。

譬如芋头，有本地芋、蕃鬼芋、大肉芋……每一种芋头的做法和味道都不太一样。但是，如果在深冬季节，把一大堆本地芋堆放在冰冷而干燥的地板上，过上整整一个寒冷的冬天后，在早春来临时节，在百无聊赖中，在饥肠辘辘时，无意中翻开芋堆一瞧，发现地上的芋头都给冬天的北风“哨”（客乡方言，动词，风不停地吹使得水汽蒸发之意）瘪了一截，用手一摸芋头尾部，软软的，腐烂竟然有漫延而上的样子！这可是大事，乡里农家存粮本就不多，人啊，畜禽啊，皆指望着这点“生理”过春呢。遂火急火燎起来，赶紧翻找出有类似症状的芋头，草草洗净泥巴，一股脑儿放进硕大个“牛三”铁镬里。掩上盖板，“哧啦”点着火柴，鼓着嘴用“火筒”对着灶膛使劲一吹，幽暗的“灶封”一下子便在小孩的心里亮堂起来。灶火映在周围各张忽明忽暗的脸上，所有的热切、焦急一下子都平稳了下来，唯有柴火“噼啪”作响的声音不甘寂寞地透过窄小的厨房传透四周。

不一会儿，空气中就传来了一股熟悉的味道，有经验的乡下人知道，这是芋头要熟了。遂熄火罢工，待灶膛回火稍焖一阵，早就忍耐不住的小孩一把掀开锅盖，猴急地伸出乌黑的小手一拨拉一抓捏，一个冒着热气的芋头瞬息便在两边手上翻来翻去。而在芋头翻动的过程里，芋皮也被一层层揭开。咦——小孩的眼睛突地一直，早见得近乎烂透的芋头尾部成了黑兮兮的一截物事，这，能吃吗？可又忍不住那若隐若现香气的丝丝诱惑。来不及细想，张开了嘴，舌头一边躲闪着芋头的温热，牙齿一边趁机轻咬了一口。味道怪怪的，却另有一种清香，混带着大冬糯米的“清甜”，还有一种说不清的糯性！馋嘴一动，物事已经入得喉咙。这就是乡人所说的“鸡屎芋”了吧?!

大伙哄地起身，全都顾不得烤火取暖了，蜂拥而上，三下五除二，人手伸向满满一锅芋头，手快的两手各拿一个，嘴里哧哩呼噜吃着一个，眼睛兀自看望锅里。手慢的便是慢条斯理地剥开芋皮，瞧着那一截黑物事，审视一番，再不慌不忙地放进嘴里嚼咽，有满足，也有吃的享受。

再如番薯（乡言俗称，书面语叫红薯），也有五花八门的品种，红心薯、红肉薯、五色薯、坡薯、田薯，曾经都是客家乡村能活人命的好东西，没人看上眼，却人人离不开。新出锅的红薯也好，隔夜冷薯或有馊味也不怕，胡乱掰开塞进嘴里，两手一搓，薯屑纷纷落掉，破旧书包斜挂在肩上，迎着早起的太阳，小孩子心情愉悦地向学校走去。

如有机会吃烤薯，则更欢喜不过。那时没有烤箱之说，想要吃烤薯，则要在大好的日子里，人各提着一袋精心挑拣的番薯，顺着一片收割后的水稻残茬，在冬田中间找到满地翻开的干泥块，一片一片叠垒起一座小泥窑，技术高的那窑可放进 20 斤红薯，我们是不敢奢望的，只求过后人手分得一两条足矣。一切准备就绪，拾柴火的伙伴也回来了，就马上点火烧窑。在火光影映中，熏得人人泪眼蒙眬，泥窑不知不觉中已烤得黑里透红。大伙赶紧将番薯从窑口塞进窑膛中部，小心翼翼地用木棍一捅，泥窑“轰”地倒塌下来，溅起一阵泥尘热灰，把番薯通通埋在里面，噼噼啪啪用棍子把泥巴敲碎压实，烤薯大业已完成大半。静待数十分钟，派去送“窑鬼”的人迟迟还没回来，有人已迫不及待地拨开尚冒着热烟的泥巴，早见得一块番薯皮露在外面。轮换着抓在手里，嘴吹泥巴，用极快的速度揭开了薯皮，黄里透白的薯肉香味已钻入鼻子。三下两下把薯肉扔进嘴里吃完，意犹未尽又来一条……有时候不等悲催的同伴忠心耿耿地送完“窑鬼”回到地头，地上已狼藉一片，烤番薯早就给馋嘴的人吃完了。于是免不了就会经常发生争吵，可争吵过后，同样的故事依然不停地发生。

或许，在以后那些苍凉的人生角落里，我们再也吃不到往日沾着灰尘的香喷喷的烤薯，也吃不到香甜中略带臭味的“鸡屎芋”了。余生无奈，只能不停地怀念曾经容易满足的童年，怀念曾经轮流送“窑鬼”的美好“糗”事。

（刊于 2017 年 1 月《散文选刊·下半月·原创版》）

客家围屋

客家人或可称得上是中国的吉卜赛人。它长期以一个族群的方式整体流动，从远古走到现代，自中原地域起源，开枝散叶，广布于黄河、长江、珠江流域，似乎永远没有停留下来的打算。

客家人的聚居地非山即海，皆荒山里岭，蚊虫肆虐，何哉？皆因历次迁徙途中，客家人不但典籍异册，且屡被当地官府民众歧视排斥。无奈何，只好栖身城郊野外，以至“逢山必有客，无客不住山”。为防止外敌及野兽侵扰，砖瓦建筑因地制宜，布局合理。其中围垄屋采用中原汉族建筑工艺中最先进的抬梁式与穿斗式相结合的技艺，主体结构为“一进三厅两厢一围”，以南北子午线为中轴，东西两边对称，前低后高，主次分明，从落有序，布局规整，屋前的池塘和正堂后的“围垄”成一个整体，讲究的，还设有书房和练武厅呢。

中国最大的涠洲火山海岛上星罗棋布的客家建筑与合浦县境的客家围垄屋已大相径庭，其大部采用尖顶拱式或平房式横排三套间，屋顶较尖，居中作家厅，左右两间分作卧室和放置杂物。其中，骑楼式的双连屋，珊瑚石盖顶，平房院落四散杂居，相连之中又有独居，张扬着海岛人的个性。

由于人迹罕至，客家人聚居地大多成了世外桃源，风景绝佳之地。

（刊于 2017 年 10 月《散文选刊 · 下半月 · 原创版》）

客家乡村

不知道从哪一天起，蜗居在合浦县大廉山脉一带的客家乡村日益沧桑；村边那口池塘慢慢混浊、干涸，以至枯竭；村口那株老树，一点点枯萎，一片片落叶最终零落成泥碾作尘……但是客家乡村从始至终都做着一个梦，它总是梦见铁马冰河或一马平川，也许还会梦见关山难越、筚路蓝缕、车水马龙、前路漫漫。

一个部落史，首先是一个人的记忆。我是从 20 世纪 70 年代趔趄着走过来的客家后生，我的童年，饥饿已经慢慢变得不那么可怕，因为当时屋后山上长着无穷无尽的山果野菜，小河沟里有游来游去的小鱼小虾，田头小溪还有活蹦乱跳的青蛙、泥鳅……农家肥料培育的庄稼，虽然产量不高，但佐以粗粮小米、薯菇瓜菜，勉强能够养活一家老少。如果能够在闷热焦躁的夏天，顺着萤火虫尾部发出的微弱光芒到野外去追捕鸣蝉，或者点着煤油灯相跟着踩过黑黢黢的田塍去上晚自习，即使半路上被身后吹来的阵阵阴风吓得毛骨悚然、心惊胆战，反而觉得这一切既新奇刺激又好玩，总是那么令人欢呼雀跃、兴致勃勃。

客家人的顽皮、好斗和机灵，总是从娃娃抓起。我记得，间或邻村之间孩童因为鸡毛蒜皮之事闹矛盾，则常以“飞”石头仗作为回敬对方的战例，你可主动英勇挑起，也可被动顽强应战。

最终不管是鼻青脸肿也好，或者眼角乌黑也罢，都是自找的，总之没胜者，也没输家，所以只能独自忍受疼痛，吸取经验教训，以待日后再克敌制胜。客家人的孩子“硬颈”，好了伤疤忘了痛，没过几天便重蹈覆辙依然故我，放学回家路上，又气势汹汹地隔着坡塍田垌彼此征战不休，大人们无可奈何却根本没人横加干涉——老子辛苦一天，累个半死才勉强果腹，小屁孩们玩玩罢了，只要不出人命，鬼才有兴趣去操心你们那些芝麻绿豆事，有那闲工夫还不如聚拢一堆“拍”两局“天九”或“煲”两筒水烟“粥”来得过瘾！客家女人这时能弄啥？干脆摇着大叶葵扇坐在村口龙眼树荫下，好一番东家长西家短，扯起来就像懒女人的裹脚布一样没完没了，生活的百般滋味都咂出来了……

童年的客家乡村夜晚，总有着许多不可捉摸的惊喜。遇上夏秋季节，天气适宜的话，趁着夜空闪烁的星光去“罩”（用手电筒之类的光源照定猎物后趁机捕捉之意）青蛙，则是所有乡村孩童的最爱。无论你是否家有存粮或者家徒四壁，葱花青蛙粥或姜丝爆炒青蛙肉的滋味都让人无法拒绝。至今想起来，还一样令人垂涎欲滴。

那时节，客家人种植庄稼常用农家粪配氨水沤肥，闻之欲呕，肥力不敢恭维，对庄稼生长的效果不大，反倒利于害虫繁殖。害虫多了，青蛙相应也多，嘴馋的乡人于是循声而去……刹那间，虫鸣蛙应，人声鼎沸，生生将好端端一个夏夜吵成一团热乎乎的糨糊。大人小孩都眼巴巴地期待着出征者满载而归后的饕餮大餐。星光点点，夜风习习，客家村口禾坪上的龙门阵甚至可以一直摆到子夜不散。若干年后，当远离故土和童年的客家乡人孤独地站在表面热闹繁华的城市中央，靠回忆过去抚慰前程人生时，大伙不约而同地发现，儿时那热得汗流浃背的客家乡村夏夜，竟是最值得现代人怀念的美好时光！

还记得故乡的客家乡村旁，一条人工水利灌渠连接着六湖垌水库，一汪清水沿着大廉山脚一直走走停停，到村边斜坡转弯处竟平添了几许潺潺之意。大人们傍晚回来，带着一身汗臭和一身疲惫，来不及吃饭，皆胡乱撂倒家什农具，扑通一声跳进灌渠大洗特洗一番，一天的疲劳便水花四溅，随波流去。记得有一个顽皮女孩，瞅瞅四下无人，也学男孩偷偷玩水，正兴高采烈时，不幸给水蛭顺着裤脚而上爬入身体，惊慌中拉拉扯扯断了一截，顿时血淋淋吓得面无人色，哭哭啼啼地跑回家去，听说后来整整吃了一罐蜂蜜才逼出那半截水蛭。从此，那个女孩再也不敢涉水了，其他客家孩子再有戏水念头，也有些战战兢兢、东张西望，仿佛那条滑溜蠕动的水蛭无处不在，浑然没有了往昔的快意。

有一段时间，为了提高作物亩产量，村民们开始普遍使用进口化肥、农药等化学产品对庄稼进行“催产”，农作物产量就像雨后的春笋节节拔高，不料青蛙、鱼虾却突然不见了，害虫不减反增。曾几何时，“猪快长”使客家乡人欢天喜地发家致富，但随着激素、化学肥料、抗生素、饲料泛滥，后果是植物异化、动物变味，家禽家畜出栏时间大大提前，禽畜肉食味同嚼蜡，菜蔬果品今不如昔。不知不觉间，萤火虫没有了，蛙鸣声听不到了，客家乡村夜空貌似璀璨如昨，难免逐渐老去，少有当年野趣了。此情此景不免令人黯然神伤——伤感的何止是客家乡村，其实还有我们记忆中曾经单纯而欢乐的童年。

所幸客家乡人骨子里不服输的信念和血脉里的团结坚强，在新时代焕发出勃勃生机。这些年，“美丽乡村”“中国梦”如春风般拂开了客家乡村“天常蓝、水常清、树常绿、地常净”的美好家园愿景，为淳朴善良的客家乡人带来了真实可见的民生期许。

放眼望去，大廉山绿染山峦，六湖垌碧波荡漾，可感知、可评价的“美丽中国”蓝图在合浦山乡慢慢展现出温暖感人的人文之美。

当四方游人从城市冰冷灰暗的钢筋混凝土丛林中突围而出，全身心融入客家乡村的山山水水时，就会真切体会到历史文化底蕴深厚的客家乡村大地上的生态旅游之花正在遍地盛开。经年发展，最能代表中原汉风文化传承的大廉山客家特色民居与涠洲火山海岛民宿相互辉映、家喻户晓，客家曲艺《公馆木鱼·金牡丹》等非遗文化精品诙谐有趣，成为游客体验客家乡村民俗、感受客家风情的最爱。

当沧桑的客家乡村终于将所有的不幸沉淀过滤，当澄澈透明的夜空重现闪闪星光之时，我们这些常年出门在外，自以为已是城市人的客家人，再回到故乡客家乡村，顿时感觉回到了自己做主的家。人生就是一段旅程，“梦里不知身是客”，客家人在哪里都可以当作客居所，在哪里都可以“反客为主”，但只有回到那小时候熟悉而亲切的客家乡村，我才能感受到大地的踏实、厚重和温暖……

（刊于2019年2月《三月三》第一期）

客家人过春节

客家传统年节有相当一部分是汉民族传统习俗的自然延续。随着客家人向全国各地的迁移，客家人春节习俗融入当地的民俗，所以，天南地北的客家人的年俗也就都有了嬗变。但无论咋变，“主旋律”依旧在。

明清以来，迁居北海一带的客家人还习惯将年前分为小除夜和大除夜。

春节仿佛是客家人一种执迷不悟的图腾，客家人称为“过年”。其实古时候所说春节，泛指二十四节气中的“立春”，甚至整个春季。辛亥革命胜利后，才正式将农历正月初一改名“春节”，这是365天中最特殊的一天，承载着客家人耕读传家的美好愿景。如果论准备工作，客家人很早就开始筹办了，着急一点的在农历九十月阳光大好时，就赶紧晒番薯片、米糕片，以供过年油炸和炒食。

客家人民间还有“冬至”大过年之说。随着冬至节气来临，阴气盛极而衰，阳气慢慢上升，客家人认为这代表着世间否极泰来，遂蒸酒储存，久而愈醇，柔和爽口。每当此时，客家人惯用糯米粉和萝卜丝、虾米、猪油渣等做成萝卜粄，用蕉叶垫住放在锅里蒸熟，大家兴高采烈地趁热品尝，妙不可言。如果孩子们在呵气成雾的日子里，在烤冬薯香味弥漫的空气里，能够“意外”地从锅里捞出来一个带着清香的饭心叶粄，里面杂有几片沙虫瘦肉，那比吃到鸡鹅鸭腿还要令人兴奋。糯米味甘、性温、养气，用以做成芝麻汤圆，百吃不腻。客家人除了吃一顿羊肉大餐御寒、滋补，某时某刻，全村来个“冬社”大动员，更是群情汹涌。主事者先到各家“乞”来一定数量的米和钱，买得一头或数头大肥猪，磨刀霍霍杀鸡宰鹅，一起抬到“社百公”大榕树前祭祀一番，祈求来年风调雨顺。待祭祀完毕，扛来几口大得不成样子的“牛二”铁锅，淘净米，和着猪杂、猪血、鸡鸭一股脑儿倾倒下去，用烧得“噼啪”作响的干柴烈火熬它个七荤八素。接着，有人拿起一把长柄大勺，像少林寺里面的武僧一样，一撅一搅一起，把热粥平均分到各家各户早就端来排成一地的大瓷碗里，饿得嗷嗷叫的小伙伴们蜂拥上前，舔而食之。那社粥的味道，可从童年一直凝留到一个人的晚年，久久不散。

进入腊月（农历十二月）就意味着“月穷岁尽”。过年在即，客家人顾不得寒风凛冽，趁着冬季闲暇，便要着手除旧迎新了。房前屋后，排水沟渠，该补该修的就要赶快修理加固。此外，粮食储备，牲畜过冬，都要有条不紊地进行，争取在年三十来临之前，一切准备妥当。

腊月二十三日晚后，客家人要祭灶了。用新工具把灶台刷干净，取下旧的灶君烧掉，三十日晨把新像贴上，一送一迎，摆置酒肉、糖果、甘蔗、米果等，在灶前烧香、点烛、放纸炮，祈求灶君保佑一家人丰衣足食。

月二十五，年味已经非常浓了，犹如一边脚踏入了“年界”。在此前后，要择定吉日打扫卫生，清洁厨桌板凳，洗晒被褥蚊帐，同时，要教育小孩不能相骂，不能讲不吉利的话。客家人仿佛听从某种内心的呼唤，人人扶老携幼，风尘仆仆，四方归来。家家户户相约着用石臼舂米，推石磨粉，蒸糖糕、做米果。其中客家传统有一种俗称大笼粄的糕点最值得称道。用竹篾编织成一个大圆框，底下垫上一层芦苇叶或海麻木叶（现在基本上都用锑格和透明塑料纸代替了），把黏米和糯米混合着碾碎成粉末，筛过两遍或数遍，然后放进“牛二”大锅里面和水煮沸，加入黄红糖煮透，再伸进一根大棒槌，趁着热使劲搅拌。待浑身大汗淋漓筋疲力尽时，糖糕早拌匀了，奋力捞出往圆框（锑格）一倒，冷却固形后，便是人见人爱的客家大笼粄了。殷实人家往往赛着往大了装，上面还贴着一张利是钱，预示着六畜皆旺、生活甜美。什么时候嘴馋了，切一块生吃也可，或放油锅煎烤，酥香软糯，味道直冲五脏六腑。由于大笼粄经过高温煮制，不是遇上霉湿天气，可持久不坏，甚至从腊月一直放到清明前后，都还可以吃个不停。

除夕这天上午，家家户户都要拜菩萨、敬神，各家厅堂要挂起祖宗画像，在大门口贴上鲜红春联，倒贴福字，谷仓门上、禽畜栏前、家具床铺以及水缸边都要贴上红纸条，叫作“封岁”，也叫“上红”，大人小孩早就理好发、洗好澡，穿上新衣，干干净净过年。讲究的村场，午时过后，还要在祠堂里燃起香火蜡烛，端来鸡鸭猪肉，米饭茶酒，将一框框的大笼粄摆放整齐。主事者着古装长袍，执旧式礼节，环伺祠堂，族人怀着满脸的虔诚，一身的惶恐，香烛氤氲，爆竹炸响，与先人作一次深刻的无言对话，反省自我灵魂，振奋新年信心。华灯初上，一大家人高高兴兴“围炉”吃饭，桌上要多放几副碗筷，饭前，先筛酒敬祖，以酒洒地。席间，让老人吃胸脯肉，给小孩吃鸡腿，以示尊老爱幼。和面蒸饺子时，里面包有铜钱，谁能吃到预示来年就更加幸运。吃罢团圆饭，灶具要马上洗刷干净，以备翌日吃素。晚上“点岁火”，每个房间，甚至牛栏、猪舍也要点上，彻夜不熄。然后家长们依次给小孩和老人发压岁钱，辞旧岁，迎新春，其乐融融。除夕夜在客家方言里又叫“三十不暗”，说法来源不可考，大致说今夜灯火通明，将是不眠之夜，守岁时放胆吃，尽兴玩，高谈阔论，当为人生快事。

正月初一，按民间《通书》吉时打开大门，顿时鞭炮声此起彼伏，响彻云霄。祭灶，祭祖，吃素，左邻右舍相互拜年以吉利话相颂；小孩们怀揣一袋或几袋鞭炮，听到锣鼓喧天，看到龙狮舞动，便蜂拥而上，点炮助兴，欢乐嬉戏。

初二早上，客家人统一在宗祠祭拜祖先，大笼粄是必不可少的物品。早饭后，新婚夫妇就要“去村”（拜访岳父母）了。毛脚女婿脆生生地带着小母鸡、米果、糖果和香烛、鞭炮等礼品，携手娇滴滴的新娘子“回”到岳家，先给岳家祖先灵前烧香、点烛、放鞭炮，及后，老丈人设筵相请，女婿惶恐之余遂大醉而归。其他人或走亲戚或摆龙门，热闹非常。

初三不能杀生，早上吃“岁饭”（廿九日或正月初二晚上蒸好，鸡要在初二杀好或过年时留下），按家中人头在饭上插筷子，一根带叶树枝放上橘、柚等水果，先供奉天神和祖先，再开席，鸡鸭鱼肉一大桌，胃口全开。

初四接着胡吃海喝，无所节制。

初五日，客家人收起厅堂挂的祖宗画像，取下纸门帘烧掉，外出做工干活儿的就可以启程了。此时，全村一般会集体做一次声势浩大的“年社”，就出年界了。

陌乡
Mo Xiang

chapter
02

行游篇

◇ 春游谢鲁山庄
◇ 百年流芳大芦村
◇ 三江散记
◇ 游后桂林看北海
◇ 急游乌镇
◇ 徐闻记行
◇ 大鹏所城，留下一串中原汉民的脚印
◇ 邂逅“青瓦房”

春游谢鲁山庄

谢鲁山庄原名“树人书院”，位于玉林市陆川县谢鲁村，始建于民国九年（1920年），历时20年初成。据传庄主有藏书数万册，建书院意在宣扬儒家精神、孔孟之道。

山庄景点多，幽雅别致，富有深厚的历史文化底蕴，既是游客赏心悦目的乐园，又是涤荡心灵的家园，号称全国四大私人庄园之一。

传说山庄的建筑布局是根据《琅寰记》与《红楼梦》中所述，仿苏州园林，依卧龙山势跌宕起伏而建，迭迭而上；排涝疏浚的青砖沟壑，九曲回环，科学有序，其建筑机理，包罗万象，令当世不少有识之士也自愧不如。

山庄建筑者是民国时期新桂系李宗仁部属吕芋农，文才武功了得，只是时运不济，天不佑人，曾在旧桂系军阀陆荣廷麾下效劳，后来追随李宗仁征战，终于还是归隐山林，独居乡村，而且最后作为反人民的反面教材受到不公正对待。所幸其穷一生积蓄所建的谢鲁山庄历经岁月洗礼，竟成民间庄园典范，无意中成全了谢鲁山村的父老乡亲，也洗净了自己的身后骂名，还谢鲁山庄一个清白之身，为后人留下了一处历史文化遗存，弥足珍贵。

谢鲁山庄名声在外，我们慕名而来。沿山间曲折弯路反复、纠缠，路边一不起眼的小院落，毫无装饰的灰砖青瓦，门额上“树人学堂”四字凌空而起，门两旁的对联是“安得奇书三千车娱兹白首，再种名花十万本缀此青山”，立意深刻，文采飞扬。

只是大门左边摊档横陈，与影壁上吕芋农气宇轩昂的肖像很不协调；大门右侧很搞笑地立了一块廉政文化教育示范牌，滑稽之至，也不知主管者有何用意。院门乍进，迎面一副楹联：小桥虚阁自高低，绿树碧檐相掩映。门头无匾，仅一根藤蔓缀三只南瓜五张黄萼七朵红花九片绿叶。经导游稍加点拨，方恍然有悟，原来吕庄主一生斑驳写照早在上面。再往里，折柳亭前有联曰：独鹤与飞握手已达，万象在旁控物自富。左右两边兼以对称的两个镶窗三喜图形象地表达了自己人前人后的满足感，不自满，不浮华。无论达官贵人或是乡里村夫，皆一视同仁，送客止步于此，返景即入深林，洒脱无比。又听说吕庄主依次娶妻九名，却个个郁郁而终，无一善后。可见庄主虽文才出众，却心不在闺中房事，也无多愁善感。闻说当年的吕庄主，身高不够一米六，体重不足 90 斤，28 岁方投笔从戎，却能以附贡生身份，凭战功累官至广西陆、博、廉、贵四地少将总司令之职衔，令人讶然之余，敬慕丛生。

全庄建筑可以数字一至九概括，为一个小门、二重围墙、三屋主体、四方大门、五处假山、六幢房屋、七口池塘、八座亭子、九曲巷道贯通，取“天长地久”之意。其他附属点缀，皆小巧玲珑，却隐隐含有凛然大气。山庄奇花异木计有 200 多种，尤以五色茶花、胭脂树、四季绣球、百年金（银）桂花、罗汉不老松等为珍贵，其中一棵四季玉兰树参天拔起数十米，高耸入云，枝干两人环抱不过，水流花开，香远益清，沁人心脾。方圆一平方公里的庄园，说大不大，说小不小，建筑者匠心独运，删繁就简，去芜存菁。里面亭台楼阁，繁花仙草，装点得文静典雅，颇有古韵。想必吕庄主受古文化熏陶日久，飘飘欲仙，凡事能异想天开，不拘泥于乡野鄙俗。故小兰亭有联：游目骋怀此地有崇山峻岭，仰观俯察是日也天朗气清。仿佛神游至此，别有洞天，俨然浊世中的一方清静去处。

吕庄主毕竟不是拒吃人间烟火的超人，既超越不了历史，也难为世俗所容，想凭一己之力保一方晴空更不可能，因此后半生的潦倒势所难免。所谓“腹中经纶万卷，也可封妻荫子；奈何命途多舛，皆因生不逢时”。最终，落魄贡生、失宠将军连同他“百年树人”的理想黯然收场。半山亭联云：若问前尘才到此山一半，寄语来者所期树人百年。看来吕庄主对今生来世早有预感，只是遗愿未了，幻想人定胜天，勉力而为罢了。

（刊于《北海日报》2011年5月25日第七版：文化广场）

百年流芳大芦村

说起灵山荔枝，那是满山遍野的夏日饕餮，不是佳肴，胜似美食。而中国历史文化名村——大芦村特有的人文底蕴，又是另一番让人拍案叫绝的惊喜。

初春时节，我们驱车来到广西灵山佛子镇大芦村。“细品古斋装饰，探究宗法制度，感受民俗风情”，在古宅、古树、古楹联中流连徜徉，仿佛穿越了五百年的风霜雨露，回到了明清封建庄园的辉煌场景之中，亦幻亦真，懵懵懂懂。

完全是一时兴起，临近中午时，我们几个人才冒出自驾车同去大芦村的念头。说走就走，于是车行如风，顺着玉北高速呼啸而去。从高速路口出来后，由于路况不熟，虽然有手机导航，还是磕磕碰碰误走了许多弯路，几次都以为走错方向了，怎么这么偏僻，这是一个A级景区所在的地方吗？

记得多年前刚参加工作时，曾经为吃灵山荔枝而长途跋涉来过六峰山，后来出差返途，也顺路经过一次灵山县城。二十多年过去，可能六峰山还是老样子，荔枝的味道也丝毫不变，但是记忆早就模糊了，或者是导航不靠谱，又或者是绕来绕去迷了路，搞得哥几个差点都怀疑人生了。关键时刻，果断下车找人问路，终于确认了位置，那就——继续走呗！

大年初五，到处都是熙熙攘攘，人满为患，街头闹市车辆快要排成蚁行了，且走且停，停停走走。来到灵山县城附近，居然看见尘烟滚滚的大路边有人在摆地摊卖葫芦，就是那种古时候江湖豪客用来装满烧刀老酒然后大口豪饮到处扮酷用拉风得不得了的风干植物葫芦，大的居然半人高低，小的略比拇指长短，琳琅满目，还有其他一些手工编织的竹篮篾筐，看得人眼花缭乱。偶尔也见过北海老街有葫芦之类的商品卖，但价格奇贵，而且似乎品相也很一般，与当时看到的“路边货”根本无法比。我们遂好奇地靠边停好车，走过去，东翻西挑地问起价来。摊主不苟言笑，不恼也不催，任你挑三拣四，挑肥拣瘦，可就是犟着嘴，出价多少就是多少，死活不肯松口减价，似乎认定他那山货独一无二，爱买买不买拉倒。搞得我们假装走开不是，昧着心笑骂两句也不是，欲老老实实掏腰包又喉咙痒痒得难受。好在，此时，离目的地已经不远了。

大芦古村距灵山县城东郊十里左右，总面积有 4.2 平方千米之大，属于典型的岭南丘陵地貌，山清水秀，900 多户人家。景区牌楼大约刚建好不久，簇新簇新的，一副古色古香的联对雕刻在两边柱上：“芦村焕新貌，谁将丽句续前贤；大雅仰遗风，代有佳联传后世”，一下子将客人的胃口吊得足足的。走进村来，百龄荔枝老树随处可见。灵山三月红皮薄、肉厚、清甜，可谓荔枝中的精品，村民守着满树果花，却见惯不怪，习以为常，根本没有丰收在望的轻狂。宋代文豪苏东坡曾夸张地说“日啖荔枝三百颗，不辞长作岭南人”，我是很不以为然的，俗话说一只荔枝三把火，吃也好，不吃更好，不要说三百颗，连吃三颗后你就可能受不了。虽然这样，依然阻挡不了灵山荔枝长期热销得价——哥（姐）吃的不是荔枝，而是品尝人生的一种感觉吧！

大芦村中共有数十个明、清时期建筑群，镬耳楼、三达堂、东园别墅等保存完好，占地达 22 万平方米。“枕山、环水、面屏”，是全村基本形态，表面上看其四周并无多少奇特之处，出彩的是村里面数不清的绕来绕去的古巷，密如蛛网的古道，幽暗深沉的古井，高大虬结的古树，青砖遍布台前的古居……其中，它独有的 305 副传世楹联是古村民居文化的精华。楹联又称对联，言简意深、对仗工整，最先起源于五代桃符，被称为文言文在当今世界最后的风景。大芦村楹联以修身、持家、创业、报国为主要内容，抒情寄怀，家训哲理，凡一十八种格式，沿用至今。

我们怀着诚惶诚恐的心情踏进景区大门，穿过一片农耕田间，视野里是一大片古色古香的桂南风情民居，不禁发了好一阵呆，不知该先往哪边去。忽然看见许多人穿着古装在一个池塘上边的九曲回廊来往溜达，有的还轻倚廊杆，手拿罗扇，抚着香腮在拍照，竟脑洞大开地以为这是景区吸引人气的“活道具”！傻傻地问及旁边古装美女可否作价“陪”拍，惹来一阵善意的嬉笑，不禁讪讪而避。

信步绕过大池塘，来到东园别墅，抬头有副内宅联对“黄童白叟拜新年，青山绿水依旧色”——趣味诙谐。入得门来，主房有对曰“有典有则，是训是行”——一语将劳氏家风高度浓缩概括。“武阳世泽，江左家风”“孝友家风，簪缨世胄”，聊聊数字，道尽了劳氏后人的自豪与骄傲。至若在祖厅上看到“贻厥孙谋，绳其祖武”，则顿感一股磅礴大气扑面而来。

绕着池塘边道路走过，赫然看见两棵巨大的香樟盘踞一旁，村后北斗七星布局的古楂树与宅前池塘天然连成一体——笔（楂）墨（池）文樟（彰），隐喻内涵，相映成趣。传闻明朝嘉靖年间，山东即墨劳山劳氏先祖举家迁居至此，繁衍生息，诗书传家，功成名就。其祖衣镬耳楼，因大门两边山墙形似铁锅两边耳朵而得名（镬耳形似官帽，明清时期的钦州灵山一带，官越大，山墙上的镬耳越大）。而大芦村最珍贵的匾额是高悬于三达堂官厅中的那块以满汉文字书写的“奉天承运，皇帝诏曰……”的“敕命之宝”，为清朝皇帝御赐，全区仅存，稀世珍宝。另有数十块“奉天诰命”匾额等御赐封赠物品，直映得全村熠熠生辉，扬眉吐气。

大芦古村被誉为“广西楹联第一村”，因其建筑复杂多样，人文历史沉淀丰厚而获评国家重点文物保护单位和国家 4A 级景区。每年中秋前后，村民都自发举办跳岭头节，祭祀祖先、跳师公戏、武术表演，民俗风情特色浓厚，热闹非常。

半天时间的走马观花只是浮光掠影，不足以揽观古村风情全貌，看看日头已偏，我们只好带着遗憾匆匆忙忙踏上返程之路。回头望去，暮色掩映下的大芦古村，似乎在静谧安然之中又实现了一次升华，不喜不嗔，恬淡自然。在有着数百年人文历史的古村居落里面，联以村显，村以联名，相得益彰，至今仍在滋润着这一片水土，感化着这一方百姓，也许，这才是大芦村持久而独有的魅力吧。

三江散记

三江县位于湘黔桂三省区交界处。己亥年秋，笔者有幸参加三江侗族“文学与地域”研讨暨《风雨桥》创作座谈会，与三江侗族文化进行了一次亲密接触。

印象三江

三江境内山峦连绵，溪河密布，山清水秀。三江竹笋脆嫩、味美、多汁，享誉区内外。榕江河保水田“禾花鲤”肉质鲜嫩香甜，秋收期间，天天有烟火，处处吃烧鱼。三江素有“侗不离酸”之说，山间美食一旦遇上田野酸嘢，那辣、那甜、那香，便有了不一般的味道和情调。

三江属红壤地带，土体肥厚，适合茶叶生长。洋溪乡高露茶茶味厚实，温和滋补，是制作打油茶的上好材料，由此滋生了三江侗族特有的喝油茶习俗。将煮好的糯米饭晒干，用油爆成米花，再将一把米放进锅里干炒，然后放入茶叶伴炒，加入适量水煮，开锅后将茶叶滤出。待喝时，将事先准备好的米花、炒花生等放入碗中，将滤好的热茶一股脑儿斟入，顿时，一股浓香，让人垂涎欲滴，从入口开始，一直暖透游子疲惫的身心。

侗族村寨是侗族人民传统聚居生活方式的典型代表，也是侗族历史和文化的集中体现。三江拥有中国最完好、数量最多、分布最集中的侗族建筑群，数百座风雨桥、鼓楼，古老村落与现代文明生活紧密相融，绿水青山与生态产业相得益彰，演绎着“千年侗寨·梦萦三江”的美丽画卷。三江侗族木构建筑技艺已被列入国家非物质文化遗产名录。横跨林溪两岸的永济风雨桥享有“世界四大历史名桥”的美誉。古宜镇浔江河风雨桥，集钢筋混凝土月牙形单桥拱和侗族特色木构建筑技艺于一体。侗乡鸟巢号称世界最大单体木构建筑，外表巍峨挺拔，金光闪烁。

三江侗族人民热情、善良、勤劳、节俭、谦和、智慧，能歌善舞。每当节庆，盛装男女身着侗族服饰，皆绚丽多姿，色彩斑斓。侗族琵琶、芦笙舞和萨文化等民俗各有千秋。

人文三江

三江县城街道纵横交错，两旁楼堂馆所俱全，处处欢乐祥和。

古宜镇风情步行街有一个很诗意的名字：月亮街，沿浔江河岸而建，北起古宜大桥，南到三江风雨桥，传统民居与现代设施交错出现，商铺、码头错落有致。在亮丽的灯光下，我们顺着河堤款步而行，高低起伏，曲折回环。河边公园侗族历史文化碑廊，有族源篇、社会篇等 12 个部分组成，图文并茂，凹凸不一，反映了侗族人民文化、生产、生活习俗。

有趣的是，许多商店或明或暗地开着，店面装修皆很有档次，多数时候，主人一家惬意平和，言笑晏晏，间或有孩子淘气打闹。有人进得门来，店员起身招呼，笑脸相迎。可是，总让人觉得少了一些什么。待回到落脚的酒店，一下子才转过弯来。原来三江人的商业“套路”就是没有套路。客人上门，欢迎之至，买卖成交了，不胜欢喜。但是，他们不强买求卖，言谈间自有一种天生的淡定。

水润三江

中国传统风水文化中，有“山主人丁，水主财”之说。易经八卦认为，坎卦为水，车水马龙，物流不息，风向人流，皆为“水”之灵动。

三江侗乡虽地处桂北山地，其名其景，似乎全是煅水揉成，风俗感观，柔美若水。大小河流 74 条纵横交错，泉水终年不断，滋润着三江的土地，滋养着侗乡人民。

莽莽青藏高原之上，蔚蓝苍穹之下，三江源头，乃中华民族从远古洪荒走出，走向现代，创造灿烂中华文明的“本源”……

（刊于 2020 年 4 月 14 日《北海晚报》）

游后桂林看北海

徐霞客曾说“五岳归来不看山，黄山归来不看岳”，那是一种临渊止步、一览无遗的快感；是窥谷忘返、望峰息心的慨叹，我辈万不能望其项背。可当年，在商品大潮的冲击下，各地旅游热风起云涌，偏偏把持不住急功近利的念头，更把握不了文化旅游的真相，让那种浓妆艳抹式的繁华，把生态原始的气氛破坏殆尽，令人伤感。

如果说之前对游山玩水还有一点激情的话，那几年的差旅生涯，使我对名声在外的名山胜地失望到了极点，基本上打消了旅游观光的兴致。当有机会来到桂林时，已是公元两千年以后的事情了。

晚秋时令，秋水长天，人事浮华。在秋雨的滋润下，驾车沿桂海高速公路一路狂奔，直达桂林。原先已平静的心，突然生出了几许期盼。是“山作青萝带，水如碧玉簪”的诱惑吗？还是“桂林山水甲天下”的神秘感？有首歌仔唱道：……我想去桂林，可是有了钱的时候我却没时间……可是有时间的时候我却没有钱……用词诙谐，却道尽了人生的无奈。

彼时的桂林，有血有肉，无欲无求，仅为圆一个梦而已。

数年以后，终于又重去了一趟桂林。在初秋的一天早晨，一行人吆五喝六，挤在一辆高速大巴上，向桂林浩浩荡荡进发。

经过多年的资源整合，精心打造，现在的桂林形成了以五江四湖为核心的旅游布局，“千峰环野立，一水抱城流”的千古梦想呼之欲出，并通过“梦幻漓江”这个品牌节目，向各地游客展示、推介桂林的人文山水。

在阳朔，还有“印象刘三姐”的大型实景演出。现代化的灯光、舞台设计与淳朴的乡土气息相呼应，极大地调动了客人们的游兴。

这两处节目，主办方都曾郑重其事地提醒游客不要拍照录像，但在演出过程中，又有意无意地对拍照录像行为将劝不劝，完全是一种欲拒还迎的态度，使得人心痒痒，既怕精彩擦肩而过，又担心“作案”工具被发现没收，就这样一分神一闪念，节目结束了。

阳朔号称“小桂林”。漓江流经此段，水流陡然湍急，山势突然险峻，九马画山、黄布倒影等著名景点皆集中于此，把人们关于漓江的想象发挥到了极致。但阳朔风景的内涵并不仅限于此，散布四周的民俗小院、星罗棋布的风土人情，才是其真正的价值所在。譬如其县城西街，作为中西文化的交会点，东方传统文化和西方现代文明在此融合、交流，珠联璧合。自隋代建街至今，已绵延走过 1400 多年，土洋混居，中西合璧，成为享誉海内外的文化品牌，为阳朔的人文添彩增光。

在社会变革、转轨时期，生活节奏加快，生存压力加大，呆板僵化的自然景观，唯有注入人文的因素，才能激发灵性，最终反哺人性，从而帮助释放压力，缓解焦虑，实现人性升华。从观光游到休闲游，从民俗体验游到度假养生游，莫不体现了这方面的变化与追求。

不可否认的是，五花八门的旅游元素经过策划者的加工锤炼，不起眼的景观成了精品，分散零乱的景致成了整体。历史拉近，人景交集，彼情彼景之下，节目与景点融为一体，相得益彰，窃以为，这才是“梦幻漓江”和“印象刘三姐”等节目给我们的最大“印象”。

回看北海，自汉代置合浦郡辖治以来，南珠文化璀璨夺目，古丝绸之路名闻遐迩，厚重的古文明与近代历史沉淀交织共生，给予后代无限的灵感。我们不缺历史、不缺文化，我们缺的是审视自我、包装自我的勇气和能力，“捧着金饭碗要饭吃”，因此才多年踟蹰徘徊、裹足不前。

所幸目前当局者已认识到这个问题，乃果断地确立了旅游业作为城市优先发展的支柱性产业。涠洲岛旅游区几经努力，开始纳入国家发展战略，北海随之实至名归地被确定为国家历史文化名城。可以预见，在不远的将来，北海在挖掘、继承、开发历史文化底蕴的基础上，必将实现新的历史性的飞跃。

（刊于《北海日报》2011年1月12日第七版：文化广场）

急游乌镇

初写下这题目，笔者也觉得可笑，急游，有那么夸张吗？可事实真就是那样！

在上海学习期间，哥儿几个白天苦着一张脸闷泡课堂，只好趁晚上空闲，见缝插针狠狠地逛了外滩、城隍庙少数几处景点，又用脚把快捷酒店周围的大街小巷量了一遍。可谓马不停蹄，驱星赶月，每天累得贼死，兀自沾沾自喜，以为赚大了——任谁好不容易从案牍劳形的办公室事务中脱身而出，都会情不自禁地长松一口气，机会难得啊！

因穷酸文人习气作怪，哥儿几个逛着逛着，忽然对上海滩的光怪陆离灯红酒绿失了兴趣，寻思着周边地区是否有更值得游逛的宝地。几番讨论下来，不约而同地盯上了乌镇。选好在一个秋雨迷蒙的傍晚，哥儿几个抽身而出，向着乌镇悄然而去。

中国有一定历史名气的小镇数不胜数，但目前最负盛名的不过区区三个：一是因林则徐而闻名于世的广东虎门，至今多次成功举办国际性服装节，扬名海内外；二是因世贸经济论坛而快速崛起的海南博鳌；三是近年因互联网大会而大出风头的浙江乌镇。这三个小镇各擅胜场，一时瑜亮，不好说谁更胜一筹。但我等俗人较为偏好乌镇，历史人文故事似乎更比商业经济顺眼，感到颇为投缘。

乌镇隶属浙江省嘉兴市桐乡，地处江浙沪“金三角”之地、杭嘉湖平原腹地，距上海 140 公里开外。乌镇属太湖流域水系，河流纵横交织，京杭大运河依镇而过。

乌镇原以市河为界，河西为乌镇，河东为青镇，中华人民共和国成立后，统称乌镇。后来的事实证明，如此命名恰不误历史烙印，恰到好处。乌镇入选首批中国历史文化名镇，中国十大魅力名镇之一，全国环境优美乡镇、国家 5A 级景区，素有“中国最后的枕水人家”之誉，拥有 7000 多年文明史和 1300 年建镇史。乌镇是典型的中国江南水乡古镇，有“鱼米之乡、丝绸之府”之称。乌镇具有六千余年悠久历史，是全国二十个黄金周预报景点及江南六大古镇之一，1991 年被评为浙江省历史文化名城，1999 年开始实施古镇保护和旅游开发工程。

2014 年 11 月 19 日始，乌镇成为世界互联网大会永久会址。

随着世界互联网大会永久会址——“乌镇互联网国际会展中心”正式落成，2016 年 11 月 16 日至 18 日第三届世界互联网大会举办，这是对千年古镇昂首走入新时代的最好褒奖。

2001 年，乌镇保护开发的东栅工程——东栅景区正式对外开放。一期景区面积约 0.46 平方公里，保护建筑面积近 6 万平方米，是中国著名的古镇旅游胜地。景区游程达 2 公里，由东栅老街、观前街、河边水阁及廊棚组成。工程全部完工后，东栅景区占地面积约为 1.98 平方公里，设有十多个景点。

西栅景区，毗邻古老的京杭大运河，以商务旅游、休闲度假为主。河道纵横交叉，渡船、古桥、石桥及明清建筑横贯西栅老街，两岸临河水阁绵延不绝。景区北部区域则是五万多平方米的天然湿地。

小桥流水是江南古镇不可或缺的景致。西栅景区最早建于南宋，桥联古字，在河水掩映下摇曳生姿。诗人王心鉴在《乌镇行旅》中写道："几度梦江南，小桥旧曾谙。白墙竹窈窕，黛瓦燕呢喃。红袖怡酒兴，碧水润琴弦。雨巷寻杏花，邂逅乌篷船。"

乌镇完整地保存着晚清和民国时期水乡古镇的原有风貌和格局。以河成街，街桥相连，依河筑屋，水镇一体，组织起水阁、桥梁、石板巷、茅盾故居等独具江南韵味的建筑因素。

河网连桥成路，流水行船。京杭运河、太湖与乌镇的池塘、水井，表面轴线明确、卑尊有序，暗里曲径通幽，流经历史，不知沉浸了几许吴越文化的积累、沉淀。水墨山水，儒雅持家，体现了中国古典民居"以和为美"的人文思想，以其自然环境和人文环境和谐相处的整体美，呈现出了江南水乡古镇的空间魅力。

乌镇商业区东南西北四栅各成系统，如东栅的中心是财神湾，百年老字号林家铺子、锦和斋坐落其中。

急游乌镇 ，尽兴而归。回首看去，身后灯火阑珊……

徐闻记行

狗年，来到徐闻看石狗

戊戌年 4 月中旬，我和家人去了一趟北海近邻湛江，走马观花雷州半岛 2 天，零距离领略了一回亚热带红土地的自然风光。

18 日近晚，我们沿着兰海高速，顺着导航首先来到了徐闻博物馆所在地。

穿过薄雾氤氲的夜色，我们急急忙忙进得大院，再沿着阶梯走进博物馆大楼，发现左边一侧居然布置有偌大个书法展厅，屏风内外墙上挂满多幅水平不俗的墨宝。近而观之，楷书笔力刚劲，行书龙飞凤舞，草书一气呵成，篆书栩栩如生，或浓或淡，或简或繁，作者不一，各有千秋。虽然名字皆无熟悉，必是大师无疑。

转至天井，但见中央摆着一溜儿的石器物件。细看简介，方知端倪。原来雷州半岛地处祖国大陆的最南端，古为南交、周号越裳、楚属扬州、秦名象郡、汉置徐闻、隋称古合、唐改雷州，皆属南荒要服，乃是古越族聚居之地。“凡诸蛮种不一”，都有自己部落民族的图腾。黎族土著世代图腾都与石狗传说息息相关，春秋时期楚灭越后，越人相继迁雷，与土著俚僚人杂居相处，成为雷州的古越族，俗曰南蛮，俱无君长，随山洞而居，古之所谓百越是也。俚僚人对雷神的崇拜与黎人对狗图腾的信奉，在生产生活过程中逐步被古越族文化所同化。黎民与中原汉民融合相生，文化上一贯取长补短。“天狗食日”，是怕太阳把万物晒枯。因此，雷州石狗具有百物之形的特征，是在多种图腾结合的背景下所产生的形象，逐步形成并铸就了独具特色的石狗文化，流传至今。徐闻石狗是原始社会图腾崇拜的一种，即原始崇拜的物象。怪不得博物馆前面、左旁，墙上、地下，全是石头造型！村头、巷口、庙宇旁以及房屋门前、水塘边，石磨、石碾、石臼、石椅、石架，石象、石猪、石狗，花样百出，惟妙惟肖。

徐闻石狗普遍使用本地玄武石材，采用徐闻地区民间工艺，多为座式，少为立式、卧式。形态各有不同，有怒目而视，有昂首咧嘴，有含笑露善，有肃穆庄严，千姿百态，神情各异，刻有云雷，雕有莲花，身如风火，敏捷如神，能驱邪魔，能保平安。因为民间百姓的依赖和希望，每一个石狗都被刻上硕大的生殖器官，带着报喜得子的灵气，寄托着人们繁衍发展繁荣昌盛的心愿。

贵生书院，藏着汤显祖的临终关怀

走出博物馆大门来，在昏暗的光线中便看到了街对面有一座落檐式砖瓦房屋，院落两边各有一株巨大的榕树，虬枝盘结，门前立有一块石碑，上镌“贵生书院”几个字样。心念一动，莫非与汤显祖被贬谪到徐闻任职有关？上网一搜，果真如此。余本性疏懒，例知汤显祖与徐闻故事，来之前却没做功课，兀自担心此行可能毫无收获，这下子感到真是来着地方了。

明万历十九年，汤显祖从留都南京的高官（历任太常寺七品博士，詹事府从七品主簿，礼部六品祠祭司主事）被贬为广东雷州府徐闻典史添注（未上品）。此时朝政腐败、皇帝昏庸、官吏横行、民不聊生，世人普遍悲观失望，对生活丧失信心。徐闻地处僻壤，社会动荡经济萧条导致文化教育落后，除儒学外，只有四所规模颇小的社学。汤显祖既为此地“士气民风淳雅可爱而高兴”，也为人们“轻生、不知礼仪”而同情和痛心，为了改变人们的精神状态和文化教育落后的现状，他不计个人得失，忍辱负重，积极倡办教育，与知县熊敏“共捐资俸”择地兴办学校，并提议创建“贵生书院”。1592 年春，汤显祖被赦北归，临行前题诗《徐闻留别贵生书院》：“天地孰为贵，乾坤只此生，海波终日鼓，谁悉贵生情。”继任者秉其志，遂发动社会贤达捐资捐款，“建于公馆东”，取名“贵生书院”，“贵生”即“尊重生命，多学知识”之意。

昔日官府能够顺意民心，刻意而为，地方士绅热情应和，自觉扶持，化汤显祖一腔善意心愿为惠民实质，终于为今日徐闻人民留下了一笔宝贵的精神财富。“贵生书院”，从此点亮了徐闻乃至雷州半岛的文化之光。

白沙湾，荒草碧连天的传说

19 日上午，朝阳刚刚露出脸庞，我们已经洗漱完毕，驱车来到位于海安镇的白沙湾旅游区。那是一个安静得让人感觉舒服的港湾，沙子金黄金黄的，沙滩干净得发“白”，用沙滩铲轻轻一挖，还有久违的小沙蟹在蠢蠢欲动呢！迎着朝阳映射海面的点点闪光，顺着弯而曲的沙滩，孩子们欣喜地互相追逐玩耍，搬桶、挖沙、捉蟹，忙得不亦乐乎。惯于宠溺缠绵的小侄女看哥哥姐姐们跑得起劲，便使劲挣脱大人的手，倒拖着一把沙滩铲，自己摇摇晃晃地走着，身后跟着一串长长的或深或浅的小脚印。

白沙湾，形似一弯新月，位于湛江徐闻县海安镇东约 3 公里，椰林茂密、沙白浪细，日观海景，渔帆点点，游泳戏水。如能夜听涛声，远观对岸海口市的灯火闪烁，不失为一大乐事。凡此种种，被誉为徐闻第一景点。自 1999 年起，此间成为横渡琼州海峡国际大赛的下水点。

荒草丛生的白沙湾岸边似乎曾经是一个寥落的“度假区”建筑群，一幢挨着一幢的独体别墅之间，蒿草高过人头，少见有人出没——可能若干年前有商人看好这一片土地，心中怀揣着某种梦想来此投资，惜乎后来铩羽而归，因此落下这一大片“西洋”建筑，向后来者无声地诉说着并不动听的财富故事，静谧得有些磕碜。

看向远处，山崖海角的波涛海浪上，是一艘缓缓流动的客轮，似动非动，一点一点不断变小，最后消失在视线里。一刹那间，此地仿佛没有长亭古道，只见荒草连天，还有消散在风中的传说。

角尾珊瑚礁石，大陆最南端的标志

稍后，我们接着回头转到了另一个方向的角尾珊瑚礁保护区，一个号称中国大陆南极的地方。那里除了有湛蓝的海水，幽静的风车发电设备，四散杂生的仙人掌深处居然藏有几间用珊瑚堆砌的民宿！令人惊讶于热爱生活者的无孔不入。虽然交通不便，游人似乎不以其扰，几十台小车停满了场地，还有大巴车载满远方游客专程而来。“合水线”标志前，一对情侣在留影；灯楼角西式建筑遗址前，是一群年龄参差不齐的游客；浅蓝色的海水中央，是一群风姿绰约的中年大妈摆着各式姿势……是什么吸引了他们？也许中国大陆最南端是个很好的理由吧。

角尾灯楼角沿岸浅海一带，属于热带海区，气候环境适合珊瑚生长和珊瑚礁的发育，因此集中分布着面积达 143.78 平方公里、65 种的珊瑚礁群，是我国大陆架浅海连片面积最大、种类齐全、保存最完好的珊瑚资源，也是国家级珊瑚礁自然保护区。不同形状，不同颜色，不同种类的珊瑚组合在一起，参差不齐，甚为壮观，其间有五彩缤纷的鱼儿游来游去，与珊瑚礁一起构成一道美丽的海底风景线。亲临其境，可以领略近 1 万年来由于气候变迁而造就的自然景观，体验自然界创造世界的力量，也在这轻松愉快的环境中，增加对地球演化历史的了解。而到此游览，游客还可以看到海边村庄用珊瑚礁建造的房屋呢。2006 年，国家地理杂志和南方都市报发起“寻找广东最美丽的地方”评选活动，这里的珊瑚礁区被评为广东最美的海岸，免费为此地民宿增添了一个“噱头”。

每逢退潮时，众多的游人就乘牛车赶海看珊瑚。这片海珊瑚分布在 5 米水深左右，每当退潮阳光晴朗时，就是驾着小船在海面看珊瑚的绝佳时机，你还可伸手触摸这些生长了一万年的小精灵呢。

中午饭，我们在一家标着“中国大陆南极定点饭店”的路边简易餐厅就餐，厨师水平一般，饭店卫生、环境、服务也一般，号称“大陆南极”云云似乎有些牵强。饥肠辘辘的食客大都是自驾车来角尾看珊瑚礁的，饭店里的鸡鸭猪肉菜早被他们一抢而空，真是怪事。我们没了别的选择，只好点了一样海鲜和几盘家常菜。待饭菜上桌，我尝了口先端出来的红薯粥，感觉味道有变，便问服务员怎么回事，她默不作声。为了避免意外发生，遂果断让正在埋头吞咽的家人们停箸倒掉，改换吃饭。谁知那饭夹生难咽，也是一奇。这里的所见所闻，让人感觉处于中国开放前沿的广东人怎么还没有落后地区的广西猴子会做生意?！他们节奏悠闲地生活着，好像在等待着什么，又好像什么也不等，不急不慢，自在而平静——

中国大陆南极，噱头虽好，为发展旅游计，却还有很长一段路要走啊。

龙泉公园，漫不经心的人生风景

午饭后，我们马不停蹄，顺着乡村道路拐了无数个弯，特地来到传说中的徐闻龙泉森林公园。

在百度上，这是本地媒介重点推介的自然景区。在我们千回百转走了老长一段泥沙路后，结果大失所望，景区不但地处偏僻而且风景基本无看头。车辆径驶进去，公园里居然静悄悄地人影皆无，甚至连管理人员都见不到。这是怎么回事?

龙泉森林公园位于徐闻县南山镇，距离县城 8.5 公里，与大汉三墩旅游区相邻，规划总面积 3250 亩，首期开发项目占地 1000 亩。

龙泉因泉而得名，它依托一个古火山口而建，园区内的泉水属于火山岩地带露出的泉水。龙泉流量大，实测的流量达到每天 5356.8 立方米，清泉汇流成小溪，进入琼州海峡。千年之前，在它前方的丝路古港的饮用水源就从这里涌出，汩汩清泉滋润了丝路古港的辉煌。

龙泉多树。林林总总、各式各样、姿态万千的稀有树种，顺着高低起伏的地势生长起来，满山遍野，郁郁葱葱，种有荷叶玉兰、沉香、檀香、秋枫、见血封喉树、五味子、菩提树、万寿果和木棉、母生、大叶刺篱等名贵林木100多种共2万多株。

龙泉多石。300万年前，由于火山爆发时喷出大量岩浆，形成了众多奇形怪状的火山岩石，如星辰石、蜂巢石，等等。5万多块大小石头被挖掘出来后，或沿路而摆，或铺就成路，形成了一道独特景观。

园区内现建有龙泉圣湖、青龙湖、烽火台、瞭望塔、观景鸟巢、跨湖索桥等景点设施，已初步形成一个生命力旺盛的城市“绿肺”，是生态休闲的好去处。

人声鼎沸喧哗热闹虽然不能全面反映一个景区的“受捧度”，但至少可以说明景区还有可观之处，并且是正在运营着的。那么徐闻龙泉森林公园赖以吸引游人的地方又在哪儿呢？为什么公园鸦雀无声？我们兴冲冲远道而来，满满的不明白不理解，尽皆索然无味，大伙连车都不停，马上掉头而返。如此景区，也算是一“奇”了。

话说雷州半岛两日行，旅途颠簸是免不了的，但能够全家出来一趟，亲近一下自然，也算是凑热闹“旅游”了一回，全家人情绪空前高涨。是为记。

（刊于《湛江文学》2019年4月第4期，总第318期）

大鹏所城，留下一串中原汉民的脚印

——丁酉年初夏游深圳大鹏琐记

深圳是一座不折不扣的现代化国际都市，居然藏有一处全国重点文物保护单位——大鹏所城。

大鹏古城原称“大鹏守御千户所城”，属抗击倭寇的军事要塞，传为“广州左卫千户张斌开筑，内外砌以砖石，沿海所城，大鹏为最，周围三百二十五丈，高一丈八尺，面广六尺，址广一丈四尺，门楼四，敌楼如之，警铺一十六，雉堞六百五十四，东、西、南三面环水，濠周迴三百九十八丈，阔一丈五尺，深一丈”（见康熙《新安县志·地理志》城池条）。城内占地面积达10万平方米，有雄伟的古城门，有古色古香的明清古民居、古街道，有保存最完整的海防卫所等。清道光年间，福建水师提督刘起龙将军府第位于古城南门街内，四合院落，气势威严，似乎还带着先主余威。宝相庄严的“天后宫”坐落于鹏城正街，始建于明永乐年间（1403—1425年），宫门两侧刻有一联：万国仰神灵波平粤海，千秋绵俎豆泽溯蒲田。600年来，每年的农历三月二十三，天后生日，皆香火鼎盛，每隔五年举办一次隆重的“打醮”活动。大鹏海防卫所始建于明洪武二十七年（1394年），明清两朝涌现过赖氏“三代五将”、刘氏“父子将军”等爱国将领，尤其是赖恩爵将军曾取得了鸦片战争首战——九龙海战的胜利，是深圳历史最辉煌的一页。

大鹏土话初听是白话和客家话的混合体，在语音、语法、词汇、措辞等方面和广州话很接近，类似梅州客家方言。想当年，大群来自北方的将士及家属和当地人在交往融合中逐渐形成了一种独特语调，当地人称“千音”，即后来所谓的“军语”，是所城土著居民的标配。古城因独特的岭南民俗文化及客家方言而被列入中国历史文化名村，为深圳“八景”之首。深圳今称“鹏城”，即源于此。

较场尾是所城练兵场旧址所在地，共有350余栋由传统民宅装饰而成的民宿客栈，中式、西式、日韩、田园、古典、现代等不同风格的民宿琳琅满目，数百米长短的海滩上风情各异，娱乐迥然。较场尾的海岸线狭窄、短促，木麻黄树根密布的沙滩比不上北海银滩的宽、长、美，雾气弥漫的海景也不够北海大墩海亮丽、大方，但是在那一栋栋一处处花儿一般绽放的客栈里，有无数的曼妙人儿来此发呆，晒太阳，玩帆板，或伴着淡淡的月亮和一群朋友吹海风……丰富的夜生活魅力，不可或缺的小资情调，吸引着万千渴望过闲云野鹤般生活的现代都市人。所城小巷里不时见到少男少女架着画夹在写生，全神贯注，心无旁骛，身边有微风吹来，山上有绿草示意。惬意无须刻意追求，优雅也许在于发现。那里的人们，也许历经秋冬，看惯了没有喧哗的大海，沉稳内敛得如此迷人。可是这夏景也并不恼人，一个人也罢，漫步在宁静的沙滩，晒着树叶间漏下的阳光，吹着咸涩的清风，在历史宁静的岁月中，和自己简单对话。

在大鹏新区全力推进旅游及生物产业的大背景下，一群群热爱旅游、艺术的人自发集聚在一起，结合“文化+旅游”元素，在 id TOWN 创意园形成了一个又一个“周末创客”空间，山海优势，文化创意，在其中碰撞、转化，特色化、差异化的“艺术+旅游”精品路线呼之欲出。

走进大鹏所城，仿佛穿越时空进入历史深处，置身于古老又遥远的时代。狭窄蜿蜒的小巷以青石板铺就，宁静古朴；石头墙基承载着大块青砖墙体，年深日久的灰瓦伴着高高低低的瓦松；屋檐下门额上的雕刻，无不炫示着祖先关于中原故土与耕海拓荒的精神道义……这一条条街巷延伸开去，这一个个村落繁衍下去，就变成了所城的前世今生。

谁也想不到的是，村落里最醒目的居然是村口那座寂寞已久的古戏台！简陋拙朴，少有雕饰，不见花纹，就那么静静地，静静地守候着若有若无的旧时脚印，体会着没完没了的岁月风云，演绎着或近或远的历史故事……

邂逅“青瓦房”

周末自驾出游，导航有些任性，带着我们东转西转，七拐八拐……我们不是有备而来，似乎如此“浪迹”也未尝不可，有走到哪儿算哪儿的潇洒。忽然地，在尘土飞扬的道边线杆上，白底黑字而又粗鄙的“青瓦房”三字落入眼帘。

远处，一排排高矮不一的青瓦房映入眼帘，房檐微微向上翘起，房顶上是藏青色的瓦片。干净明亮的院落、清新湿润的空气、澄明清澈的阳光、斑驳细碎的树影……视野所及，亭台楼阁，薄雾氤氲，恍若仙境。

这是一个村庄，还是一处庄园？我们停好车，带着疑惑从后门而入，那里仅有一孔敞开的小圆门，几只小鸡悠闲地啄食打闹，没有验票员，也没有门卡。我们非常诧异，猜想这个看起来有些艺术氛围的建筑应该属于哪个大富人家的私家庭院。朋友开玩笑说，也许这位富商钱多，找来顶级个性设计师，参照某些古典景点风物，由着自己天马行空的思路，建好了一处庄园自用吧？

边说边行，走走停停，停停走走，一边啧啧称羡，一边感叹莫名，待一路弯弯曲曲行至正门时，我们才猛然发现这里是一个景区，我们无意中居然邂逅了“网红”景点——青瓦房古村落。

青瓦房古村落位于南宁市西乡塘区下灵村地界，总面积 150 多亩，明末清初和民国时期的徽派古宅散落其中。每一处风景，都带着浓浓的明风清韵。每一个院落，既有百年前的故园情结，也有现代田园的鸡鸣犬吠。

正是周末时间，许多家庭自驾到此探幽古村落，行摄青瓦房。颤颤巍巍的吊桥、长满苔藓的石磨、灰不溜秋的瓦舍、茕茕孑立的凉亭……数十年、上百年前的光阴故事，在怀旧的空间里向游客倾诉。走累了，还可以享受这里独特的美食。青瓦房的"鼎上鼎"让游客们大开眼界，其灶台是特制的圆鼎和方鼎，一口大锅烧于鼎上，可同时烹饪 3 款菜肴，上面既可以冬瓜锅煲汤，喝完汤后做火锅，火锅外围还可以调做麻辣烫，每一个环节都很细致、绝妙，让人只想大快朵颐。

青瓦房古村落带着"美丽南方"割舍不去的最初印象和深情眷念。时光荏苒，时过境迁，它能让每个有意或者无意涉足其中的人都能在此间再次踏过记忆的长廊，回到童年的时光。

（2020 年 5 月 28 日《北海晚报》）

楚风汉韵黄鹤楼

蛇年深秋时节，因差旅滞留湖北武汉。一个风和日丽的日子，偷得闲暇慕名来到了5A景区黄鹤楼。

誉为中国三大民间名楼之一的黄鹤楼，是武汉的标志，更是荆楚大地的象征。昔人已乘黄鹤去，此地空余黄鹤楼——不论其建设之初，承载着军事战略上的重要价值，扼长江之咽喉，行烽火前哨之功能，历次重修重建以后，终于审时度势，退化军事色彩，风云激荡化为风月雅望——也罢！其无意于骑伏蛇山之巅，逞一时之气。在岁月的洗礼下成了士人学者向往的空中楼阁，崔颢、李白、白居易、陆游等先后在此宴客、会友、吟诗、赏景。素闻万里长江万里长，我在南方遥望黄鹤楼，一直盼着实地看看，是什么造成了两者的神奇结合？中国南北分界为何自此开始？

武汉地处江汉平原东缘，鄂东南丘陵余脉起伏于平野湖沼之间，龟蛇两山相夹，江上商旅穿梭，舟楫如织。中国古人历来好临水登高远眺，“高台建筑”在秦汉乃至唐朝都是惯用手法，赣水边的滕王阁、洞庭边的岳阳楼概莫能外。黄鹤楼吸天地之灵气，天造地设于斯。蛇山矶头原址相传始建于三国吴黄武二年（223年），1700多年来屡建屡毁。20世纪80年代重修时以清同治楼为蓝本，重建于蛇山，形制北方抬梁式与南方“穿斗式”并存。整座楼钢筋混凝土框架仿木结构，琉璃黄瓦富丽堂皇，五层飞檐斗拱潇洒大方，形如黄鹤展翅欲飞，雄浑之中又不失精巧，富于变化的韵味和美感，全楼各层布置有大型壁画、楹联、文物等。楼外铸铜黄鹤、圣像宝塔、牌坊轩廊、亭台楼阁相辅助，将主楼烘托得壮丽无比。其平面设计为四边套八边形，谓之“四面八方”。72 根大柱拔地而起，60 个翘角层层凌空，处处透露出古建筑文化中数目的象征和伦理表意功能，称得上是古典与现代的完美结合。

当我站在黄鹤楼的顶楼，望向远方长江一衣带水扑面而来的浩浩渺渺，我忽然有了了却心事的感动。长江，多少人魂牵梦萦的中国脊梁，千年古都武汉，荆楚大地的汉文化，就这样结结实实地映入眼帘。火车隆隆而过，长江悠悠盘绕。东湖的水啊，磨山的绿；汉正街的古屋，汉阳的机械造，都曾承载了一个时代的风流。武汉长江大桥贯通的刹那，更开启了新中国天堑变通途的光辉岁月。此桥一通百事通，从此中国南北相连，再无隔阂——直到现在，它依旧是中国乃至世界建桥史上的典范之作。大桥无言屹立，捍卫了百年工程的真实意义！

湖北省版图位于横贯中国地理南北的核心地带，浩荡长江在三楚腹地与汉水交汇，冲决巴山群峰，接纳潇湘云水，造就了两江三镇互峙的伟姿。远自商代，江汉流域地区及部族就以荆楚相称（“维女荆楚居国南方”，见《诗经·商颂》），荆楚文化因楚国和楚人而得名，周代至春秋时期兴起。楚风本属古代楚国的国体“辞”，“楚辞”被喻为中国浪漫主义文学的源头，以屈原的《离骚》为代表，对汉赋的产生和兴起有直接的影响。汉韵乃是汉朝的国体“赋”，代表作是刘邦的《大风歌》和司马相如的

《长门赋》《子虚赋》。“书楚语、作楚声、纪楚地、名楚物”，一时风物无两，楚风汉韵构筑起瑰丽奇异的楚地文明，她源远流长，博大精深，地域特色鲜明，经济开发价值巨大，是中华民族文化的重要组成部分。

北海合浦汉墓博物馆是迄今为止我国规模最大的汉墓博物馆。其中铜凤灯证明了两千年前中国人的环保意识和精妙设计；琥珀雕刻工艺品，狮子、青蛙、串珠等无数舶来品，反映了海洋航运商贸与中国内陆经济、文化的结合，古中国与东南亚各国、波罗的海沿岸罗马帝国的友好往来关系等。湖北省博物馆以随州曾侯乙编钟系列闻世，被称为“世界第八大奇迹”，越王勾践剑的出土更印证了古合浦郡曾借汉风浓郁，吹开了南越蛮荒之地的文明之风。如此看来，是否说明北海丝路文化与湖北所代表的中原汉风有一脉相承之联系呢？

顺黄鹤楼下来，我跨过黄鹤楼的后山门，走上了长江大桥。一路迤逦，一路感叹。也许很多人都来过武汉，也可能采取过各种方式经过武汉长江大桥，但能实地步行，顺桥而过，与之来个亲密接触的，或许言之者众行之者寡。长江之水的氤氲雾霭和大桥的巍峨自在以及晴川阁的忽远忽近……无不让人情难自已——那堪新中国敢教日月换新天的巧夺天工和鬼斧神工。黄鹤楼，终随新中国的成长得以新生。数百年后，重新矗立在长江汉水边上，默默无言，静看潮落潮起，明月共潮生……

（刊于《北海日报》2014 年 3 月 11 日第七版：南珠）

游长隆香江动物园

三月春风初萌芽，我们踏上广州长隆香江动物园的青青绿草，开始一次人与野兽的和谐之旅。

广州长隆香江野生动物世界以大规模种群放养和全国首创的自驾车观赏为特色。香江动物园不仅有大熊猫、黑犀牛、树熊等大批“国宝”级走兽，也有长颈鹿、黑天鹅等飞禽散养其中，园区规模宏大，珍稀野生动物数量繁多，世界各地、天南海北，无所不包。在步行游览区，隔沟欣赏白虎表演秀：猛兽就在咫尺嬉戏，面面相觑，仿佛随时跃过狭窄的壕沟，向游人扑来，血盆大口，尖牙利齿，看得一清二楚。据工作人员解释：猛兽之所以如此友好温驯，不是他们放下屠刀，立地成佛，改肉吃素，而是猛兽的跳跃需要有平地助跑，但建园者偏偏在沟壑的边缘地带设计了一个斜坡，不随其愿。猛兽无可奈何，只得接受这露天牢笼，间或吧嗒嘴巴，也是望“人”兴叹而已。喜欢刺激的游客的游兴上来，索性驾着自己的爱车，独自深入丛林原野，去探访不受束缚的动物朋友，体验野兽呼啸而来擦身而过的惊喜。

如此这般，让人亦步亦趋，浑然忘却旅行疲劳。孰知晚上看“马戏”，竟是此行高潮。演员与观众互动，帅哥美女如穿花蝴蝶四处流连，野兽并不因此“兽性”大发，反而主动尽职地奉上精彩表演。“马戏”本是孩子最爱，可大人们的表现也不遑多让，在观看表演的过程中欢声笑语此起彼落，皆大欢喜。

据介绍，当年番禺县城繁华闹市撤县并区，政府慧眼识珠，从工业、民生紧张用地的牙缝里“抠”出一大片土地供长隆集团用于旅游成片开发、延续开发。以香江动物园为核心，景区在不断的开发扩建中互补升华、完善功能，持续地提升档次，极力打造吃、住、游、玩、购一条龙的旅游产业链，既实现了动物饲养保护，又兼顾了生态科研，开发了观赏游览，促进了商务休闲，多位统一。香江动物园犹如冰川一角，让我们管中窥豹，见识了长隆人磅礴大气的经营理念。

（刊于桂工网 2014 年 4 月 28 日《广西工人报》第八版：职工艺苑）

游广州感悟

广东与北海颇有渊源。东汉时期，南海、合浦（含北海）郡属交州辖地。三国时，孙权划合浦以北为广州，以南为交州，实行交广毗邻分治。几经变迁，汉景帝后成为定制，州治从原来的广信（今梧州）迁到番禺，广州因此得名。

民国前，合浦（含北海）属广东辖区。中华人民共和国成立后，几经反复，20 世纪 60 年代后才最终“落户”广西。至今北海境内习俗、饮食，受岭南诸地影响巨大，历年入仕为官、经商求学之目的地，也以广东一带居多。粤剧，在广东文化中占有重要地位，其唱腔慷慨激昂与哀怨悲叹兼具，富于表现力和感染力，是岭南的代表性剧种。北海民间曲艺，粤剧殊可称绝，街头巷尾，粤腔剧唱不绝于耳，与疍家咸水歌、客家山歌等相映成趣。

这几年来，北海借助得天独厚的历史人文自然景观，旅游产业方兴未艾。银滩景区光彩重生，园博园异军突起，涠洲携火山海岛地貌，大踏步向“国内一流，世界知名”的国际休闲度假海岛、世界旅游目的地的宏伟目标进发，“国家级 5A 景区”的名头不过是其万里行程中的首站而已。北海历史文化名城核心街区以历史人文故事阐述老街新貌，拉近了北海与广州的现实距离。

作为旅游从业者，把广州和北海的旅游做比较，是职业习惯。于是想起前些时候去往花城广州的经历。

广州作为中国南方最大、历史最悠久的对外通商口岸，2000多年来，一直是中国华南政治、经济和文化的中心。千年古城，活力无限，物华天宝。广州又称花城，西汉时已是鲜花常开、品种众多，宋代起渐有花市出现，到明清两代，农户多以贩花为生。最有地方特色的是19世纪中期出现的广州岁末花市，规模盛大，“游人如潮，入夜尤盛”。旅游大巴甫入广州，路旁一棵棵巨大的木棉树便相继走进视野，红云当顶，火红耀眼。有人说，木棉树的整个生命精华都是用来把花开得更灿烂，甚至连绿叶也省略了！

但是看到这美景之前的心情可不是太爽。

旅行社包乘的快速大巴，由于司机和本地导游准备不到位，先是车子忘了加油，然后因忘拿路牌，在北海整整延误了两个小时。按车速计，该进入广东阳江境内了，车还在北海兜转。都是同行，心里有气也不好发泄，只好一路无语。到了广州，广州方面的导游接团时又因汇合地点落实不了，以致快速大巴在广州的大街小巷像无头苍蝇般转来转去。到傍晚时分，接团导游才在海心沙附近与我们成功见面。海心沙旁边是广州电视塔，昵称“小蛮腰”，在第16届亚运会期间落成，是广州新潮标志性建筑，前往广州旅游者一般都会去参观。我们却因晚到广州，导致行程紧张，参观小蛮腰的愿望落了空。

彼情彼景，让我不禁想起陆川县民间名园谢鲁山庄女讲解员的风姿——装束如同村姑普通，容貌有如一汪秋水矜持。平时埋首于亭台楼阁间整饬花草、清扫落叶，有朋自远方来，扔下笤帚，挽衣而起，从容待客。她们的知识储备宛如涓涓细流，虽不说字字珠玑，但口齿清晰，不亢不卑，彬彬有礼。她们将桂东南独有的古村文化内涵与都市文明气质结合，让游客参与其中，不知不觉间把旅行团安排的商业行程演变成一种互相倾听和诉说欢趣。

两者相比，相去何止千里！

旅游，看的不仅仅是风景名胜，服务细节有时给人的感受更深！

（刊于《北海日报》2014 年 6 月 11 日第七版：人文）

特区记忆

改革开放30多年，“深圳速度”全国第一，世界闻名。深圳人口密度也为全国第一，平均每平方公里有近两千人。寸土寸金的深圳，在“世界之窗”“锦绣中华”“民俗文化村”等大型景区之后，又“意外”地诞生了一个面积近9平方公里的庞然大物：东部华侨城。这个大型综合景区位于深圳大梅沙，是国家生态旅游示范区和世界级度假旅游目的地，包括三个主题公园：以“人与自然”为主题的大峡谷生态乐园，体现休闲度假旅游文化的茶溪谷度假公园，以休闲健身、时尚运动为主线的云海谷体育公园。

东部华侨城还拥有气势恢宏的国内首个主题酒店群，由八大主题酒店组成。以瑞士文化为主题的茵特拉根酒店，环山而列，依湖而建，有著名的特拉根温泉，是中国最大的温泉度假庄园。自然天成的山水与欧洲典雅的小镇风光，交织在酒店独具匠心的设计当中。另外，还有城堡酒店，展现“禅宗”大乘境界的大华兴寺菩提宾舍，以“水”元素为主题的瀑布酒店，时尚、舒适的黑森林酒店，以房车设计理念为主题的房车酒店，中国首家太阳能火车营地，以集装箱概念为主题的新型环保咖酷旅馆。林林总总，凡是游客能够想象出来的东西，都能在景区里找到。既有“世界之窗”的浪漫惊奇，又有“锦绣中华”的精致无比，真可以说是包罗万象。

在最高峰观音座莲山，别出心裁地建了一座大华兴寺。九曲山道，旖旎风光，有意考验善男信女的体力与毅力，借以展现佛教旅游文化。庄严肃穆的寺庙里面，一座集四尊不同造像为一体的户外贴金观音像，贴金韦驮像，佛文化主题酒店菩提宾舍，多媒体编钟诗乐《天音》等精品，使游客翻山越岭而来的感觉豁然开朗：菩提本无树，明镜亦非台。生活在深圳这个激情与颓废交织、光怪陆离的城市中的人，自始至终都保持善良与天真的能有几个？

许多年前，去过深圳回来的人都说，深圳没有闲人，街上行人来去都是脚步匆匆，“时间就是金钱”“效率就是生命”在深圳体现得非常明显。但此行眼中的深圳，显然已经没有速度优势。行人脚步，已陡然减速；闹市中心，仿佛还不及北海街上人头簇拥。这一方面说明深圳与国内其他城市的差别正在缩小，另一方面说明随着中国开放政策的进一步深化，在深圳高速发展中曾经大显威力的政策优势已经不复存在。其发展模式由政府主导向市场主导转变，未来发展路线是向国际化城市发展，强调转身、做强。

深圳，曾是横亘在社会主义阵营和资本主义世界之间的一条鸿沟，后来演变为中国迈向改革开放之路的探索者。现在的深圳，是中国深层次体制改革的综合试验地和先行者。深圳在不长的开发历程中，总伴随着无尽的争论与非议，但在无尽的争论和非议中，深圳终于成长为一个令世界瞩目的巨人。

如今，深圳的脚步不再匆匆，深圳速度也成了一种记忆，但深圳精神已在中华大地上播种发芽，发展壮大，成为一个时代的象征，也必将引导深圳继续向前。

（刊于《广西工人报》2014 年 7 月 21 日第八版：职工艺苑）

梦回大理

20年的时间不短也不长，但已足够让一个少年从青涩走向中年的沉静。在无数次梦境与现实的交接中，我又不由自主地想起了曾旅居云南、行游大理的那些日子。

大理古有四绝：下关风、上关花、苍山雪、洱海月，天下闻名。据《大理县志》载，下关“由于平阳地面恒热气涨上升，而十八溪涧冷空气时来扑之……”一年之中，大风不断，故有“风城”之称。《大理府志》载“上关有棵十里奇香树”，花大如莲，香味尤胜，鲜花怒放时，观者云集。耳濡目染，代代相传，日积月累，全城习俗同步，养花已成习惯。大理城外，“点苍山山顶积雪四季不化，白雪皑皑、银装素裹。每当月出，行近洱海之滨，仰望天空，三塔掩映下，玉镜高悬，俯视洱海，地溺银涛，水光接天，万顷芒然，一个明晃晃的月亮在海中随浪飘摇，令人惊叹不已”。故事既有爱情传说，也有神话典故，与贪官枉法有关，也与百姓善良相连，其实是民意不可违的很好注脚。而今，赴大理观赏风花雪月早已在驴友们日复一日川流不息的热捧下成为云南十大勾魂之旅之一，绝世意境，他乡异域难以复制。

有“高原明珠”之称的大理洱海，是云南横断山脉中容水量最大、水质最清澈的淡水湖泊，自然资源丰富。其中洱海独有的特产——弓鱼，因其能以嘴衔尾成串像弓一样跃出水面而得名。《古书图书集成·禽虫典》记载："弓鱼出洱海，如鲦而鳞细，长不盈尺。"其色如银，形体呈圆背长条状，无鳞少骨，成鱼每条重2~3两，籽多、刺少、苦胆小、味道美，蛋白质含量高，营养丰富。弓鱼喜欢清水激流，每年农历五六月间逆流而游，把卵产在水底的沙土上——鱼子自幼即依水而生以嬉水而长，焉能不肉嫩味美汤甘汁浓？清代诗人师范曾为它写下"嫩腹含琼膏，圆背媚春酒"的赞美诗句。当地的白族群众管它叫"洱海花"，古时多作贡品上献，有"贡鱼"之誉。

彼时慕名乘船去探访的是洱海中的金梭岛，与远处的南诏岛一样都处于欠开发状态。金梭岛上全是石头垒起的房子，建筑简陋，苔痕密布，荒芜凌乱。间疏住着几户白族同胞，以中老年人为主，平时靠在洱海打鱼为生，年轻人基本上都到外面谋生去了。船工老家就在岛上，他还有一个天仙般美貌的女儿，恰好随船顺路回家，言谈中得知她也在大理打工。上得岛来，茫然四顾逡巡，不仅人文古迹难见，问起弓鱼，也难觅其踪。原来20世纪80年代后，开放开发之风盛行，洱海周边生态环境受到破坏，曾经大量出口的弓鱼产量急剧减少，已近乎绝迹。

因寻弓鱼不遇，情绪受挫，遂草草在船工家吃过简单午饭后，与白族姑娘同船出海，怅怅而归。

随着大理筹措巨资疏浚洱海河道，清理藻类垃圾，重新修复南诏古国城墙遗迹化为历史人文印记，苍山洱海生态改善，光彩重生，大理古城新貌再现。由于人工科学繁殖有序进行，洱海上游河道、支流弓鱼数量已渐有回升。若岁月轮回，或许某日有缘重返云南重游大理再次泛舟洱海时，又能惊喜地看到弓鱼曼妙身姿，在你眼前弹跃飞驰不定？

（刊于 2014 年 11 月 3 日《广西工人报》八版：职工艺苑。原题：“廿年后忆大理”）

在桐庐

桐庐县名据说来源于黄帝时代中药鼻祖桐君老人行经此地时指桐树为姓，结草庐而居。

但是我知道桐庐却是因为名闻遐迩的现代乡村名宿。桐庐素有“八山半水分半田”之称，境内奇山秀水天下独绝，古有“钱塘江尽到桐庐，水碧山青画不如”的美誉，莫非，此间民众若干年前对此早有绸缪？

桐庐别号“中国画城”，可能是因为元朝画家黄公望以浙江富春江（主要是山峰峻奇峡谷雄伟的“桐庐江”段景色）为背景所作的《富春山居图》而得名。传说黄公望年过五旬才开始学画，每天观察莺飞草长，江流潺潺，渔人晚归，一待就是大半天，不知不觉中画技大进。元朝至正七年，他与师弟无用从松江游历到浙江富阳，只见富春江江面如练、渔歌唱晚，惊为仙境，从此隐居不走，遇景就画，心随念走，身随影聚，踏遍江岸，流水无痕，花费 4 年光景，终于完成了这幅“远山长、云山乱、晓山青”的大画作。这是融入了黄公望达观人生的富春江山水，坦荡如水，洒脱如云，有时急流勇退，有时款款而流。

史载东汉隐士严子陵婉拒光武帝之请，来此耕钓为乐，终老林泉。此地山势险峻，石笋林立，犹如仕女伴读，又如直钓云汉。“云山苍苍，江水泱泱，先生之风，山高水长”（范仲淹），境界深远，与《富春山居图》寓意不谋而合，相得益彰。古钓台上，苏东坡、汤显祖、李清照、郑板桥等中国历代著名文人雅士皆踏踪而来，为此地人文添彩增光不少。

21 世纪以来，政府提出要把“美丽资源”转化为“美丽经济”，桐庐借助历史人文的丰厚遗存，在严格保护历史人文建筑、保护特色古村落的基础上，将城市优越的综合服务功能层叠不断推介给不同人群，把“潇洒桐庐”的城市形象和“慢城”品牌展示给四方民众，通过建设“慢生活体验区”，发展桐庐最有优势的“幸福产业”，旅游休闲、养老安生对全国、全世界都产生了莫大吸引力，周边游客纷至沓来。如江南镇荻浦村充分挖掘“古孝义”“古建筑”“古树林”“古遗址”四大遗存，打造了牛栏咖啡、猪栏茶吧、荻浦花海等特色乡村旅游业态。再如芦茨村的土屋风情、陈公古寺、风雅广场，景色天成，相映成趣。又如“天空之城”等素雅清爽又不失诗情画意的乡村民宿如雨后春笋，遍地开花，点缀着桐庐的四面八方。

诗画之美，关键在于“规划”的有效实施。桐庐县，携画城之意，正大步走在通往画境之路上。

（刊于 2017 年 12 月 15 日《广西工人报》）

走在西安城根下

——陕西漫记之一

西安历经千年沉浮，至今保存有一座整体完好的历史古城，殊为难得。

西安现存城墙始建于明洪武年间（1374—1378 年）。民间谣传："汉冢唐塔猪（朱）打圈。"唐宋以来，北方因饱受外族侵扰，战乱频繁，明太祖朱元璋遂"高筑墙，广积粮"。待定都南京后，以为"天下山川，唯秦中号为险固"，遂着力扩建唐皇室旧城，据此对抗北方蛮族。初用黄土分层夯打，最底层用土、石灰和糯米汁混合，坚硬异常，城墙的厚度大于高度，稳固如山，墙顶可以驰骋战车，可供士兵列队操练。明隆庆二年（1568 年）陕西巡抚张祉主持修复，使土城第一次变成砖城，是中世纪后期中国历史上最著名、现存最完整的古代城垣建筑之一。

西安城垣历经隋、五代、宋、金、元数代更迭，规模无改变，名称和建制却屡随漫长的历史岁月而变迁。如朱雀门曾是皇帝举行庆典所在。城门柱础用大理石制成，青石制作的门槛上刻有线条优美神采飞扬的蔓草花纹，磨砖对缝的门洞隔墙厚实端正，而今残垣断壁处处流露出当年的华贵风采。

后来，西安沿城墙建成全国唯一的环城公园。黑河水经曲江池和兴东湖，引入护城河，像一条银链围绕着城墙。两岸花坛、草坪遍布。从西门到东门，松园、石榴园、樱花园、含光阁、元梯、南门月城等景点依次排列，多姿多彩，为古城增添了无限风光，也让古城墙焕发了新的生机。

白天的城墙，热闹而欢快，不时有金发碧眼的老外兴冲冲地骑着双人自行车呼啸而过，或男女搭配，或老幼咸宜……当时很有些迷惑，为何老外如此钟情西安古城，不在闹市繁华处穿梭，却逡巡街头巷尾？翌日随意而行，车行九曲，来到位于骊山秦皇陵兵马俑一号坑，恰巧碰到一群上了年纪的异国友人，经与其简单交谈，得知其是来自德国从事文化交流行业的民间团体，千里迢迢，只奔古丝绸之路名城西安而来，恍才释然——似乎老外游历中国，专为寻古探幽。

到得晚上时分，我一个人沿着古城墙，从南到北，自北向东，信步溜达。内城墙根宽不过十米，窄仅三米有余，绿荫、方砖，平整、安逸。抬起头来，仰望十数丈高城墙，黝黑、峻峭，虽并不轰然压下，却令人感慨万千。冷兵器时代，坚不可摧的高大城墙，按理说应该保得千秋帝皇基业，却不料内忧外患，城墙兀自屹立不倒，帝业已烟消云散。

听闻西安城墙之所以躲过劫难，得以幸存，有赖于梁思奇的一个洋人弟子——梁思奇家学渊源，学贯中西，故国情深，当年“破四旧”时为保住一线历史文脉曾哭伏北京老城墙，却死命无法相护。不料后来其洋弟子在忘本负义的拆迁锋将们欲以武力扒拆西安城墙时仿其道效其法，幸而唬住了那帮历史文盲者的愚劣行径！

几经修复的西安古城墙“古朴、大方、自然、典雅”，兼容并蓄，一如既往地延续了古都历史文脉，向世人绽放恢宏、壮丽、博大、深邃、智慧的情怀，影响着西安居民日常生活的点滴，自然而然地成为“世界古迹保护传承的东方典范”。

（刊于《广西工人报》原创散文 2014 年 12 月 29 日）

“长恨”何为?

——陕西漫记之二

晚唐新乐府代表诗人白居易创作的长篇叙事诗《长恨歌》，通过塑造艺术形象，用回环往复、缠绵悱恻的形式，再现了现实生活中宫廷人性的复杂。诗篇叙事、写景和抒情和谐结合，以精练的语言，优美的形象，叙述了唐玄宗、杨贵妃的爱情被自己酿成的苦果断送，人物形象生动，语言、声调优美，水乳交融，感染了千百年来的读者，对后世诸多文学作品产生了深远的影响。

唐朝祸乱之端，也许错综复杂一言难尽。但为何祸从此起，百病丝生？历史的宿命论揭示不了故事的悲剧因素。原来君王重色为源，宫廷恋情在次。没有“回眸一笑百媚生”，也就谈不上“六宫粉黛无颜色”；无“一人得道”，也便无“鸡犬升天”。后宫无止境的纵欲、行乐，“从此君王不早朝”才是整个爱情悲剧的基础，也是“长恨”的内因所在。而后引发“安史之乱”，仓皇出逃；直到“六军不发”，贵妃之死已不可避免。但君王相思之苦，苦不过中原百姓颠沛流离之难；贵妃寂寞伤心，悲不过世间黎民家破人亡之怨。

其实中国历史上很有几个不务正业不以万千人梦寐之君权为重的君王，或弃朝纲不理，或花天酒地享乐，或埋首追求艺术真谛自娱。

如北宋徽宗赵佶，“不爱江山爱丹青”，独创瘦金体书法，“笔法追劲，意度天成，非可以陈迹求也”（见明陶宗仪《书史会要》）。这种瘦挺爽利、侧锋如兰竹的书体，需要极高的书法功力和涵养。难为宋佶在北宋朝廷风雨飘摇之际，还能以神闲气定心境来完成，并创造性地将书法与绘画融汇，开创了诗、书、画、印为一体的文人书画新局面。其人虽朝政颓废，幸名列历史书家之林。

又如南唐后主李煜蜗居后宫穷研书法，善绘画，通音律，醉生梦死之际曾作名词《虞美人》感怀故国，为“隔江犹唱后庭花”的最好注脚。

再如三国时期蜀国后主刘禅，是“扶不起来的阿斗”，不仅信赖宦官，朝政糜烂，而且魏将邓艾孤军偷袭成都时，他居然连一战的勇气都没有，直接出城投降，奴颜婢膝、狗苟存活，身体力行地为我们留下了“乐不思蜀”这个成语，丢尽乱世枭雄刘备刘皇叔的颜面。

至于“善良”的晋惠帝久坐高堂，他冥思苦想后为世间灾民提出的“解决方案”是：“百姓无粟米充饥，何不食肉糜？”简直让人啼笑皆非！

天纵之才玄宗李隆基的遭遇似乎更为复杂，壮年时即开创开元盛世，却一直无意宫廷纷扰，执意于歌舞升平，晚年竟惹天宝之乱，至唐朝基业百年繁华毁于一旦。

《长恨歌》不仅是一个重大的历史题材和政治题材，又是一个来自民间的具有悠久传统的人性题材、心理题材。其主题之争，历来众说纷纭，有爱情之说，有政治之说，也有人认为它是揭露与歌颂统一，讽喻和同情交织，既洒一掬同情泪，又责失政遗恨。白居易的一生，曾幻想“达则兼济天下”的儒家人生模式，并与元稹大力倡导新乐府运动。可后来消极出世，“穷则独善其身”，逐渐从关注社会政治转向关注个体生命，对于自由人格的钟爱超越了对道德人格的执着，这导致《长恨歌》的主题最后似偏离了对“甚恶”的谴责。但“甚恶”内容本身没有被抹杀，反过来又丰富了“甚美”的含义。为什么“长恨”？因为“天长地久有时尽，此恨绵绵无绝期”?!

“中国首部大型实景历史舞剧”《长恨歌》凭着对华清池深厚的历史积淀和独特的人文景观进行深度挖掘整合，借助旅游平台演绎高雅艺术，第一次以真山真水为背景，用室外舞剧的形式把一部流传千古的历史名著，也是一个完整的皇家悲剧历史故事在发生地复活起来，再现了沉淀千年的盛唐文化风貌。舞剧开篇借“汉皇重色思倾国”至“惊破霓裳羽衣曲”，从“九重城阙烟尘生”到“魂魄不曾来入梦”，其中穿插了唐明皇和杨贵妃的爱情生活，并讲述了由此带来的荒政乱国的情形及安史之乱的爆发，最后，以杨贵妃在马嵬驿兵变中被杀，以及此后唐玄宗对她的思念，“临邛道士鸿都客……”戛然而止。

剧中舞蹈编排“突破了以西域元素为主的唐乐舞樊篱，强调中原文化的根脉，别开生面，飘逸潇洒。芭蕾舞与现代舞蹈语汇的加入使中国传统文化精神在与当代舞剧观念的碰撞中再现了艺术的迷人光芒”“舞剧音乐大胆融入西方交响音乐和现代音乐，重现了富有古罗马音乐元素的‘秦王破阵乐’，以凸显舞剧音乐的震撼性与交响性，或悲壮雄浑，或哀怨凄迷”，从当代人的视听角度深刻诠释了这部真实历史与古典巨著。剧中恢宏的战争场面与凄美的爱情故事紧密联系，演员以高超的舞技、细腻的表演精彩演绎了唐明皇与杨贵妃之间的千古爱情传奇，形成了一个历史内涵丰富、文化个性鲜明、具有不可复制性的文化创意品牌，具有良好的社会、历史和经济价值。

《长恨歌》的巨大成功，当然包括了西安旅游业界对其不遗余力的宣传和打造，无论是从旅客入境推介、景点线路设计，到华清池周边环境整饬、景区配套、业态分布、氛围营造，还是从业人员管理，历史文化与现代艺术的对接，皆做了很好的尝试。唐明皇纵长恨在天，也可稍作安慰了。

说延安
——陕西漫记之三

在国人的心中，延安是中华民族的革命圣地。革命年代，许多人前赴后继奔赴延安，投入革命熔炉。中华人民共和国成立后，很多人如潮水般来到延安“朝圣”。如今，更多人正在去往延安的路上。

延安自古为边陲要地，兵家必争，誉为“三秦锁钥，五路襟喉”。作为国务院公布的首批国家历史文化名城，延安自古以来就是公认的中华民族发祥地之一，一直是中原汉民族与北方少数民族的交融地。

五千多年前，轩辕黄帝在这里建立了中华民族史上首个有共主的国家，清凉山还保留有狮子王割肉喂鹰的传说，凤凰山旁大宋朝忠烈杨家将曾在此戍边卫国……宝塔山下，陕甘宁边区政府是 20 世纪 30 年代末中国老一辈无产阶级革命家探索公平、民主、法制的试验田。

古时延安战乱频仍，动则摧枯拉朽，生灵涂炭，当地人民为避战乱浩劫，多喜穴居。因地制宜，依山就势，削崖平地，土、石、砖窑洞各有来历，分列山边崖畔。窑洞坚固耐久、冬暖夏凉，生活器物一应俱全，陕北人住久了，一度主动弃房择“穴”

而居。

黄河壶口瀑布雾霭茫茫独一无二；悠扬高亢的陕北信天游犹如黄土高原迸出的忧郁情诗；那安塞腰鼓更可谓大气磅礴天下闻名！

安塞腰鼓流传于陕北安塞一带。据说延安周间百姓皆为匈奴后裔，嗓门大，表情丰富，不惯装腔作势，眉峰眼光凌厉几可杀人，其粗犷豪放，剽悍威武的性格在安塞腰鼓中得到淋漓尽致的体现。朗朗晴空下，牛皮大鼓响声震天，陕北精壮汉子吼声如雷，勇猛如虎，翻卷如龙，酣畅淋漓，飞扬激越。黄尘滚滚，与黄河咆哮交织，犹如万马奔腾，让人震惊。

1984 年，电影《黄土地》曾经将安塞腰鼓的神韵原味再现。延枣园红色经典剧目《延安保卫战》穿插了百人安塞腰鼓的表演，让国内外游客慕名而来。

少年时灯下阅读《西行漫记》，不明白美国人斯诺为何选择在战火纷飞的年代独自探访延安。

世人相信，当红军携手并肩走过两万五千里长征路，辗转来到延安后，延安沉寂多年的山梁才多了些谈笑风生，支离破碎的旧中国才有了雄起的精神支撑，多灾多难的中国人民才有了新生的希望。

抬头望，延安昔日荒秃贫瘠、苍茫寂寥的山塬沟壑渐呈郁郁葱葱、绿染山坡之势。这是否暗含了一种跟安塞腰鼓一样，充溢着与黄土地相契合的、旺盛的生命原动力，是这片土地上顽强生命的呐喊和奔突?!

（刊于 2017 年 8 月 21 日《广西工人报》第八版：职工艺苑）

陌乡
Mo Xiang

chapter 03 人物篇

苏东坡何以万里瞻天?

宋哲宗年间，苏东坡年届六旬时再次“光荣”被贬。说是光荣，是因为苏东坡已经是第 N 次被贬谪了，即使他自己不愿麻木以待，也会被这无上“荣光”刺激得格外兴奋。只是这次流放的地点不看不知道，一看让人吓一跳。“任性”的皇帝老儿不但把他一撸到底，从定州知州，别为宁远军节度副使，至惠阳（今广东惠州市），一路断崖式降维打击。这还没完，最后凭一叶孤舟漂洋过海将其送到了徼边荒凉之地——海南岛儋州。据说北宋时期，放逐海南是略比满门抄斩罪轻一等的处罚。苏东坡究竟犯了何罪滔天，耳顺之年来临前竟遭如此劫数?!

经过此番折腾，按照世人眼光，纵苏东坡天赋才情，抱负甚远，文采韬略，穷途末路，人生应该再也没戏了吧?！不料冬去春来，花开花谢，在蛮荒海岛苦挨了三年，苏东坡居然“达观知命，穷且益坚”，其思想灵性丝毫未打折扣，他笑对苦难，将际遇锤炼了诗作，幻化为文字的绚烂——《东坡志林》就此汇集成文，《尚书》批注陆续面世，五言绝句代表作《儋耳山》尽舒旷达乐观态度……化外之境，人情不恶，不仅成全了苏东坡作为文人士大夫的贵族品格，也成全了一种超然人生的精神境界。海南岛开埠千年，历属顽劣之地，一直笼罩其上的文化阴霾“意外”

地被北宋文坛最耀眼的灿烂星光一扫而空。

细想当年，苏东坡先生不但文才诗意了得，还是一个地道十足的大吃货。他承接地气，身体力行，抛却“君子远庖厨”的古训，生活中亲近烟火，善于巧妙地把美食和文化有机结合，将烹饪技艺演绎成独特的美食风景，走到哪儿，就乐呵呵地把自已念之想之思之品之的各式美食推广到哪儿，东坡肉、东坡肘、东坡玉糁、东坡豆花、东坡芹菜脍、东坡酥、东坡饼……足迹所至，美食令人垂涎欲滴，快乐实实在在，家长里短，简简单单中也蕴含幸福。苏东坡惯于随遇而安，隐忍坚持，顽强生存，这何尝不是他人生精神层面的另类演绎？“他留给我们的，是他那心灵的喜悦，是他那思想的快乐。”（林语堂语）

苏东坡一度以为，这把年纪，万里颠簸流浪，恐怕就要在海南了却残生了，孰料他与合浦（廉州）的缘分彼时才刚开始。徽宗即位后，苏东坡先被调廉州安置、舒州团练副使、永州安置。元符三年（1100年）四月，意外地蒙恩大赦，复任朝奉郎，上命北归。苏东坡绝境之中乍然得知消息，于是欣然渡海，兜兜转转，绕经徐闻而至合浦（廉州）待命。苏大学士秉承“此心安处是吾乡”的教条，索性静下身来，徜徉珠乡山水，到处吟诗作对，兴之所至，大笔一挥，留下一块“万里瞻天”牌匾。意外之外，惊喜之间，从此，古合浦从东汉孟尝营造的高洁雅致一步跨越千年而来，文采风流，熠熠生辉……今人每每流连于廉州古海角亭四周，无不疑惑这是否是800多年后海南三亚“天涯海角”碑名由来？东坡亭、东坡井，诸多人文故事在珠乡大地纠葛缠绵，实在让人浮想联翩。

广西北海（古合浦郡）从秦汉开始，“海上丝绸之路”早已孕育了丰富多元的中西文化交融氛围，曾几何时，国人乘风驭海远航之梦，似乎触手可及。不幸的是，北宋时期北方少数民族相继崛起作乱，中原汉民饱经战患洗劫，挈妇将雏，流离失所，哭天抢地之际，反而对于“家国”情怀的理解更深了一层。从中原故土辗转迁来的客族汉民由此感受最深——“瞻”或“不瞻”？何以“瞻”之？万里贬谪而来，难道东坡先生还卑躬屈膝地对皇室贵胄虔诚致“瞻”？

客观地说，苏东坡是“历史上唯一穷尽生命与中国文化可能性的伟人”，“热忱与悲凉常常两相碰撞，击得我泪流满脸”（张燕玲语）。从历史辙痕来看，大文豪生命的合浦阶段，其实是对其人生的最后总结，“南流”也好，“北放”也罢，不过是北宋王朝陷于风雨飘摇的真实写照。

与出身贫困的前辈名人范仲淹相比，苏东坡一家父子三人尽皆荣列唐宋“八大家”之中，可谓书香豪门。但书生意气，终究不能随意挥斥方遒，其晚景凄凉，尤甚范仲淹，不过其历经波折，心态尚好。境遇既已无法改变，何不得过且过，且行且珍惜？想当年，居庙堂之高，不过皇家堂前一介麻雀而已，即使有过展翅云外之梦想，眼界胸襟也不外是皇宫九重之限。直到流落荒岛，直到置身民间，直至化外得返，这才体验了真实无妄的人间烟火，这才有了隔海“瞻”天的机会。此“天”为“帝王”，还是“百姓”？不必问也不必说。诗曰：

少壮豪情乌台过，
才气冲天难勘破。
世间皆痴肉滋味，
无人向佛苏东坡。

大江东去，浪淘尽，千古风流人物。北返途中，苏东坡于建中靖国元年七月二十八日（1101 年 8 月 24 日）卒于常州（今属江苏），一代文骄从此星消身殒。随之，靖康之耻事发。接着，北宋王朝渐趋没落，南宋朝廷一路迁徙挣扎，苟活乱世，终至崖门之辱，中华文明相跟着狠狠地拐了一个大弯！如此天象，不知天才如苏东坡能否预见？

900 年后的今天，合浦百折千回“果珠还”，终于迎来沧桑之变。站在廉州西门江畔，远望曾经樯橹蔽日的南流江蜿蜒着向大海奔流而去一泻千里，我仿佛看到了因为苏东坡短暂逗留给合浦带来的豪情贵气，正默默滋润着珠乡大地的人文山水，生根发芽。改革开放多年积蓄的聚焦效应，正在催生遍布珠乡的历史文化标志景观，焕发出无穷的生机和活力。汉郡风情，人文书香，丝路魅力，蔚然成风，蔚为大观。正是：

东坡有预见，
汉郡谱新篇。
豪情腾万里，
携手共瞻天。

（获 2018 年合浦“千年汉韵”征文三等奖）

高手在民间

自从一夜之间白了头，每次理发就不太愿意到装修高档的发廊受罪了。何哉？在亮丽堂皇的发廊里如坐针毡，感觉那些大姑娘小伙子的眼光总是有意无意地瞟过来，潜台词好像是："这老头，一把年纪了还来赶时髦。"其实说到底，还是高档发廊花费不菲，而且服务水平良莠不齐，再加上心理作怪使然。

于是每每发长难耐时，宁愿找一家不起眼的小店，草草"铲"光了事。这也可能是一种潜意识里的怀旧行为，很难说得清楚到底是什么理由。

小时候，理发是一种期待，也是一种仪式。每逢开学时节或春节来临，乡下剃头匠就开始走村串巷。小孩子头发略有点长，理发匠便未卜先知似的挑着担子出现在村口，拖着长长的腔音："剃头——理发——哟。"大人偷得闲暇，用各种理由把小孩哄过来，捉住两边臂膀向上一提，往理发匠挑来的高脚凳子上一放，便火烧眉毛地忙农活去了。

师傅早有准备，左右审视一番，抖出一块白布（其实早就斑迹点点，变成花布了）往小孩身上一围，木夹子一夹，跟着往发剪上点机油，半蹲身子，捋袖揎臂，便果断动手了。随着"咔嚓咔嚓"声响，顿觉头皮阵阵发凉，一个"锅铲"或一个"寸头”，眨眼便成。也有悲催的例子发生，原因是手动发剪生锈太紧，突然间牙槽运转不灵了，使用备用剪也无济于事，反复滴上几遍机油还是不行，屡次缠扯头发，有时甚至连皮一起扯着。小孩子痛得叫声连天，理发师傅脸呈尴尬，无奈覆水难收，发断难接。面对着左右不对称且东坑西洼的“癞痢”头，师傅无计可施，只好直接动用剃刀收尾，三下两下刨成“秃”头，青光锃亮。完事后，师傅接过钱，沾着口水点清，卷成一团塞入裤袋。另一个小孩早在旁边等得不耐烦了，师傅手脚不停歇，如此这般继续操作。依次弄妥后，小孩子们便一个个如惊飞的麻雀，蹦跳着走到村旁沟渠，一个接一个地纵跃下水，名为洗头，实为玩水。

当然，如果是大人或老人前来理发，师傅就使出浑身解数，侍弄得较为细致，打理时间也更久一些。别的不说，光是大人脸上须髯，就得格外花费工夫。先用温水打起肥皂泡仔细抹上，用热毛巾上下捂一会儿，再试试胡须软硬合适，然后抽出一把亮锃锃的剃刀，在桌子旁边挂着的“帮”（一块真牛皮革，专用来抛磨剃刀的，早就油光泛亮了）上飞快地擦滑几下，“噌、噌”声听得人心里直打哆嗦。师傅侧歪着脑袋，眯缝着眼，一手扶着下巴，拇指紧按在颔上固定，食指轻点，其余三指后划，一手掌刀，先左后右，先下后上，络腮胡子转瞬已变白面书生。讲究点的，还要帮你仔细剃干净两眉眼间细毛，再用剃刀轻灵地在鼻梁上一划，听得极细微的一声响，绒毛尽散，毛孔尽舒。最后，师傅在百宝箱里翻出一把锋利的小剪刀，小心伸入两边鼻孔，剪断泛滥生长的粗长鼻毛，接着用风筒几下吹净，方算大功告成。

长青东路上有一间不起眼的小小的理发店，师傅来自廉州乡下，手艺精湛，一把“剃刀”，一把“飞剪”，玩得炉火纯青，慕名而来的络绎不绝。师傅凭此立足城市，养家糊口购车买房发家致富，将“剃刀”赛过手术刀的故事演绎得淋漓尽致。

笔者偶然经过，帮衬几次，隐然似有儿时乡间回忆。

（刊于《北海日报》2016 年 9 月 7 日第七版：人文）

民间拳师王三哥

王三哥真名王日健，可廉州坊间都叫他三哥佬，真名反而少人称呼。皆因他乐善好施，济义扶困，且有一身好拳脚。

三哥佬 1945 年 6 月出生于世界知名的珠乡合浦，1964 年毕业于历史悠久的廉州中学。毕业之初，三哥佬也曾有过关于人生的种种设想，或入仕或从军，终因性格耿直，打抱不平之念时常牵扰，故最终选择了习武健身，且一发不可收拾，心思全泡在武学之中。

三哥佬习武伊始，为 20 世纪 70 年代初，首先师从石康武师沈国权习南派之蔡家拳。待根基扎实，转拜南方五虎将之一赖成己的嫡传弟子陈源才师父习李家拳、洪门拳。经十数年磨砺，练就蔡、李、洪门拳及兵器、对练等 20 多个套路，擅长李家拳、单刀、南派双刀、双头棍等技艺。先师陈源才所传“南蛇过埛”套路在 21 世纪初获北海市文化体育部门挖掘、整理，被确定为非物质文化遗产留存，由此可见三哥佬学有渊源，非同寻常。

三哥佬经历坎坷，曾任国营工厂内保干事、安全助理，甚至干过出纳、会计之类细活，皆不算成功。可能因沉迷武学太深，主办变成了副业，副业反而占据了言行举止。这是性格使然，也是三哥佬引以为憾之事。三哥佬 20 世纪 80 年代后携长短兵器，靠一身拳脚功夫，参加比赛无数，得奖无数。最令他珍惜、自豪的是 1997 年迎香港回归时所获得的“北海市优秀武术辅导员”的称号。三哥佬设馆教拳已颇有时日，但是从那时开始其业余授徒的活计才真正步入“正轨”。三哥佬性子耿直，其课馆授徒也与众不同。别人教拳不但收取学杂费，有些老师傅甚至要徒弟不时“进贡”财物才肯教授真功夫，救命“策门”更是非嫡亲不传，三哥佬则不然。三哥佬教拳首先看你个人的品性，品行不端为人不正的，过不了他的法眼，资质不好的，坚决不收；家庭困难坚忍不拔的，甚至分文不取，一样乐呵呵地收你为徒。而且教授起来，耐心至极，生怕你教尤不会，用他的话说是“怕你在人前人后丢了他的那张老脸”。

习武之中难免磕磕碰碰，流血受伤。在缺医少药的时候，中国民间跌打伤科大有用场。因此三哥佬习武之余，潜心钻研，骨折接骨，头破医头，经年历练，颇有造诣，治愈者甚众。笔者年轻时正是金庸、梁羽生武侠小说风行之时，对武学耕读无限痴迷向往，机缘巧合，识得三哥佬，从此与三哥佬亦师亦友，一直保持来往。可惜本人资质鲁钝，学过了又忘，忘了再学，至今无所成。20 世纪 80 年代末，三哥佬嫌耍拳不够过瘾，又联络一帮师兄弟，召集一帮老哥们儿组建了一支武术狮队，平常无事，聚在钦州巷 78 号的祖宅后院操练。逢年过节，开店娶亲，有人需要舞狮助兴，则是三哥佬等人大显身手的时候。在鞭炮的炸响声中，三哥佬红光满面，喜气洋洋，比自个儿办喜事还要得意。跳桩、跃凳、踩青、滚球，一招一式，无不卖力体现，有武的阳刚，更有艺的传神，众人拍手叫好，三哥佬等人也格外兴奋。

三哥佬退休后，身上头衔一大串：民间一级武师、合浦县武协委员、社会体育指导员、廉州舞狮队队长兼教练等，其传略先后载入《中国民间武术家名典》《中国武术名人录》《中国大百科专家人物全集》等辞书，可谓仕途不成，歪打正着，成为地方小有名气之人，也算是告慰祖先了。

（刊于 2011 年 7 月 10 日《北海日报》第十版：红树林）

人过中年

猴年最后一天，在许多人呼朋唤友外出“嗨皮”的时间，为生计，我只能继续守店练摊。即使百无聊赖，无论心情好坏，也要抖擞精神笑脸迎客。市侩生活，可见一斑。

喧闹的白天恍恍惚惚地过去了，夜幕不知不觉中已经来临。我打着哈欠，正准备热热剩饭胡乱填饱肚子，这时突然有辆电瓶车“吱”的一声在门口停下。有生意！我顿时精神一振，却发现他直愣愣地盯着我看！这是一种极为令人讨厌的行为，我表面不动声色心里却非常恼火。忽然他开口了，大叔，你看起来很年轻啊——正如他盯着我看，看得我直发愣，这话说得也直白！我顿时“石化”。我真有那么老了吗？是不是我的一头白发让他疑惑了？

一不小心，我已随着岁月的脚步不可阻挡地向着“高龄”奔去。猴年马月，原来以为此生难以企求的时刻，居然也出现了，可随之出现的根本不是想象中理想的人生状态。莫非世界原来就是如此？到了这个年龄，不管日子过得窝窝囊囊还是轰轰烈烈，哪怕内心深藏的英雄情结还是抑制不住突如其来，但是不服老是不行了！那么，活着是为了什么呢？虽然至今还是没能信心十足地给出答案，但是我愿意相信，活着终归是好的，虽然苦点累点。

腊八节那天，有位好久不见的同学特意从邕城赶回北海，一定要请我吃一顿腊八粥。这位同学虽然表面看起来大大咧咧，其实是个刀子嘴豆腐心的大孝子。近几年，他寡居多年的老母亲瘫躺在床，生活已不能自理。几位兄长与两个妹妹商量后决定轮值照顾，每人一个月，按顺序接手。开始一段时间尚能正常轮转，不久，情况有了变化。谁做得更好些，谁服侍得周到些，谁家又多做了什么额外功课，两位大哥蔫不出声，几个大嫂倒嚷嚷得厉害。妹妹们异口同声愿意出钱，但是舒服日子过惯了，嫌脏嫌累，都不愿意亲自动手了，整天打扮得漂漂亮亮的呼朋唤友径往麻将桌上凑……同学一气之下，郑重提出，此事到此为止，以后再也不用轮值了，也不一定要大哥和妹妹出钱，谁高兴给就给，不高兴给就拉倒。他也不跟妻子商量，三下两下腾出一间房子，抽空专门回一趟老家把老母亲接了过来，从此吃喝拉撒他全包了。有时，老母亲也觉得让他一个大男人端屎把尿上下折腾有些难为情，同学的老婆看在眼里，也便想法靠边打点下手，不愿自家男人笨手笨脚地独自忙活。

几杯酒下肚后，同学拉着我的手说，这么远回来，也没甚大事，就是想见见你，讲讲话。

人过中年，上有老下有小是一种幸福，也是一个挑战。我不知道当我如果面临同学类似境况时，有没有他这样的底气面对一切，但是，我知道自己一定会迎难而上。

（刊于 2017 年 2 月 19 日《北海日报》第二版：家庭）

奶奶的头发

又不由自主地想起亲爱的奶奶了。

奶奶有一头稀疏零落的头发，一梳掉一地，一洗漂一盆。奶奶总是说：“老了，快死啰。”但奶奶总是在反复唠叨中不停地劳作着，并不轻易死去。

奶奶已经很老了，早过了耄耋之年。她的腿肚子细细软软的缺乏弹性，一双脚板平平的，裹着一层厚厚的老茧。我帮奶奶梳着她那一头稀疏而枯黄的头发，经常想：为何奶奶的头发竟然一点光泽都没有？那时我虽然头皮屑多得要命，一抓一大把，晚上做噩梦时也偶尔伸出舌头舔咬过枕上散落的头发，可似乎从没见过谁的头发掉得这么厉害啊，奶奶这是怎么了？

但我对头发是素来不甚有好感的。如果见到蔬菜或米饭里出现有一根半截头发，肯定顿时嘴里发酸欲吐，马上没了胃口。虽然少时病痛不断，农家院子周边畜粪遍布禽尿横流，但我对于脏的概念就是如此偏执。看到头发就不由自主地想到粪坑里蠕动的蛆虫，似乎还有粪桶里漂浮的长发，宁愿不吃不喝沾了头发的饭食，也不愿委屈了自己。随着年龄渐长，胃口稍开，可对于头发的恐惧从来没有减少过丝毫。

后来看了广东珠江台热映电视剧《西关大少》里伶牙俐齿的

“夜香”妹，觉得漂亮女人居然敢挑“夜香”！挑夜香的女人居然也有如此优雅生动的一头浓密发辫！顿时觉得珠江两岸饱受污染的夜风似乎好闻太多，对于头发的种种感觉方才略有改观。

在我懂事时，奶奶的头发已经全部花白，而且干枯发暗。那时洗头是没有洗发水之类东西的，这难不倒奶奶，平时洗头就用后背山上一种叫茶树籽的植物来代替，这已经习惯了，也不知是从什么年代开始习惯的。

往往是在一个阳光明媚清风和颐的正午时光，奶奶突然觉得头痒得难受，于是不紧不慢地先把收集来的茶树籽捣碎泡在滚开的沸水里，搅和均匀，再小心地敷抹在用热水淋透的头发上，不停地揉搓起泡，头一低腰一弯，把大半边脑袋埋进木架子上装满热水的面盆里，两手反复抓挠，随着一阵水波荡漾，盆水慢慢变浊，我在旁边踮着脚帮着又换上一盆……不一会儿，奶奶洗头的诸般程序已做完，一头湿漉漉的白发松松垮垮地歇趴在她皱巴巴的头皮上。奶奶用预先准备好的毛巾一擦一抹，一阵神清气爽，暗斑环生的脸上添了少许生气。我偎在奶奶身边啃着刚出锅的红心番薯，看见奶奶开心，相跟着莫名其妙地欢喜无限。

抬头望去，客家乡村灰蒙蒙的天空，一朵无依无靠的白云，晃悠悠地飘着，飘着，随心所欲地走向无法预知的远方……

（刊于 2017 年 3 月 5 日《北海日报》，原题：《洗头》）

人生第一场雪

人生的第一场雪是在昆明遇到的。

傍晚时分，没预兆没来由地，灰蒙蒙的天空随着一阵风起云涌，飘飘荡荡扬起来一片片絮白的东西，雪，悄无声息地下来了。下雪了！有人大喊着从屋内冲出来，好像从来没有见过雪的样子。

我确实是没有真正见过雪，印象里都是电影或电视上面棉絮状的飘浮物（也许真的就是棉絮营造的感觉而已）。但是我却像个见惯世面的老人般不动声色，慢腾腾地走到门外。伸手一接，凉凉的，带有盐花般粗涩，这就是传说中的雪?!

看着周围人兴高采烈手舞足蹈的样子，我知道这是真的了。可我当时远在昆明!

1989 年的盛夏，暑气逼人，纵使我曾无数次对高考以后的人生有着没完没了的念想，可因为当年学潮波及，高校减招，还没走进生活，现实就给了我狠狠一击。后来在省城读中专时，我想当然地就很无所谓，时间基本上都花在费尽心思地鼓捣“文学”上面了。平常上课，要么神思恍惚顾影自怜，要么“灵感”来临使劲抄抄写写，不知不觉挨到毕业后更是无所适从。因为生性怯懦，青春时期对女生的欢喜只藏心里，结果读书时节连起码的初恋都无法实施，真真令人可羞可恨！

暗恋无疾而终，成绩更是一落千丈。经过一番公关交涉后我黯然挂科“毕业”，乖乖回到古廉州城，后被分配到一间国营工厂，成了一名企业干部。那时我想，既然无法阻止一切不如意的发生，那么就默默忍受吧。我索性抛开一切念想，对心底深处极为不喜欢的车工钳工等力气活干得热火朝天不亦乐乎，两年后变成了企业派驻西南办事处负责人。

由于办事部筹建时间紧迫，10 月初接到任职通知不久就要出发了。我此前从未单独出过远门，派远差经验明显不够，准备就不充足，仅穿着一身单衣拿着简单行李就匆忙赶到南宁吴圩机场登机。随着飞机呼啸而起，一小时不到，此身已在昆明巫家坝机场。第一次坐飞机还来不及兴奋就这样糊里糊涂结束了。

当我背着行李包从温暖的机舱走下飞机舷梯，寒风乍吹，身上顿然起了一层厚厚的鸡皮疙瘩。好在年轻，又经常锻炼，瘦小身板上居然也有一溜儿的条子肉，倒也结实耐冷，对同事在一边抱怨不已竟是不以为然。不过当时乘飞机还是个少数人享受的稀罕事情，又费钱，后来往返两地多以火车为主。偶尔公务紧张时，连黑市火车票甚至都买不了，也坐过汽车。听着汽车喘着粗气在狭窄盘旋、既长又陡的崎岖山道上颠簸前行，一边是高山，一边是深谷急流，时不时响起一阵阵刺耳的刹车声，就是白天都让人胆战心惊噩梦连连，个中滋味不说也罢。

那时南昆铁路尚未开通，从廉州城到昆明要先到南宁转车柳州，经贵阳入境六盘水，整整拐了一个大弯才能到达。由于西南民工潮大量涌入沿海“淘金”，川渝线路票号无比紧缺，我又要经常来回走动不断，不时就要通过票贩子买黑市车票。我胆子也大得可以，居然敢一个人跟着神出鬼没的票贩子东转西转，走到远离车站陌生偏僻的巷子深处交易也不知道害怕。临时买不到普快车票，绿皮火车也无所谓了，赶路要紧，上去就走。记得曾经钻上火车行李架躺过，像少林和尚练扁担功一样大咧咧地横在座椅窄窄的靠背“杠过”。有一次甚至被一群民工挤得连站的空隙都没有，我只能单脚点地，坚持了近 30 个小时才到终点，下车时已筋疲力尽，分不清东西南北。如此这般，在火车开行过程中，如果时间允许，我还兴致盎然地在车厢里前后穿梭，有时跟不同的人聊天，有时与别人交换香烟品吸，饿了买盒快餐充饥或者在邻座热情邀请下品尝他们自带的特产点心，见到美女就上前搭讪，看见有人下棋也挤进去凑热闹……也不担心遭人下药暗算，就图个快乐开心。在漫长而烦闷的商旅途中，我多少次窝在垃圾堆成山的车厢结合部或厕所旁边，闻着阵阵熏天臭气，无聊地叼着烟卷，孤独地看着窗外景色恍惚而过，听到车轮与铁轨反复摩擦产生的“轰轰—隆隆”“轰轰—隆隆”，一声接一声，深藏内心无处宣泄的文学情结一下子泛滥无边。

20 年光阴恍若一场梦结束，我无法甘于现状，更不能轻言快乐。我性格里多有叛逆基因，经常不受人待见，变成了自己不待见任何人，总幻想着有机会率性而为。由于青春短暂挫折不断，多少年后，脑海里对于暂驻昆明的数百个日日夜夜却时不时选择性地“短路”，场景回忆不清，印象模糊难辨，后悔吧不知从何讲起，说留恋也无从描述。直到现在，我依然不肯承认是因为不小心在昆明街头吃了一碗滚烫的过桥米线，就被辣得味蕾失效，分不清春夏秋冬了。可我当时却远在昆明！

后来有熟人问我，在北海大鸣大放大开发的 20 世纪 90 年代初期，你到哪儿发财了啊？我竟无言以对。我生来不是一个能敏锐地捕捉商业机会的人，昔读书时老师就曾质疑我“是否智力有问题”，要劝我退学。工作后，价值观更与世俗商业气氛格格不入。我忧伤地发现，似乎我对所谓经商做生意反感得很，虚头滑脑地与每个遇到的商人虚与委蛇，怎么想怎么腻歪。我不停地买进卖出，没完没了地讨价还价，老是不得商业要领，对商务客情维护和售后服务似乎倒是颇有心得，干得有板有眼有声有色。但那又怎样?！在清汤寡水的异乡日子里，寂寞如同春天的草地不时冒出芽头来。内心挣扎着、抗拒着，总也不好就这样随遇而安，读书写作，似乎才能顺应灵魂的呼声，稍有快感。刚巧经常有业务联系的昆汽高原公司里有一个刚毕业参加工作的小女孩(真巧也叫芳却不是村里的小芳姑娘)，性格温柔，成了我平时倾谈卖弄的对象。业务不太涉及，倒好像有某种朦朦胧胧的青春共鸣。

其时，恰有一位同事老大不小偏天性贪玩，我们一拍而合，相携出行，寻机随处乱转，遍游滇渝诸地，思绪随遇而安，不留神来到了大理古城。

循着《天龙八部》的蛛丝马迹而去，我们曾经泛舟洱海，遍寻苍山，却无处寻见段誉、乔峰的影子，大理三塔更是孤芳自赏茕茕孑立。记得途经小普陀岛时，好奇心一时作祟，素来不怕天不怕地不信命相的我，鬼使神差地要求船家歇舟上岸，在悬崖峭壁处寻得一炷香火随喜叩安，信手求到了一支签，卦曰中上，谓本人从此运象皆旺，前程似锦。信或不信，殊可掂量，我也不为已甚，不求甚解。谁知过后生活遭遇却不啻是个反例。

三年时光转眼即过，我一无所有，空带着一身疲惫，狼狈不堪地回到廉州城。彼时老街依旧嘈杂而没落，眼里的北海已大相径庭。

从昆明返回廉州古城后，终于我的风光日子到头了，突然间被免去原职遣放车间跟班“学”开数控机床——可笑20多年来人生之旅一路奔波，眨眼间，美景湮灭已成记忆片断，人生不可逆行。兴冲冲雄赳赳的初次商旅远足，终究无果而返。我后来思忖，或许当时因为萍水相逢，又或许少年心浮气躁，所以遭戏弄则个？百思不得其解。

回忆既有，淡忘更多。云南自然景观垂直分布，神奇多样。多彩善变的喀斯特岩熔地貌，蜿蜒奔腾的“三江并流”奇观，广袤的热带雨林和珍稀动植物，雄伟壮丽的雪山冰川，纳西族的东巴文化、大理的白族文化、傣族的贝页文化、彝族的贝玛文化……构成了独特的休闲度假旅游胜地。20世纪90年代时，世人但有出游，言必称“三南”（即滇、湘、琼三省）。云南省凭园博会东风先行一步，尤其突出。无论是气势磅礴的虎跳峡探险，突兀壮观的玉龙雪山攀登，还是建水哈尼的斗拱飞檐，婉约、柔情的傣族泼水，皆异彩纷呈，让人想念有加。战战兢兢地期盼着在平和的丽江古城实现某些不可预期的“艳遇”，到慵懒而闲散的民居消磨多余的时光，沉浸在东巴文化和纳西古乐的懵懂熏陶中，欣赏丽江泸沽湖令人眼馋的走婚习俗，讶羡摩梭人在中国西南最后一片净土上的惬意生活，等等，都很值得期待。

说起云南首府昆明，夏无酷暑、冬无严寒，其丰富多彩的民族风情，使每一个到访的游人都能体验到返璞归真和谐共处的快乐。人们皆愿以春城相称，只不知其四季风寒，一日三变。天无三日晴，地无三尺平，我眼中的“春城”，与传说何其迥然不同？

当我强打起精神，冒着零摄氏度气温，赤身裸体地在露天下用刺骨寒冷的自来水把身子擦得通红通红的，心里面也已冻坨一块，时至今日竟还未能彻底捂热融化，冰冷透心，附体缠身，久久难忘。这是要苦其心志吗，还是劳其筋骨？1994 年春天的那场初雪，长久地在心里留下了不肯磨灭的缕缕痕迹，却注定永远留不住它的真身！

羊年的第一场雪，数十年不见，偏于众生喧嚣中突如其来，没来由地令人触景生情，并让我不争气地回忆起了往事，回忆起了当年那场不明身份的雪……

恰同学中年

突然无边地想念起母校公馆中学来了。民国时期，客家前辈名人、抗日铁军名将陈真如先生为振兴家乡文源而创办的文治书院，秉承了客家耕读持家、知书达理的传统美德，在客家山乡后代的心目中有着至高无上的地位。很难想象，在宗族观念根深蒂固、民风彪悍无比的客家聚居地公馆乡，真如先生能摒弃陈规陋习，让一脉书香生根发芽，从此滋润着客乡子民。历史悠久的公馆中学由文治书院演变而来，它学风好，校风校纪强，加上创始人真如先生彪炳后世的人格魅力，成立之初，即为合浦县东部乡村学子求学首选，周边学子皆以入读公馆中学为荣。现而今，渺小如我，却无端僭越，对母校有一种说不清道不明的情愫在里面。

生活的路，弯弯曲曲，波波折折，一路跌跌撞撞。有时慌不择路，有时彷徨歧路，经历过多少次天人交战，终归还是不敢妄自菲薄，自甘沉沦。这无疑得益于前辈挚友的启迪帮助，才稍有自我疗伤的本能驱动。这些年来，受大气候影响，公中校庆活动一届接一届地办，一届比一届闹热，校友会也一拨跟着一拨，排场越来越大，名目越来越多。但是依然没人能想起具贴“诚邀”我这无名小卒，我也没法“主动”衣锦还乡。虽然随着年岁增长，回校恳师之心事越来越强烈，但多少次都按捺下躁动的心说：等等，再等等，时机还不成熟。何时才算是时机成熟？其实我也不知道。人生讲究三十而立，四十而不惑，此生看来似乎也难有大富大贵、荣归故里的奢望了。公中建校多年，历届校友者众，但天时地利人和诸因素不同，纵出类拔萃者不少，还是平庸之辈居多吧？大多人的愿望，只是不甘被母校如此忽视而已。热闹的该热闹了，但愿不要热闹过头。据各方传来的消息，随着周边乡镇学校的先后崛起，竞争加剧，生源渐竭，如今公中少了鹤立鸡群的自得，在校人数不增反减，考上高校的学生比例逐年下降。与之前相比，毕业后在政商科研学界能有所作为成气候者寥寥无几。

所谓“万般皆下品，唯有读书高”。旧时班上，很有几个女同学各具风骚，虽土衣素色难掩其天生丽质，或亭亭玉立，或秀外慧中，或婉约，或细腻，不一而足。只是男女同学间交往似有一道无言的壕沟，就是同性同学间的交流也少得可怜，大家都在埋头苦读，以求在激烈的竞争中出人头地。但少年人的习性又是难以压抑的，同学间对异性朦朦胧胧产生好感之事时有发生。间或有女同学长发飘飘或秀发如云，花仙子一样在眼前闪现，也会引起少年人的心怦怦乱跳兼产生无数臆想，日子紧张而又充实。一亲芳泽之好事，却想都不敢想！浑不知有的同学已在与班主任老师的不断来往互动中，向团或党的组织靠拢，积极参加政教活动，为进一步的人生理想搭好了起步的阶梯。其目的单纯而又明确，不像有的学生那样身体极度早熟，心智普遍尚未断奶；思想无限前卫，感情一片空白。

从20世纪80年代末毕业离校至今，20多年眨眼就过，这么多年来，其实屡次想过回去造访母校公馆中学。但造化弄人，天不佑我，没能及时成就一番事业，回去的理由就很不充分。每逢同班同学成绩斐然者召集回校，总是临时起意，犹豫不决，不那么热情，也有点不好意思，终于取消行程。几次反复，几次错过机会。每念及此，后悔不已。

近来有同学热心者动议是否也来个 20 年后再相会，让多情者会会初恋情人，让成功者显摆显摆，让念旧者叙叙旧……一切都那么随意而自然，一切都那么美好。只是无论小有成就者或过得不甚如意者，皆鬓角渐白，眼纹渐深，人也渐老，还有几张熟悉的面孔甚至已经不再！真是恰同学中年，往事何堪！

余生也晚，所到之处不多，曾有三个地方给了我异样的感觉：公馆中学真如教学楼（老图书馆）、南宁市青秀山龙象塔、涠洲岛鳄鱼山灯塔。也许是当时少年心境使然，或是孤陋寡闻不伤大雅的井底之见。乍然登高望远，但见四野田畴或四海茫茫，目力所及，触景生情，任思绪烦乱孔一并涤荡方休，那是怎样一种心旷神怡的境界！先甭说这境界高与低，但确是一种实实在在一览众物小的感觉和惬意。更遑论祖国名川大山多如牛毛，世界险峰峻岭无穷无数，想必更有一番情趣，让人心绪飞扬，欲罢不能。

如今，世俗之风蔓延，经济为纲，商业至上，文脉渐颓，文风渐弱，终于渐渐不堪。这其实没有对与错之说，只有坚守或抛弃之分。坚守了持之以恒，则有可能弥久而香；放弃了，远离之，则温饱小康，任意为之，也可一生无忧，但不能久远。所以仁者见仁，智者见智，唯有后来者品头论足，只有世外高人才唏嘘嗟吁。

冬日阳光，百无禁忌般泼洒而下。俗世纷扰，何以寄情？涂诗一首兼打油，以托心声：

想念公中

想念公中，想得蛋痛；无可奈何，仅是梦中。
大廉山下，莘莘学子；真如院里，朗朗书声。
相思树影，红豆寄情；木棉花开，香远溢清。
想念公中，想得蛋痛；昔日同学，曾经师恩，相见情浓；
青山依旧，舟楫自横，落花流水，如梦如空？
想念公中，想得蛋痛；斗转星移，物是人非，心事重重；
假以时日，必将重逢，无有归期，皆计划中。

但愿他日，能如客家乡贤抗日名将林翼中先生故居联曰：虽不衣锦还乡慰亲人，幸能平安归来祭祖先。如此，心愿已足！

（刊于2013年2月28日《北海日报》第七版：银滩）

半个老乡

因高考不如意，当年的我带着一股怨怼来到省城一所中专时，什么都不在乎，仅仅是为了摆脱令人窒息的高中生活。之后怎么办，我也来不及想。

学校属半军事化管理，学习时间紧凑，而造成的苦闷如荒草般蔓延，我开始肤浅地迷信“汝果欲学诗，功夫在诗外”，大量阅读课外“闲”书，打发空虚无聊的时光。每天下午课后，我换上运动衣，疯子般往青秀山上跑。在青山道来回跑上几趟，累出一身臭汗，人反而放松了。山道崎岖，人流往返，车辆穿梭，我就那样孤独地跑着……就是在那时，我见到了班上一个女同学——雪。

为活跃校园气氛，学生会牵头成立了一个业余记者团，雪因“综合素质强”被学生会相中了，我却落选了，收获是因此认识了她。雪不算是美女，但说话时眉睫轻扬，别有一番气质。少年人心中自有一种说不清道不明的情愫潜滋暗长，我霎时走神了，甚至忘记了之前彼此还是竞争对手的关系。我内向，但青春的荷尔蒙不缺，谁也不能阻止我对异性有好感。何况，我只是默默地喜欢着，内心是不曾向谁坦露的。

按雪的话说，我们是半个老乡。“老乡”是男女同学互相接近的好借口。以后，聊天、散步，进图书馆或打乒乓球，似乎有那么一点暧昧，又似乎啥都没有。

两年同窗眨眼而过……没有恋爱过，便没有失恋之说。但过后我还是悲愤地认为我应该是“失恋”了。因为我不敢主动出击，因为我不善于在喜爱的女孩子面前甜言蜜语，班上另一个男生则大胆“撩妹”，恰到好处地践行了“君子好逑”等所有我未曾有胆做过的那些事。于是，往后的日子，我只能凭空臆想……

毕业后，我们理所当然地失去了联系。

人皆有憾，我更是在跌跌撞撞的人生旅途中吃尽苦头，根本没心思也没本钱回想学生时代的得失。人到中年了，青春的荷尔蒙根本来不及挥洒就以令人吃惊的速度消逝，甚至接近干涸。

如果老乡而仅半个，那另一半呢？知己？同学？其中缘由说不清道不明。若干年后的今天，我还是羞于启齿这段狼狈的青春期异动，我怕青春过后更无知，也怕我已回不来的青春，没人能包容。

（刊于2016年8月22日《广西工人报》第八版：职工艺苑）

chapter

04

涠洲篇

涠洲游记

秋日无聊，漫步于林荫道中，但见夕阳余晖下，间或一两棵老树，枯枝朝天，披一层落寞，萧条无比地立在路边，心中惶然恍然：许久不见秋，原来竟是这般模样！猛一触动，不觉想见涠洲风景。五彩滩头，鳄鱼山上，该是涛声依旧，苍翠如新吧！拣闲暇时日，邀三五亲朋好友，风尘仆仆，弃车登船，泊船靠岸，一路迤逦而来……当喧嚣已远，尘世不再，涠洲岛，我们到了。

其时山花烂漫，层林尽染。仙人掌随遇而安，荆棘遍布；三角梅花，是所有花的情郎，在如许的秋冬季节，开得热烈奔放——只不曾想起，在滴水丹屏的影壁前，可有你的爱人在隔海眺望？不期然的偶遇，化成不敢触摸的印记；不经意的回首，谁愿抚慰莫名的惆怅。在哥特式的天主教堂，在静谧的圣母大殿，在古风淳朴的客家民居，在逢凶化吉的三婆神庙，不时有人流如织，花吐幽香。

那时便想，上万年前，火山喷发，岩浆飞溅，在惊天动地的震撼中，这大自然的鬼斧神工，出神入化，造就了大小蓬莱凤凰涅槃般的重生，也才有了先人后辈的刀耕火种，筚路蓝缕。我们如白驹过隙，匆匆而来，狼狈而去，究竟是为了什么？找个理由，逛逛涠洲，吸引我们的，是参差的崖畔、斑驳的珊瑚，是灼人的火山弹、突兀的海蚀洞，是蜿蜒的绿染、七彩的滩涂，是温润的灯塔、清澈的甘泉，是无名的合欢、古老的传说？都不尽然！徜徉岛上，总有无尽的蕉林与你不期而遇，那又是一种蓬蓬勃勃的壮观，其中隐含了甘甜与恬静的田园生活构想，不由得你不怦然心动。闲暇赶海撒网，忙时探亲访友，皆有所为有所不为。

五彩滩头是观日出的好去处。晨曦乍起，伫立岸边，极目远眺，但见波涛簇拥下，东方一抹蛋黄，犹如跳动的生命，一闪一闪的，几下扑到你面前。倏忽海潮隐退，一望无际的海蚀平台，层叠铺延，像凝固的水流，又沾上几许水迹斑斑，在你眼前舒展开去。圣洁的珊瑚碎片混杂在随处的海沙里，五彩纷呈，令人眼花缭乱，目不暇接。

石螺海滩看日落，又别有一番感受。当夕阳收敛光芒，落日坠成一片凄美，令人心碎地撒落大海，思绪顿然化成一海的破碎金片，随涛声哗哗地向你涌来，让你觉得，浪漫不是刻意安排，而是来得自然而然，在你不经意间已来到你的身边，附上你的神灵。霎时，人不能自已，胸臆塞满感动，唯任时光悄悄溜走。想抒发，想表达，可伊人远去，杳无踪迹……沿螺旋形阶梯，爬上鳄鱼山灯塔，但见四周茫茫，波光粼粼，碧海蓝天，天地间浑然一体。如果说，都市生活中，我们的社交圈子里，尽是忙迫劳形的人事，纷繁嘈杂的世故，压得我们喘不过气来。那么，涠洲岛，该是一座超然物外的境界了。人，这万物之灵首，在川流不息间，很自然地将零散分割的绿块连缀成一有机整体，在湛蓝海水的滋润下，从容地进行吐故纳新的更迭。置身其中，什么都不用想，什么都不用做，只是静静地感受，便有一种不期然的收获，心境随之得以升华。莫名惆怅，无名暗火，皆刹那间灰飞烟灭，无所遁形。

多少年后，当我们津津有味地回想起曾经“坐”在火山口的经历时，没有惊悚战栗，更多的是一份淡然与镇定。无须理由，逛遍涠洲。仅一次水与火的体验、绿与蓝的沐浴，就已足够！

（刊于《北海日报》2010年4月21日第七版：文化广场）

涠洲仙人掌

仙人掌以它那奇妙的结构，惊人的耐旱能力和顽强的生命力，受到人类的赏识。据说仙人掌类植物原产南北美洲热带、亚热带大陆，约有两千种以上。但涠洲岛好像只有一个种类。

在涠洲岛上，仙人掌随处可见。悬崖上，坡坝间，陡石旁，随遇而安，映入眼帘的尽是仙人掌千篇一律、纠缠不清的藤蔓，薄而扁平的茎，附生于坚硬的火山岩上面。在某一个转角处，突兀地伸到你的面前，让你细细审视它的容颜——植株的表面形态各异，或为平滑，或有突出的结节、凹沟。凹凸不平的茎表生长棘刺或钩毛，花、枝亦由此生出，叶极度退化成尖刺，刺内含有毒汁，人体如不小心被刺后，易引起皮肤红肿疼痛、搔痒等过敏症状。

由于涠洲岛地处亚热带海洋性季风气候，冬无严寒，夏无酷暑，岛上独有的火山熔岩经多年日晒雨淋，已风化成土，内含丰富的钾、磷等营养成分，用火山土种植出来的香蕉特别甘甜、香滑、润口。你想吧，贫瘠千年、世代沧桑的仙人掌穿洋过海，漂移而来，似乎在涠洲岛找到了梦寐以求的生存土壤，一旦遇见，能不甩开膀子，变本加厉地拼命吸纳、索取？营养过剩，无处消受，于是疯生贱长，在你不经意、无所谓的地方，也能不知不觉地成就一番绿意。

鳄鱼山上，火山地貌保存得最完整面积也是最大，因此仙人掌的生长也是得天独厚。仙人掌好像特别喜欢闹中取静，沿涠洲岛火山地质博物馆到鳄鱼山景区一带路旁，不时有仙人掌断续出现，飞短流长，集腋成裘。滴水村路口，仙人掌以几株老枝为核心，放肆地向四周稳步推进，慢慢地形成一路屏障，但绝不哗众取宠。而是静静地站立，以群体的方式站成一种带刺的美丽，然后在五色花丛的掩映下，渐渐消隐于灌木林中。惋惜之余，你又发现它在不远处的悬崖上牵挂而下。这里一丛，那里数枝，貌似分开，但又暗地里沟通，其惺惺作态，令人咋舌。

如果说这还勾不起你对仙人掌的好奇的话，那么，鳄鱼山西拱手坡上泼辣大气的，唯有相思林簇拥下的仙人掌了。

当观光车走过正午的阳光，平缓有序地驶过山道，顺势而上，左有南湾海景依次映入眼帘，右是石螺浅海在不远处招手，或者没入浓荫之中。行到山穷路尽处，游人不禁眼睛一亮：哗，好一片仙人掌。从这头到那头，足有百米长距，只见仙人掌靠山而居，既不以物喜，又不以已悲，绽一路惊叹。根本不管不顾其他物种的排挤，宁愿按自己的方式布置生活。或交叉或相连，或分开或缠绵，总有无穷兼无尽。

月亮湾四周，海边栈道，曲折盘旋，依山而建。南湾海浪轻拍岸边，千万年前形成的火山遗迹，海蚀地貌仿佛还在生长发育。漫步其中，令人顿有宁静以致远，淡泊以明志的感慨。放眼望去，山崖高处层层叠叠的仙人掌你拥我挤，堆积在一年四季的角落，彼此勾结攀附，不亦乐乎。间或抬头，唯见荆棘横生，盘根错节，不一而足。

涠洲岛的仙人掌与众不同的地方在于，其花朵不直接依附于茎体而生。当季节来临时，先由茎根的某一细节，子房破体而出，上生一花柱，花柱顶端有多个用以接收花粉的柱头。花粉借风力或鸟类传播，传粉、受精后花管不久便从子房顶部脱离，留下一个明显的疤痕。胚珠发育成种子多枚，子房发育成果实。锥形体的果实微酸略甜，紫里透红，有消炎止痛、滋阴降火功效。不过吃时要千万小心，其顶端有一星形果核是万万不可吞进去的，否则会对食管造成损伤。

原始野生的仙人掌可改良成为特殊的观赏花卉。因此小型、花多、耐旱、管理简便而观赏价值又高的仙人掌大受家居人士的青睐。奇形怪状的茎，鲜艳的花，形状、颜色各不相同的刺丛与绒毛，千娇百媚，婀娜多姿。在春夏之交，窗台上形形色色的仙人掌开放出琳琅满目的花朵，既可以消除疲劳，也是一种对自然美的享受。

涠洲岛上的仙人掌，既不是温室里的花朵，也不是沙漠里的宝贝，仅是岛上诸多植物的其中一种，平凡不过。但不管你喜不喜欢，它照样以特殊的方式证明了自己的存在。

（刊于《北海日报》2010 年 10 月 13 日第七版：文化广场）

涠洲相思树

不知自何年何月起，涠洲岛上忽然就满布了相思树。山顶路边，滩头岩畔，房前屋后，到处是茂盛的一片。播撒浓荫，展放绿意。有人说是飞鸟衔来，落地生根；有人说是人工种植，繁衍而成。说法各异，莫衷一是。不管怎样，相思树通气连枝，相依为命，逐年累月，竟成今日之壮观。

每年一到 4 月底 5 月初，花季来临时，涠洲岛上满山遍野，尽被金灿灿的黄纱笼罩，能立足的地方，就是黄金纱的影子。曲径通幽处，繁花似锦；樵林掩映下，生机盎然。一股淡淡的、若有还无的相思花香萦绕全岛，直往你鼻子眼睛里钻。火山地貌是涠洲岛闻名于世的特色，但成行群植的相思树无处不在，既为岛民防风护坡，又为游客遮阴做伴，已蔚然一道亮丽风景。

此相思树结不了那种红红圆圆的相思豆，就是杜牧那首“红豆生南国，春来发几枝；愿君多采撷，此物最相思”里描述的相思豆。小时候，家乡祠堂前就有这么一棵相思树，我们都叫它“凤凰树”，枝繁叶茂，遮天蔽日。每年花季时节，红云耀眼，惊心动魄。其所结果实便是圆润剔透的小红豆——可吃不得，玩不得，当时我们不知此物除了偶尔可放进小煤油灯里作简易装饰外，究竟它还有何用？直到后来长大成人，世故渐深，才终于得知是有情人寄情之物。少年时暴殄天物，竟枉费了老天爷的一番好意。

5 月下旬，岛上相思树花期基本结束，烟花散尽，香气犹存，它的果实也随之相继熟透。掰开灰不溜秋的外壳，里面瘪瘪的、一粒粒褐色的物事就是它的果实，暗淡无光，毫无新意，令人大失所望，怀疑是不是真的相思之籽。岁月无痕，紧跟着，暑气升腾，蝉虫聒噪，盛夏就来到了眼前。

翻查《辞海》，里面对于相思树，赫然这样注明：别称台湾柳，或台湾相思，相思子，科属含羞草科，金合欢属，产地台湾。此类物种特性是：生长快，耐热、耐旱、耐瘠、耐酸、耐剪、抗风、抗污染、成树不易移植。适于海滨绿化，花能诱蝶、诱鸟。

《文选·左思〈吴都赋〉》：“楠楠之木，相思之树。”刘逵注：“相思，大树也。材理坚，斜（邪）斫之则文可做器。其实如珊瑚，历年不变，东冶有之。”说明相思树确实材质坚硬，犹如海岛人的性格，难以驯服。沿海历代军民奋勇抗击倭寇蛮夷侵扰的事实便是明证。

神话故事里，相思树相传为战国宋康王的舍人韩凭和他的妻子何氏所化生。据晋干宝《搜神记》卷十一载：宋康王舍人韩凭妻何氏貌美，康王夺之，并囚凭。凭自杀，何投台而死，遗书愿以尸骨赐凭合葬。王怒，弗听，使里人埋之，两坟相望。不久，二冢之端各生大梓木，屈体相就，根交于下，枝错于上。又有鸳鸯雌雄各一，常栖树上，交颈悲鸣。宋人哀之，遂号木曰“相思树”。

是否中国南部海岛土壤都适合相思树（台湾柳）的生长，又抑或是暗合了中华民族对宝岛台湾的相思之苦，因此相思树才在沿海地带到处蔓延？这台湾相思子，是如何跋山涉水，千里迢迢而来？又是如何入乡随俗，生根发芽？我们无法深究，也不必细察。

随着祖国的日益强盛，百年前遭殖民割据的香港、澳门等先后回归，各民族欢聚一堂，共奔小康。唯有海的那边，山的彼岸，台湾一岛孤悬，是肱股之情，更是骨肉之痛，牵扯了无数中国人的神经。我们无法安逸，更无法松懈。

（刊于《北海日报》2010 年 7 月 14 日第七版：文化广场影视娱乐）

涠洲三婆庙

涠洲居民大多敬妈祖（当地人称“三婆”，因妈祖在其兄弟姐妹中排行第三）为神明。涠洲三婆庙位于涠洲岛南湾港北部，始建于1732年，先后历经5次重建，庙建于火山悬崖峭壁下，依山傍海，建筑别致，金碧辉煌。庙宇呈褚红色，院内有棵老榕树蔽日成荫。庙宇占地500平方米，建筑面积250平方米，殿堂1座。整个建筑平面呈“T”字形。

双木门上各彩绘一门神，黄色釉面砖贴面，正脊中有一葫芦，两面为双龙。内有四柱将后殿分为三间三进。最后一进有佛台，上供三婆塑像，佛台前有香炉台，香炉台前为供桌。后殿为硬山式黄琉璃瓦顶，中部屋顶为一亭状。门厅与后殿有过廊连接。过廊两边为天井，与后殿两侧同宽各有一墙，墙内侧装满镜子。门厅两侧各有两间住房和办公室。殿两侧山角有一口水井。井深1.5米，底为一条方形水槽，传说喝此水永不生病。

每逢年节、渔船出海和返航，居民用鸡鸭鱼肉、珠宝敬拜，每年农历三月二十三日妈祖生日、九月初九妈祖忌日和农历十月收获季节，渔民均举行隆重的庆祝仪式，谢三婆保佑平安、丰收之恩。此举当地人称给三婆“还福”。

醮会原为道士设案拜神的活动。涠洲三婆醮会于20世纪80

年代初始办，由民间自发组织，自愿捐款捐物，自由出台节目，每年的农历九月十七举行，每3年一届，今年为第8届。每次醮会节到，在此前5日开始，三婆庙里张灯结彩，锣鼓喧天，戏台高筑，周边信徒蜂拥而来，人山人海，热闹非凡。三婆庙主殿上，设香台，置香案，三婆神像栩栩如生；偏门侧，分设大罗天、雷音寺、寒林所三处神帐，其中“大罗天”本为道家法帐，在寺庙中出现，寓有佛、道相融相生，和谐共处的美好愿望。出游当日，三婆法驾领头，花车、神车随行，善男信女虔诚紧随，队伍连绵，一眼望不到边，巡遍全岛各村各户。三婆法身每到一处，大伙儿俱买三牲祭拜，活动内容有舞龙、舞狮、过火炼等，尤以最后一日的真人赤脚“过火炼”最为惊心动魄。届时选拔男女信徒，沐浴更衣，经术师点化后，赤脚走过滚烫的焦炭火堆，而真人肉身丝毫不损，以此彰显三婆法力强大——大约是说人生须经此磨炼，才能终成正果。现已演变成醮会上最富吸引力，最具神秘感的压轴节目。

三婆醮会弘扬爱国思想，传播博爱精神，教化众生向善，启迪良知，倡导珍惜自然、回归自然。经历年举办，渐渐成为涠洲本土一大特色。

千余年来，民间对妈祖崇拜无限，爱戴有加。浩瀚宇宙，苍莽无垠，而人却是宇宙的主宰。尽管因地域、种族、文化根底的差异，派生出审美观、价值取向、风俗习惯等方面的不同，但作为“生”的本能，人性对于善、恶、美、丑之认知却趋于大同。妈祖信仰在诸多方面适应了人类对真、善、美的认同，如扶危济困，治病救人，赐人以平安吉祥，等等。这既是一种文化的传播，更是一种观念的教化。人类在对神灵的不断祈祷中逐渐地得到启发：众生平等、万物有灵，道法自然……千余年文化传承，形成了坚不可摧的民族意识。

妈祖文化作为非物质文化遗产已成功“申遗”，说明妈祖文化得到了世界范围内普通民众的认可。

妈祖是海上航行的保护神，古代习俗：新船下水，必须同时制作一只模型供奉在妈祖庙内。

妈祖文化由南沿广东、福建至京津及东北的海上漕运航线传到渤海湾沿岸，迅速被当地民众信仰接受，并与地方文化相融合，继而借港口特殊的地理和海上交通优势得以消化、容纳，逐渐成为当时北方海洋文化的主导，以致“航海者祀之极为虔诚，一般人民亦渐信仰……天后遂成为掌司各事之神”。同时，妈祖文化的传入也为城市聚集了人气，促进了城市的繁荣和发展，其沿革轨迹是“先人后庙，以庙聚人”；接着“以庙兴城，以庙兴市”，形成庙旺城兴、相得益彰的良性互动态势。

妈祖文化绵延不绝，生生不息。哪里有船，哪里就有妈祖，哪里有华人，哪里就有妈祖庙。据有关资料，目前全世界已有妈祖庙 4000 多座，信奉者近 2 亿人。信仰无国界，“海上女神”既保家安国，更漂洋过海，为远行者送上一方平安，一份祥和。

（刊于《北海日报》2010 年 12 月 1 日第七版：文化广场）

山清水秀汤翁台

汤显祖（1550—1616 年）是明代大戏剧家、诗人，著有《牡丹亭》《紫钗记》《南柯记》《邯郸记》（合称“临川四梦”）等剧作，这些都是中国戏剧史上浪漫主义的杰作。汤显祖被誉为东方莎士比亚。

汤翁的人生轨迹，就跟古中国的无数文人士子一样，先是十年寒窗苦读，一朝金榜题名，“学而优则仕”，顿时鲤鱼跳龙门，或出将入相，或封疆拜侯，飞黄腾达，荣华富贵，享受无穷。但他们又有致命的弱点，就是摆脱不了文人的酸腐意气，看不惯官场的惺惺作态，爱抨击朝政时弊，以为举世皆浊已独清。而且口气不甚恭敬，用语不懂避讳，非常容易惹权贵的反感。因此，最终的宿命随之而来，或贬谪，或流放，无一好下场。

李白、杜甫的处境算是较好的了，却也因恃才傲物，得不到当朝权贵青睐，终究郁郁寡欢，落魄不堪。苏轼如此，汤翁亦然，无一例外。

古合浦郡（曾辖徐闻、海南一带）属南中国蛮荒之地，化外之境，远离中国政治、经济、文化中心，自秦汉以来，才置郡统辖，成为大中国版图的一部分，开始了与内地的交往。很长一段时期内，都处于未开发、欠发达的蒙昧状态，历朝皆是统治者贬谪失宠官员的地方。一个官员，如果遭流放至此，则说明其仕途到头，此生再也无望在政治上有所作为了。

汤显祖是明万历十一年（1583年）进士，先后担任南京太常博士、礼部主事，是礼部中掌管文牍，分管郎中、员外郎的事务，握有实权的正六品官员。因看不惯官场上庸俗作风，上《论辅臣科臣疏》，严词弹劾首辅申时行等一大批官员，对万历登基二十年的政治都作了抨击。引起朝中权贵们的震怒，因而获“抨击朝政”之罪，结果被贬为徐闻县添注典史。明代的典史是知县府衙中掌管文书事务的官员，相当于秘书之类的职能，属品外负责县衙文牍的小吏，且又是作“添注”安置，也就变得可有可无，无所事事。因此，汤显祖是带着贬徙旅愁到徐闻上任的。

汤显祖籍贯江西临川，是中国历代人才辈出的三大风水宝地之一，距离独悬海外的涠洲岛千里之遥，在交通不便的古代，本风马牛不相及，难有交集的机会。但造化弄人，世事沧桑。在某一个热得密不透风的夏夜，汤显祖风尘仆仆，恓恓惶惶地来了，抱着失宠的落寞，满腹惆怅地来了。他那时肯定不知，自己当年的偶然驻足，成就了涠洲的一段佳话。从此涠洲岛的人文故事，画上了浓描重彩的一笔。汤显祖绝对想不到，孤悬海外的一个小岛，时至今日，也能成就一番气象。时耶，命耶？是水与火雕琢而成的结果，是千万年演变幻化的归宿。

究竟是汤显祖点化了涠洲，还是涠洲为汤显祖带来了圆满，后人无从考证。

汤显祖直到辞官隐居后才写成“临川四梦”，留传后世。只是经此轮回过程，汤翁似乎出世修成了。所谓世事洞达皆文章，他对人世间纷繁复杂的现象，对封建专制的统治阶级，已一目了然，彻底勘破其本质。

统治者的一厢情愿，恰是“祸福相依”的最好印证。

一代文豪苏东坡曾于流放海南（儋州）得赦北上途中短暂逗留合浦，从此珠郡的人文增添无限生气。汤显祖晚年遭贬，从京城千里南下，心情肯定沉闷，水土也必不服，根本没兴致游山玩水，吟诗作对。但看到别异景致，毕竟文人习气难改，按捺不住地，也会有感而发，因此有了这首《阳江避热入海，至涠洲，夜看珠池作，寄郭廉州》：

春县城犹热，高州海似凉。地倾雷转侧，天入斗微茫。
薄暮游空影，浮生出太荒。乌艚藏黑鬼，竹节向龙王。
日射涠洲郭，风斜别岛洋。交池悬宝藏，长夜发珠光。
闪闪星河白，盈盈烟雾黄。气如虹玉迴，影似烛银长。
为映吴梅福，回看汉孟尝。弄绡殊有泣，盘露滴君裳。

就诗作本身而言，根本无艺术特色可讲，只是些平常不过的写实手法，但大实话里也隐现了汤显祖对朝廷回心转意的一种期望。封官荫子，是人生的梦想。但俗话说“秀才造反，三年不成”，历代坐拥江山者，皆是孔武有力的勇士，杀人如麻的皇室贵胄。文人书生，手无缚鸡之力，受“四书五经”熏陶日久，中毒已深，心中唯有忠孝信义，不想也不敢以下犯上。他们的出息也仅止于疏谏泣劝而已，难有其他作为。悲乎，怨乎？不得而知。

涠洲最吸引世人的，是其壮观无比、令人瞠目结舌的火山海岛地貌，经千万年海水侵蚀而成，多期火山爆发遗迹至今保存完整，简直不可思议。想必当年更是洋洋大观，奇瑰夺魄。但从诗中的描述来看，无片言只字提及，显然汤翁非为专赴涠洲考古探险而来。据传，当时汤翁是因徐闻仕民之约，为了散心，为了避暑，顺便考证一下传说中的合浦八大珠池之一——断池，以辨真伪。可见当时涠洲岛火山地貌的真正价值也没人了解、开发，犹如养在深闺无人知的黄花女子，沉睡多年。但由于汉代“珠还合浦”的动人传说，古丝绸之路始发港的海上风光，足以使汤翁流连驻足，忘却忧愁。这首诗，也使更多的人知道了涠洲岛的名字和历史。

据史载，涠洲岛自晋代以来就成为珠民们聚居生息的地方，人们的社会活动从未间断，一直保存北海沿海渔村疍家古代图腾崇拜的习俗。到了明代，随着抗击倭寇和防御海盗的需要，涠洲岛地位的重要性也就日益突显，设游击，建天妃庙；进入清朝，遭遇三次禁海，后设“涠洲墩巡检司”。客家文明此前由移民传入，西方天主教紧随坚船利炮渗透而来，涠洲弹丸之地顿时成为三教合一的闹热场所。其中以盛塘村的天主教堂，南湾港的三婆庙及清末民俗风情街各为代表。

进入 21 世纪，北海市加大对涠洲景区的旅游基础设施建设，充分挖掘涠洲岛的人文历史，并大张旗鼓在鳄鱼山上为汤显祖立了一座汤翁台，供世人瞻仰。汤翁台位于鳄鱼山半山腰处，基座宽 7 米，合金材质，上刻有汤翁诗作，落成时间（2009 年 4 月）等；汤翁塑像高约 3 米，背靠山势，面向南湾，侧对斜阳，下临深海，手持书卷，端庄而坐。汤翁台周围鲜花环绕，绿树成荫；眼前波光粼粼，山清水秀。

正是：苏轼无言，留匾万里瞻天，珠乡因此生辉；汤翁有幸，赋诗蓬莱海岛，涠洲借以成名。

从此，鳄鱼山在汤翁的守护之下，风生水起，开始迎来大发展的春天。涠洲岛上居民生活，一日千里，进入发展的快车道。

（刊于《北海日报》2010 年 10 月 26 日第七版：蓝土地，获北海“历史文化走笔”征文优秀奖）

海岛风，涠洲情

李白有诗云：海客谈瀛洲，烟涛微茫信难求……曾让无数人对孤悬海上化外之境心怀敬畏，颇多感慨。久闻涠洲岛，地处北纬21度附近海域，终年鲜花烂漫，珊瑚环绕，风光景色迷人，拥有火山、海蚀、生物、人文等独特海岛景观，犹如浊世中一方净土，无数红男绿女趋之若鹜，早想一探虚实。大约是在20世纪90年代中期，因偶然之机会，终于转折成行。那段时间我刚刚从少年的无知无畏，跌落至事业人生的第一次低谷，虽然平日不知天高地厚地自诩是关在笼子里的哲人，可没人赏识，四出无门，歧路彷徨。无意中来到了涠洲，仿佛冥冥中有些预约，从此就与这个水围之洲、火山海岛结下了不解之缘。

乘上小火轮，听着汽笛响，几十里海路，眨眼间就到，根本没有现在大多旅客普遍恐惧的晕船晕浪之说。沿着弯弯长长的山道，好容易才爬上高高的、沉寂多年的南湾火山崖顶，极目四望，南湾已在眼底，西角码头还在远处。乍然看到岛上满布千奇百怪、形态各异的火山地质构造，惊世骇俗，追魂夺魄，刹那间令人有如浴血重生，仿佛找到了魂牵梦萦的归宿。面对造物主的巧夺天工哗众取宠，唯有顶礼膜拜不能自已。

涠洲岛上自然风光四时各有不同，唯火山海岛地貌亘古不变，或曰海枯石烂。四月八，西南发。春夏交接时，海面层流暗涌，浪里白条，唯见浓雾一拨一拨，游船蜗行，再远只是空蒙及其他。鳄鱼山灯塔，依然孑孑独立，灯光四射；环岛公路，蜿蜒而行，盘旋曲折，游人及野花不时出没。令人称奇的是，某个月朗星稀的夜晚，在涠洲廓高处北向遥望，北海闹市灯光，亦曾有人说隐约可见。彼时听涛意境、阑珊灯火，随凉风习习而来、变幻而去，真是无比惬意。每年秋夏时节，由于全岛光照线条、景观造型、植被意境等各有特色，无不适合艺术创作，四方旅人不约而同，相继登岛采风，或写生摄影，或游历体验，莫不收获颇丰。

那时，蓬莱酒店是岛上唯一高档酒店，客房临海而设，是俯瞰海景的绝佳去处。美中不足的是岛上时常停水停电，我们入住当晚，空调、热水尽皆运转不灵，最后期待中的饕餮之宴搞成了烛光晚餐，无奈之余倒也平添几许浪漫。用大哥大（移动电话）联系更惨，通话者要爬到高高的楼顶上才能稍稍收到信号，偶见上岛游玩的暴发户随身携带“砖头”用来炫耀，可很多时候都成了聋子的耳朵——摆设，中看不中用，很是让人郁闷。但涠洲犹如含羞待垦的处女地，红尘之中自有其吸引人的不同凡响。掬一把泉水甘润清甜，沁透心扉；拥一片海蓝得透澈见底，天海一色，使人怦然心动，有一种融入其中的冲动潜滋暗长。涠洲的夜晚，尤其静谧，纯洁干净得一尘不染，纵有蝉虫喁喁，轻涛喃喃，皆条分缕析，不含丝毫的杂念。初一接触，我当时就有相见恨晚的感觉。不经意间，心态平和，灵感迸发。

充满神奇传说的妈祖文化和“三婆庙”及晚清时期传入盛塘村的天主教文化至今犹在影响岛民的饮食起居，两者共同形成了颇有海岛特色的二元宗教文明，也给岛上增添了不少人文景观。

400 多年前，明代著名戏剧家汤显祖失意南徙，浏览涠洲岛时留下“日射涠洲郭，风斜别岛洋”的诗句，佐证了涠洲虽孤悬海外，但一直未曾脱离大陆禁治，古时已情窦初开、风光乍现。

近年来，随着人们闹中思静、返璞归真，乡村生态人文休闲游、海岛特色景观游开始大行其道。蓦然回首，涠洲挟天赋异禀的自然美景和多年积聚的人文沉淀，跃然站在时代标杆，成为海岛风情旅游示范的首选。

现在的涠洲岛，俨然一片热土，四方有识之士纷至沓来。随着《涠洲岛旅游发展规划》等纲领性规划依次通过实施，一时之间，海岛风劲吹，涠洲情渐浓，涠洲面貌已在不知不觉中发生巨变。2009 年落成的汤翁台端庄肃穆，成为旅人观景览胜的人文景点，2012 年建设的生态休闲路如云间彩带，点缀着原始的北岸湿地，五彩纷呈的夜景灯光不时闪耀在涠洲的夜空。在“新涠洲”建设观念的引导下，旅游经营管理部门不断践行着开发保护与探索创新的新体验，涠洲岛期待着一个可以预见的美好未来。

多年前的一次偶然驻足，让我发自内心地喜欢上了涠洲，从此对涠洲欲罢不能，公元 2000 年以后又多次“借故”重上涠洲，使尽浑身解数妄想“泊锚”海岛。但我此时非为纯粹的游山玩水而来。物是人非，万顷碧波，咫尺天涯；时过境迁，一抹晚霞，几分故事。鳄鱼山上，汤翁铜像横空出世；西角码头，输油栈桥凌虚饮水。满眼的繁华，已盖过了记忆，掩埋了沧桑。俗世繁华，哪堪乡野安静！任时光流转间，或许个体仅是匆匆过客；纵漂泊只是借口，沉醉才是不可更改的宿命？

“面朝大海，春暖花开。”人生短暂，却有幸能在某些冬去春来的温暖日子里，置身在一个有花开有浪涌，有沙滩漫步有火山探险，也有牛车土路有教堂钟声，更有鸥鸟飞翔还有三婆神佑的地方，愉快地伏案笔耕，不问出处归期，不用寻根究底，笔之所至，触景生情，其实就是一种可遇不可求的别样生活。

感谢涠洲，让我再一次发现了自己，找到了寄托，重获了自信。

（刊于《北海日报》2013 年 4 月 16 日第七版：南珠，《广西工人报》2013 年 5 月 7 日第七版：职工艺苑，获“美丽北海散文”征文优秀奖）

怀抱吉他唱海岛

——涠洲民间歌手徐非小记

在土生土长的涠洲人中，徐非或许算是一个另类。天生高而挺拔的身形，尽得家族遗传，加上年轻俊秀的脸庞，如能用心耕耘发挥，不知会迷死多少女孩。可他偏不扮酷做派，平时玩音响做电工是一把好手，不时还要跟人拼啤酒，偶尔更要扮深沉。深沉之余，就顺便弹吉他，玩着弹着，又试着写歌。写着写着，那歌就越发唱得有模有样了，就在岛上的音乐发烧友间传开了。可徐非依然埋首创作，低头唱歌。在每一个清风徐来的夜晚，一群青春男女围着徐非的破吉他，伴着满地的啤酒瓶，直唱到月坠石螺，日出湾仔，天亮才散。

2010 年年底，政府创新涠洲管理体制设立了旅游区管委会，高调提出“打造国际休闲度假海岛”。不久后的某天清晨，徐非从梦中醒来，口也不漱，班也不上，梦里模糊出现的旋律和意境让他欲罢不能，就找来吉他和纸笔，边弹边唱边琢磨边记录，开始处女作《浪漫之岛》的创作。经反复修改无数次，花了将近一年时间，歌曲才逐渐成形，最终定稿。2011 年年底，徐非试着将歌曲投往中国原创基地网，虽然录制效果不佳，但仍被编辑看中，发表在网站平台上，一时广受追捧。

徐非，本名家峰，1989 年 8 月 21 日出生于涠洲岛，是典型的客家人后代。2007 年秋，少年学子徐非到北海职业技校求学。偶然的机会，他无意中听了流行歌手许巍的歌，大受影响，竟不可救药地沉迷其中，当下就起了学吉他玩音乐的念头。可父亲认为这是不务正业，极力劝阻。徐非没钱，买吉他的欲望又很强烈，只好从每月家里寄来的 300 元钱伙食费中省着吃偷偷攒。后来家里发现他整天无精打采面黄肌瘦，怕他饿坏身体，只好掏钱给他买了一把吉他。此后，学校澡堂、操场、食堂就多了一个自娱自乐的免费“歌手”……

2008 年始，徐非唱歌水平突飞猛进，自信心也开始极度膨胀，于是就跟一个朋友一起背琴上街练胆——“不为什么，只想体会一下那种飞一般的自由感觉”。二人在“卖唱”期间凑巧结交了另一个音乐“发烧友”阿飞。阿飞属于“业界”极为顾盼自雄的那种人，哪里都敢去混。随后徐非就跟他几乎跑遍了北海所有的酒吧“献艺”，最终转到了“雄歌唱晚”——老板雄哥是北海民间知名音乐“潮人”，以酒娱人也想以“乐”娱人。在更多玩音乐的朋友中出没，徐非如鱼得水，受益匪浅。可好景不长，转眼毕业工作，回到了家乡涠洲岛，初在石螺口景点，再到码头，后转到鳄鱼山景区……

徐非每天面对着如梦如幻的大海，加上美女泳装、猛男帅小伙，各种幸福情景不时刺激着感官思维，隐隐约约地，《浪漫之岛》的灵感悄然来临。徐非唱道：这里的山不算高，这里的海不算深，蓝蓝的天空，清清的水，浪漫的海岸线……这是涠洲岛，风情万种的岛……

徐非挟着思绪余情在《那些年华》中诉说：走在喧嚣的街上，车辆来来往往，带着刺眼的光芒，从我身边呼啸而过；形形色色的路人，展示各种各样的笑脸。我用点头和微笑，掩饰内心的狂热。只想保留着那份纯真，可现实让人变得更残忍，有时候也会感到疲惫，也想找个人敞开心扉。我们到底在追求什么？有时候也会感到失落，有时候也会感到惭愧……这是徐非的少年心声吗？他笑而不答。

以后的日子，但凡岛上有篝火晚会或生日 party，总见徐非抱着吉他穿行其中，边自我抒情，边为别人带去激情和欢乐。问他今后有什么打算，徐非说，就想业余唱唱歌，有机会收集一些涠洲岛特有的奇闻趣事，尝试着写成歌曲或以其他艺术方式，把涠洲岛上原生态的客家耕海垦荒文化传承下去，发扬光大。

（刊于《北海日报》2013 年 6 月 21 日第五版：珠城文化）

涠洲岛的美丽邂逅

据传，20 世纪 90 年代初期，一对外省艺术家夫妇偶然登上涠洲岛观光，便不可收拾地爱上了它。小住怡情不够，索性以仙人掌和海石花杂陈相伴，用旧渔艇、风帆与渔网作空间点缀，结合艺术家的思想与构作，营造出几许浪漫的商业氛围——带有浓郁海岛气息的度假村式“农家乐”开始应运而生。在那别样的气氛中，涠洲岛犹抱琵琶半遮面，随世人关注而慢慢崭露头角。

孰知 2010 年后，当涠洲岛以一个全新的“国际休闲旅游度假岛”的定位出现在世人面前之时，这座当年的海防前哨，历尽风雨的弹丸之地再次引发诸多社会热议。首条彩色沥青公路成为吸引江湖众生的噱头，百年沧桑的天主教堂重新散发宗教人文魅力，汤显祖雕像尽显“东方莎士比亚”文采风流……也许，一切的一切，皆因为一个特殊的日子而起。

杨振宁与翁帆两人在某一个难得的好日子里相携而来，执手而返，在涠洲岛上成就一段旷世姻缘。杨振宁公开宣称，翁帆是“上帝恩赐的最后礼物，给我的老灵魂，一个重回青春的欢喜”。鳄鱼山脚，月亮湾下，留有一块“情定涠洲”石为证！

一路走来，一路嘘唏。当我们沿着鳄鱼山道逐级登阶，拾级而下，号称中国最年轻、最丰富的火山景观，洁净的沙滩、湛蓝的海水、多姿的海底珊瑚等自然景观与火山遗迹和神奇的海蚀海积地貌扑面而来，令人赏心悦目、心旷神怡。1922 年出生的杨振宁，先因宇称不守恒理论而得物理“诺”奖，后因汕头世界物理学大会认识 1976 年出生的翁帆，机缘巧合，得以喜结连理——想来也是隐含了“物理”学科应有之义吧？当年媒体上铺天盖地的猜测和不公正的言论，竟敌不过涠洲岛上的倾心际遇。一年又一年，杨翁二人逆势而上，高调亮相，我行我素，生活可谓“琴瑟和谐”。

宁静的月亮湾，轻涛吻岸、浪花点点。一排溜而过的火山坑长年积水不干，形成无数梦幻般的小潭，潮流涨退间，珍贵的海珊瑚花一样盛开——海石花是生命的短暂终结，却是历史的浩瀚开端，它的存在，是千万珊瑚虫命运的痕迹，美丽却悲伤。散乱一地的珊瑚贝类，你的今生或许就是我的前世！水波纹起处，隐有鱼虾出没。伊人待伸手想捉，却瞬间不见，转眼惊见鱼儿在紧邻的潭中自在游弋，悠哉乐哉。原来水草下面藏有暗洞互通，鱼儿随潮进退，熟居此地，在小潭间来去自如，欺你面生，嗔怪你扰其清静，早已嬉之弄之，溜之大吉……

如果你的今生美丽也想邂逅前世注定的一段浪漫，闲暇之余，不妨就到涠洲岛走走。赏不够五彩滩头的凄迷委婉，听不惯天主教堂的梵诵经书，就去月亮湾看看“情定涠洲”石吧！当我们走过亿万年前留下的巧夺天工的火山遗址时，是否也有机会体验一下跨越年龄界限、没有空间阻隔的真爱生活，享受一下不可预知的浪漫情缘呢？

（获 2015 年北海“涠洲浪漫游”征文优秀奖）

海的那边是涠洲

人，这一辈子，你根本想不到长大后路在何方，人生会在哪个地方出现转折。

六万大山余脉淅淅沥沥，顺着桂东南方向一路迤逦而来，直到大廉山已山穷势尽，还径往海底延伸，直至没入漫无边际的海水中……当我蜗居在客家山村的狭窄空间里，看天蓝蓝一片，看地绿汪汪一畦。从早到晚，像撒欢的水牛崽一样在山塘戏水，在沟渠边黏糊泥巴玩儿的时候，根本不知道以后有一天会与涠洲有交集的。

少年时，我曾中途辍学，在雷州半岛中部某农场一个堂姐家里短暂待过一段日子，吃喝拉撒全程体验了一把闽族人的生活状态。农场很大，沿海滩遍种热带剑麻与山菠萝，漫无边际没完没了，红土地里盛满收获的希望。但搞不清为何那里的人比老家更穷，而且居住环境脏乱不堪，左邻右舍虽然待人热情，我发现大多数人给太阳晒得黝黑通红的脸上都缺少一些发自内心的快乐。是生计维艰，如麻将桌上久坐不胡？还是往事不堪，积久成“糊”?！一时之间无法探究。小镇东边海滩礁石交错，潮来潮往，吐着泡沫，带来垃圾，成年累月机械地重复着每一天毫无新意的故事。谁也不知明天何时到来，能够收获与否，更是茫无头绪。

那时，甚至还没听过身后家乡有个叫涠洲岛的地方！

20 世纪 90 年代初期，经过两年中专煎熬，我还没从高考铩羽而归的阴影中清醒，就猝不及防地走进了社会。先是自大自恋，再是自怨自艾，未几，自信与勇气被北海大开发大开放扬起的狂潮洗劫一空，不免心灰意冷心存怯意。某一个不经意的日子里，涠洲忽如入眼而来，给了我一个结结实实的意外。

涠洲是什么？海鲜遍地，巨浪滔天？还是孤悬海外孤芳自赏？从登岛那一刻起，我好奇四顾，喜形于色。昔曹操诗云：水何澹澹，山岛竦峙——意境大约不过如此罢？我自认曾经沧海阅历丰富，更不认为世上有缘分之说，但还是忍不住赞悦它的风土人情赞许它的自然环境，真的就像是一个不加修饰的世外桃源，日落日息之间，它可以让每一个过往的人没来由地扯着风马牛不相及的理由，停顿下来，安静下来，不再冲动得热血澎湃，不再窝囊地意兴阑珊，就一心想着发呆，想着平时风风火火的节奏怎样慢下去，直至无形……有诗为证：

在涠洲

烟波浩渺处
有一个岛，每天
沐着金色的阳光，
洗着蓝色的澡。

冬日的三角梅，
夏天的仙人掌，

四季的涛声，
天主教堂响着永远的祈祷。

海天交接处
有一个岛，
石壁千仞，杂花生树，
相思林里栖着南来北往的候鸟。

耗亿万年沉淀的天地精华
浴火重生个南湾，隔着猪仔岭的憨态可掬惟妙惟肖，
望向莲花般的斜阳，
念着你的好。

如果说麻将长年累月已幻化成在风波里出没的北海人生三味，那它一度算得上是涠洲人的唯一娱乐方式。海岛人不善言辞不善歌舞，“穷”得一日三餐除了生猛海鲜，酒足饭饱之外更无其他消遣手段，那——干脆就来几圈麻将吧，或可有助消食也可增进友谊？于是，一天到晚，麻将声声声入耳，哗啦啦混合海潮声浪响成一片，涠洲人自得其乐，其乐融融。大概我命属江湖浪子，接触麻将之后觉得新鲜无比顿然沉迷其中，由此可见自身禀性难移劣根难改。

“麻”坛恰如人生，玩法各异，却殊途同归，日子在不声不响中如白驹过隙。等你抬起头来擦擦酸涩的眼睛，发觉青春已逝，后果已见分晓，一切自然而然，一切水到渠成水落石出。天知道是什么原因，在一刹那间我如醍醐灌顶顿开茅塞。我重新审视眼前的一片大海，开始反思一切的一切，为何竟颓唐如此？一

切的一切，为何如此不堪?!

从那时起，我重新拿起了搁荒数年的钢笔，再次沉浸于文学的神圣殿堂里。

大海环抱的涠洲岛，风光绝美，别有洞天。我在海那边的涠洲岛，找到了抚慰人生的方向。

醉美涠洲岛，梦幻五彩滩

“水火交融，情定涠洲。”25 平方公里大小的涠洲岛处处有景。传说上万年前，因火山喷发，岩浆飞溅，震天动地，涠洲岛浴海而生，幻变成火山口港湾、火山弹、火山石、火山熔岩、火山冲击坑以及放射状断裂层等神奇景观，让人叹为观止，以为天造地设。

一年四季，涠洲东西南北景色变化无穷；一天十二个时辰，山顶海边早中晚各有千秋。也许，有情人的缘分宿命，早在踏上涠洲岛的某块礁石之前就已经注定。如果在某个春心萌动的清晨，单看日出，则数五彩滩位置最佳。

位于涠洲岛东南角的五彩滩原名芝麻滩，因沿线沙滩上杂有许多芝麻状黑色小石粒而出名。这是一处国内罕见的集海蚀崖、海蚀平台、海蚀洞、海蚀沟于一体的地质景观带，与南湾鳄鱼山沿岸悬崖峭壁，坡陡水深，长年在海水侵蚀下形成的海蚀龛、海蚀柱、海蚀窗、海蚀蘑菇等形状颇有不同。五彩滩长达 1.5 公里的海岸一溜耸立着 20~50 米高的海蚀崖，奇形怪状；一望无际的海蚀平台，由于海浪长年累月反复冲刷，慢慢“长”成了波浪层状，纹理异常清晰，在地质结构中称为“浪层交错”；平台之上，海蚀洞、海蚀沟相间排开，周围沉积岩随处可见，蔚为壮观。

五彩滩之东，了无遮拦，四野茫茫，恰是太阳初升方向。当晨曦乍起，伫立岸边，极目远眺，但见波涛簇拥下，东方一抹蛋黄，犹如跳动的生命，一闪一闪的，几下扑到你面前。倏忽海潮隐退，白色的浪卷顺着海蚀平台，裸露着层叠着铺延开去，像凝固的水流，又沾上几许水迹斑斑，东一畦西一畦不规则地映着阳光，圣洁的珊瑚碎片混杂在各色沙粒里，幻化出五彩缤纷，晃荡着五颜六色，向游人营造了一个美妙绝伦的虚拟世界，令人眼花缭乱，目不暇接。远处蓝蓝的天和蓝蓝的海，海天成一色；天上白白的云朵慵懒地漂浮移动，脚底下白白的浪花在岩石缝隙间跳跃飞溅，相互点缀映衬成绚丽的风景。你可以静静地感受，刹那间如同巴金笔下《海上日出》、莫奈名画《日出印象》的美妙时刻。

从五彩滩南向望去，距离约 9 海里远、面积约 1.89 平方公里的斜阳岛犹如彩莲盛开在汪洋大海之间，随波荡漾。400 多年前，明代著名戏剧家汤显祖寻游北部湾时曾经赋诗“日射涠洲郭，风斜别岛洋”，所描述景色大约不过如此吧。“野旷天低树，江清月近人”（唐・孟浩然《宿建德江》），江还是海？日或者月？终究难分彼此，意境天然。其中隐含着若有若无，似甘略甜的田园生活构想，让人不由得怦然心动。

五彩滩景点是涠洲岛南湾鳄鱼山景区的重要组成部分，创建国家 5A 级旅游景区的主要节点，五彩滩游客服务站又是确保景点服务质量提档升级的重要设施。为全力保障改造工程顺利进行，五彩滩景点于 2017 年 4 月暂时关闭，7 月份开始动工，“红线内用地总面积 2 万多平方米，包括停车场、游客服务中心、观景长廊、游览道路、商业街、游客候车设施、旅游厕所等功能配置”。2018 年 10 月 1 日，五彩滩游客服务站落成，景点“闭关”一年半后，以全新面貌正式对外开放。徜徉其间，游目四顾，但见景点内软硬件设施一应俱全，工作人员笑靥如花、彬彬有礼；新建的商业街别有风味，道路两旁花红草绿，姹紫嫣红；观景长廊设有方形台阁和S形长廊，不时有游客驻足流连，拍照留念……

早在2018年“五一”期间，“全长5公里，总投资近2000万元，路面为五种色彩”的涠洲岛南湾鳄鱼山景区五彩路就已经全线通车。其中，南湾鳄鱼山景区门口至主标志碑1.5公里长路段，路面为“绿色+黄色”；主标志碑至湾背村段，长2.5公里，路面为红色；湾背村至五彩滩游客服务中心段，长1公里，路面为“紫色+蓝色”。五彩路西起南湾鳄鱼山景区门口，东至五彩滩游客服务站。随着道路标识系统及硬件设施不断完善，外形美观漂亮的景区直通车、轻巧灵便的观光车沿着五彩路穿梭往来，顺势将鳄鱼山景区和地质博物馆、五彩滩直接连成一体。在夏日阳光照耀下，五彩路以一种流线型的逶迂曲折整体呈现出五彩斑斓的视觉效果，与五彩滩独特的自然人文景观气质极相吻合，为刚从鳄鱼山景区饱览山光水色下来的游人们呼啦啦打开了一个全新的体验空间。一条醉美涠洲游览、出行路线呼之欲出。不仅为涠洲岛鳄鱼山创建国家5A级旅游景区奠定了坚实基础，还为涠洲岛旅游基础设施建设增加了新的亮点。它与涠洲岛旅游区首批启动的建设项目之一，广西区内第一条彩色沥青生态休闲路（从北岸西角水库坝堤到盛塘村路口，全长近8公里，主要服务于使用自行车及步行的游人）一起，组成涠洲环岛交通干线重要枢纽，方便岛民出入，带动全岛旅游业迅猛发展。

据相关史料，19世纪50年后期，法国传教士先后在涠洲盛塘村建成法国文艺复兴时期哥特式的“天主教堂”（晚清全国四大教堂之一）和城仔村“天主圣母教堂”。清乾隆三年（1738年）在涠洲南岸建成汇聚沿海妈祖文化、充满神奇传说的“三婆庙”。岛民性情温厚、民风淳朴、热心好客，诸种信仰教义互相依仗，和谐共融，演化为一种独特的历史人文风景。

五彩滩景点地属百代寮村范围，村民多为百余年前广东开平、恩平周边客家移民后裔，其生活作息、饮食起居各个细节，与近旁盛塘村客民习俗又略有不同。村里的院落宅第、传统民居，既有客家人不同文化阶段的拼贴组合，体现了绵绵的客家古风，又不失客家人的温良谦恭让，历尽风风雨雨，基本保持原汁原味；既有对中原先祖、大陆故土的缅怀眷恋，又有走出国门看世界的向往。百代寮湾仔村五彩观澜客栈，经营者打扮前卫，思路活跃，天性健谈，浸淫旅游行业多年，丢弃农耕海垦生涯已久，举手投足间俨然代表了新时代岛民生活方式。村民理念紧随潮流转换，由此可见一斑。

据悉，早在1994年，国务院国发〔56〕号文件对涠洲岛开发建设做出特殊定位；1995年12月，广西壮族自治区政府批准涠洲岛为自治区旅游度假区；2004年1月，国土资源部批准建立涠洲岛国家地质公园；2005年10月，涠洲岛被《国家地理杂志》评为“中国最美十大海岛”第二位；2009年年初，国务院〔2009〕42号文件提出要“开发建设涠洲岛旅游区”，国家旅游局和自治区明确要把涠洲岛建设成为“国内一流，国际知名的国际休闲度假海岛”，2009年12月南湾鳄鱼山被评为国家4A级景区；2010年10月，北海市委、市政府成立中共涠洲工委和涠洲管委，对旅游区实行统一领导、统一规划、统一开发，以加快全岛开发建设。2011年8月，旅游区首批10大项目启动，在《北海涠洲岛旅游区发展规划》的引领下，吹响了创建海岛型国家

5A 级景区的号角。

目前，涠洲岛火山国家地质公园博物馆正式开馆，利用投影、绘画、幻影成像等多种方式，让广大游客了解海岛火山喷发全过程，展示涠洲岛地形地貌、湿地生态、汉代海上丝绸之路等内容；南湾鳄鱼山景区游客中心、门景区、灯塔、绕山游步道、滴水阁及红色广场、红色之路、军史馆等数十个项目正在有序建设中；南湾海上运动基地新增帆船、海钓、潜水等海上游乐项目，力图给游客提供独特的海上游乐体验。随着涠洲岛数字化智慧景区建设加速，环岛公路与南湾鳄鱼山景区范围内实现免费 WiFi 全覆盖；“爱上涠洲岛”微信平台全方位为游客提供便捷的导航导览、语音导游、票务预订、特色推介等功能。假以时日，南湾鳄鱼山创 5A 重点工程及全岛标识系统、旅游厕所等配套项目如期建设完成后，将全面提升涠洲岛旅游形象，丰富涠洲岛旅游文化内涵，进一步完善景区旅游基础设施，为创建国家 5A 级旅游景区加油助力。诗曰：

旭日初升海上来，涠洲斜阳莲花开。
风景廊道好风景，五彩滩头幻五彩。

（刊于 2018 年 11 月 28 日《北海晚报》）

陌乡
Mo Xiang

chapter

05

乡愁篇

陌乡

题记：刘亮程说：“落在一个人一生中的雪，我们不能全部看见。每个人都在自己的生命中，孤独地过冬。”

近乡情怯

丙申年春分日，客家人在祖国南方边陲生存繁衍了500多年的聚居地——归属古合浦郡管辖的有1300多年历史的公馆镇盼星星盼月亮，终于盼来了一个高速路出口，让老家这些素朴憨厚的乡亲，某些外乡人眼中的“刁民”，此后入城赶集，彻底省却了乡村县道的坎坷颠簸，真是可喜可贺。

公馆距离海城并不太远，直线相距也就80公里左右，但令人尴尬的是，高速公路开通后，我多少次在归乡途中，竟然在某个似是而非的岔道口陷入迷路的纠结中！人过中年，眼力渐花，每次看到杵在隔栏旁边一排排令人不明所示的路牌，看着你追我赶呼啸而过的车流，都是那么无所适从，一时之间把握不定，车轮滚滚，高速难控，犹豫间车子已错过出口，待乍然回过神来已来不及倒车调头，只好在前方十字路或是直直驶至白沙再行借道折返，重新顺沿325国道徘徊而回，无端多走了十多公里甚至更远的冤枉路。

甫入通往家乡的绕城路口，唯见两旁芳草萋萋，藤蔓摇曳。我不时与路上遇到的似曾相识的或者仿佛熟悉的乡邻点着头打着招呼，陌生而不适，恍惚间生出了浓浓的挫败之感！

掐指算来，我在城市与乡村之间徘徊了许多年。这些年来，我最大的失落是越来越觉得自己既不再是传统意义上的乡里乡亲，也算不得是真正意义上的城里人。这一片生我养我的故土，因为离开日久（断续已经超过30多年了吧），每次匆匆来去，都让我无缘无故地增添一种说不清道不明的陌生情绪。而以前生活过或现在生活其中的城市，因为职业屡变，居无定所，我常问自己：我是谁？往何处去？每到一处皆是暂住，日渐熟悉，同时陌生之感油然而生。无奈之余，我也在想，这是忘本负义？还是好高骛远？

曾经有段日子，在城市进程的冲击下，广大乡村青壮年人口流失问题十分严重，但乡村生态普遍因为种种以发展经济的名义而遭遇强力破坏，触目可见大量的田地丢荒弃耕，留守儿童变为问题少年的现象屡屡出现，令人痛心扼腕。

每年清明、中秋或春节期间，更多的乡亲像我一样，分别从四面八方、天南海北扑棱着翅膀回到家乡，或祭祀扫墓或串亲访友或认祖归宗，短暂兜转一圈又像候鸟一样飞走了。乡里邻居之间不多的几次见面犹如老家田地上的庄稼，越来越枯零稀落，渐渐屈指可数。

不小心地，我走出闭塞的客家山村，先在雷州半岛待了半年有余，之后转投到了古老而不失热闹的廉州古城，接着因公差旅居滇黔诸地三年有余，雄心万丈意气风发而往偃旗息鼓一无所获铩羽而归，继而在涠洲弹丸海岛上颠簸浪迹数载之后，又辗转回到了滨海之地海城，眨眼之间又是十多年。在这座与家乡直线距离不过百里的城市，我却似乎时时感觉其中隔着万里空间。无论是廉州千年古城，还是海城中心街区，在很长一段时间里，无处不在的陌生感让我无处可逃。

可是，等我某天有机会回到相别30多年的故乡，这片生我养我的地方，我忽然更加找不到归属感。路上遇到小时候一起长大或者曾经熟悉的乡人，三言两语简单问候过后就感到没有多少话好说，看见再面生的乡人更加不敢随便说出太多亲热或者热切的话，因为彼此之间已经有了太多的陌生，想要寻根究底互道安好却根本无从谈起……

乡村孤独

中国经济的发展，相当长时间以来，工业品与农产品间政策性地长久存在不可思议的巨大“剪刀差”，令人触目惊心。改革开放后，刚刚洗净“脚泥”的农民们终于迎来了亲近城市的机会，可在现实生活的庞大压力下，他们五花八门的“淘金梦”大多数就在城市钢筋水泥的丛林法则里支离破碎。也许，谋生糊口仅仅是生活过渡的手段，他们也期望着有朝一日能扭转下一代的命运轨道，最不济也要改善一下目前卑微的生活境遇。谁人能够预知，有些人从此滞留城市，不管自愿不自愿，都再也回不去了。前几年相继出现的盲流随大流，随后是“*漂”到处漂，还有江浙、闽粤一带随处可见的民工潮，犹如钱塘江大潮一样季节性涨落……这其中的甜酸苦辣咸，有几人能说清！

但一波波挫折，一起起前车之鉴，都湮灭不了乡村青壮年们对城市的向往，在大城市创业致富的江湖传说更是点燃了无数草根们熊熊燃烧的心头之火，任谁都无法抗拒的诱惑使他们飞蛾扑火般前仆后继络绎不绝，他们夸父追日般的接力奉献迅速成就了城市的美丽与繁华，为城市的发展更迭增添了无穷活力。“累并快乐着”是所有城市务工人员内心深处的真实渴望，却难言这是他们生存状况的最好写照。

在中国，城乡之间、城市之间的发展面貌不尽相同甚至差别巨大，政府屡屡出台“利好”政策，以各种方式鼓励劳动力在城市间跨界流动，却始终改变不了城市与农村的差距越拉越大，某些城里人对外乡人莫名其妙的排斥心理也令人不解地越来越严厉。

我不敢想象，却愿意相信，乡村对于城市有一种天生的卑微与怯懦，因为，这是客观存在的真实。

城市陌生

海城离我出生长大成人的乡村老家不算远，但曾经是那样的遥不可及！

1988年夏，由于所谓文学情结，我选择休学一年。那段时间里，我饱览群书，囫囵吞枣，不求甚解。结果迷迷糊糊过了一年，百事无成，书是看了不少，写作倒不见有多大起色，甚至连怎么往报社投稿都找不到门路。翌年返校恢复学籍，我好容易才从恍惚之中回过神来，就拼命勤学苦读，以求有所回报。不幸当年全国高校一律压缩招生，虽然高考成绩勉强跨过师范类大专录取线，只是大家都是农民出身，祖辈做梦都想跳出农门，学生们最不愿正眼看待的就是农、林、水专业和师范类学校。偏偏那时见识不多，眼界狭窄，对于人生之路何去何从，又一无所知，更没人指点。于是想当然地认为，宁愿找个毕业后包分配的中等专业学校来读，也不要读农林水，更不要当什么老师。事后想想，是老师这一份职业不受人待见吗？还是某些老师的言谈举止使我们无一例外地对这个行业有了偏见？总之，经过一番煎熬，我心不甘情不愿地来到了省城一所中专学校。由于心里早就对高考结果充满了抵触情绪，于是形诸于色。由进校时录取分数全班第一，到毕业时，成绩成了倒数第一。这并不是我自恃背景深厚有所依仗，而是我不知好歹地自我否定地实施了破罐子破摔的“烂招”。报应终于来了，毕业成绩多次挂科，分配时便费了好大一番力气，费尽心思，好不容易在千年古城廉州郊区一家国营企业谋得第一份职业。我痛定思痛，老老实实从普通员工做起，先跟着老师傅学做仓管员，熟悉业务后，领导觉得我还算孺子可教就征调我去搞供销业务（那时供销员很吃香，可以经常出差，很难想象我这个从不巧舌如簧而且不会油腔滑调的人居然也有机会当上专门与人打交道的供销员），后来又改当出纳，接着，因公外派西南办事处，长驻昆明，主抓一方。两年不到，居然混到了企业中层。虽然手下固定人员或多或少只有两个或者三个，麻雀虽小，总算是有了一点小小的话事权。

20 世纪 90 年代初，正是中国改革开放高速起飞时期。我作为企业领导“亲信”干将，被派往云南驻守，以开发西南汽配市场，扩大业务。那时南昆铁路尚未开通，从廉州城到昆明要先到南宁转车柳州，经贵阳入境六盘水，整整拐了一个大弯才能到达。由于西南三省农民工潮大量涌入沿海“淘金”，川渝线路票号显得无比紧缺，我又要经常来回走动不断，不时就要通过票贩子买黑市车票。我胆子也大得可以，居然敢一个人拎着行李跟着神出鬼没的票贩子东转西转，走到远离车站陌生偏僻的地方交易也不知道害怕。临时买不到普快车票，绿皮火车也无所谓了，赶路要紧，上去就走。记得曾经钻上火车行李架睡过，像少林和尚练扁担功一样大咧咧地横在座椅间窄窄的靠背“杠过”。有一次，甚至被一群人山人海的务工人员挤得连双腿站立的空隙都没有，我只能单脚点地，坚持了近30个小时好容易才到终点，下车时已筋疲力尽，分不清东西南北。如此这般，在火车开行过程中，如果时间允许，我还饶有兴致地在车厢里前后穿梭，有时跟不同地方的客人聊天，有时与别人交换香烟品吸，饿了便在半路停车时从伸进车窗的村民手里买盒快餐或在邻座热情邀请下津津有味地尝着他们自带的特产点心，见到美女就厚着脸皮上前搭讪，看见有人下棋就挤过去凑合……也不担心遭坏人下药暗算，就图个快乐开心。在漫长而烦闷的商旅途中，我多少次窝在垃圾堆成山的车厢结合部或厕所旁边，闻着阵阵熏天臭气，无聊地叼着烟卷，孤独地看着窗外景色恍惚而过，听到车轮与铁轨反复摩擦产生的“轰轰—隆隆”“轰轰—隆隆”，一声接一声，深藏内心无处宣泄的文学情结一下子泛滥无边。

从昆明返回廉州古城后，前任领导早已高升调走，继任者立马对我横挑鼻子竖挑眼，左看右看不顺眼。由于我一心调离未果，一气之下，自愿申请停薪留职，自谋生路去哉——之后一路坎坷，或沉或浮，忽左忽右，办过厂、拉黑煤、煮凉茶、烧电焊、摆小摊、修公路、写公文、搞报道……眨眼间，青春美景湮灭变成记忆片段，人生遭遇不可逆行。如今20多年过去，我已由一枚莽撞青年熬成了一介油腻中年男人。

从本质上说，我可能真的是天生鲁钝，或许走到哪儿都摆脱不了书生习气，即使偶尔误打误撞地偏离了预定轨道，也会常常不由自主地套用书本理论思考人生过往。最明显的是，我曾经有过机会留在光鲜亮丽的城市里，可能娶妻生子落地生根，可能过上一种物质较为充裕的都市生活，结果我还是不由自主地选择了离开。又或者，我纵然有幸在城市里奔波、辗转了这么多年，我还是觉得我更像是一个纯粹的乡下人，某种与生俱来的卑微脾性总是让我觉得自己始终与城市的脾性格格不入。

不久，企业慢慢衰落，直至破产、转制，我在彷徨犹豫之中转调到了另外一家国有企业，谁知没几年，这家企业也被折腾得半死不活的，只好再次另谋出路。

回首昨天，20多年光阴，眨眼而过。我从起点出发，一直走在看不到终点的路上，挣扎着，寻找着，所有的梦想似是而非，所有的努力竟然化为一片空虚，一身疲惫，狼狈不堪。我甚至在经常生活的城市里也越来越有陌生感，反而对偶然涉足其中的乡村郊野却有一种似曾相识的感觉。我知道这可能是一种不健康的心态，却总是无可奈何无法改变。

城市里有多少像我这样的人呢？我时常在想，这究竟是一种个案，还是群体性的迷茫；这是一种病态心理，还是所有人都注定要面对的事实？城市化进程在不断地加速，已经老去以及正在无可奈何地老去的一切，既是不可阻挡的现实，也很让人心慌意乱无法忽视。现代城市，就像个无底的黑洞，不停地吸纳一切，吞没一切，没人能知道进去后还能不能如愿出来，没人能知道如果侥幸出来了又会变成什么样子。忐忑、彷徨、犹豫不决，成为现代人生存的一种常态，苟且活着就好像末日来临前的一场狂欢盛宴。

有人说过，从个人生涯来看，人生应该是一个打开再合拢的过程——你需要在年轻的时候看到足够多的可能，才有可能在而立之年从容地选择自己想要的生活。好的生涯轨迹是在不惑之年来临前以职业发展为核心，到处寻找各种可能。40 岁以后，形成稳定的对生活的定见，然后做职业、家庭、自我的平衡选择。

生活对于内心没有方向的人来说，去哪儿都是逃离，而对于生命有方向的人，走到哪里都是追寻，所以苏轼晚年后无端遭贬谪南越瘴疠之地，在不停地迁徙途中偶有歇脚时慨然赋诗云：试问岭南好不好？此心安处是吾乡！

随着中国城市进程的加快，许多村民在心理上还来不及接受，就莫名其妙措手不及地被“改籍”成为城市里的一员，务工人员也大量涌进城市寻找生机……虽然大多数人耗光青春岁月最后都失望而归，但更多的人怀着对城市的美好憧憬，乐此不疲，前仆后继。

农耕社会里，客家人祖辈从土里刨食，深知谋生艰难，人们对于土地的感情毋庸置疑。但是，凡有一线可能，农人大都鼓励子孙后代耕读进取，博取功名，进城，进城，还是进城，有朝一日摇身变为城里人或至少让后代成为城里人，就是他们实现愿望改换人生际遇的“小确幸”！

可是，万万没想到的是，工业文明飞速前进，后工业文明突如其来，来得那么迅速那么不近人情。网络时代导致信息大爆炸，肆虐成灾。它利用人类天生的贪婪本性，把人类的丑陋一面淋漓尽致地展现出来，让人类相互倾轧指责、彼此埋怨。于是乡村秃败衰落与城市臃肿梗塞一样势不可挡不可避免。人类无所适从，忽而向往村居宁静，忽而迷恋城市繁华，可惜覆水难收，昨天不可重来。人类只好战战兢兢地往来于城市与乡村之间，徘徊、纠结，不一而足。

个人短暂的一生在历史长河里注定是个匆匆过客，偏偏多数人又自恋得很，妄想功成名就，流芳百世。乃至各种各样的价值观、利益观冲撞不休，纠缠无解。

我于跌跌撞撞中被全民城市化的大潮裹挟到城里暂住经年，依然无法以一种很自然的态度认为自己多少也算得上是个城里人了——但可悲的是，我还是一个纯粹意义上的乡下人吗？城市与乡村之间的天然壁垒是谁造成的？或者说我还能脱离城市的桎梏回到陌生的乡下老家做个纯粹的乡下人吗？人类为什么要相互鄙视、相互刁难？出生、求学、就业、结婚、生子，行业等级、门第歧视无处不在、无孔不入。人类费尽心机消灭旧的门槛，无所不用其极绞尽脑汁地设置新的门槛，为的就是紧守自己的一亩三分地不让别人染指，为自己、为家人换得更多的生存权。

人世间眨眼间仿佛成了名利场，或弱肉强食，或优胜劣汰，血淋淋让人目不忍睹。于是，大伙各寻各路，纷纷逃离城市成了唯一选择。无奈的是，户籍制度犹如一道紧箍咒，将城里人与乡下人一刀切断一分为二，如果大家井水不犯河水或可相安无事，如果你敢跨越雷池一步，到对方的地盘刨食，则理所当然地被视为僭越不守规矩，讥讽非议歧视唾弃会接踵而至。城市，挟着对乡村的天然优势，策马扬鞭，不断拉大彼此的差距，绝尘而去……

所以，乡村空巢渐成一种常态，孤独留守，是所有乡人心中的隐痛。但大多数人身份已定，此生再难选择。

城事回眸

恰此时，海城因时而起，趁势发展、扩张。

相隔经年，我意外地发现虽然廉州老街依旧嘈杂没落，曾经偏远荒凉的海城已大相径庭，令人刮目相看。

曾经有人问过我，在海城大鸣大放的那几年哪去了，我顿然语塞，无言以对。

我自认性格内向柔韧，生来不是一个能敏锐地捕捉商业机会的人，昔年读书时就有班主任老师曾经“好心地”质疑我“是否智力有问题”而屡有劝退学之意，从业出道之初更是因为秉性修为不够，偶然一时得意也曾不知天高地厚地张扬跋扈过……所幸无论人生如何沉浮起落，个人始终还能心怀敬畏，并一直锲而不舍地努力着，在慌不择路的时候也不曾失却做人的底线。无奈事过境迁，人生黄金岁月已如流水淌过，未来目标依然离我甚远。

海城似有若无，并不主动向我招手示意，更不屑无端与我亲近。生活如此不堪，如同温水煮蛙，又似味同嚼蜡，一直不温不火地过着，兜兜转转间又是八年，我怀疑这辈子或许就要不尴不尬地老死廉州古城了。

临近不惑之年时，经过深思熟虑，我再一次主动申请“下岗”，其时下海风潮横扫大江南北，下岗另谋职业已经不是一件多么令人难堪的事。但决心好下，关键是当时不知干啥好？在反复试探对比后，我艰难地做出了选择，拖家带口离开廉州古城来到了海城，东筹西借，在闹市中开了间烟酒商行。

人到中年，路到半途，再次起步是艰难的，尤其是自以为读过几本书沾染些文艺情结的我，体力、脑力的煎熬倒还在其次，虽然曾经考过一本经济师的职衔，重要的是，多年以来，思想已被书本的教条锻炼成了一根筋，短时间很难顺利地转过弯来。租铺、装修，办证、进货，上架、开张，售货、盘点，再进货、售货、盘点，店面打理、资金筹措，生意来往、客情维护，周而复始，好像日常岁月里摆不脱的人生纠葛，无休无止，没完没了。

在计较蝇头微利的苦逼日子里，趁我外出进货时，妻让人偷梁换柱地用假烟假币蒙骗过；趁夜深人静时，挨过几次贼人撬门入室盗窃；更有甚者，光天化日之下贼人居然敢明目张胆地当面抢夺财物——其时妻子还挺着一个七八个月的大肚子，而贼人根本毫无恻隐之心！虽然我怒发冲冠，暴跳如雷，但是终究无法如愿抓到贼人，多次报案了也是白搭。无奈日子还得过，只好收拾心情，重整旗鼓，转过脸去马上换成一副笑脸，提醒自己鼓足勇气继续面向人间烟火讨生涯。

若干年后，当我忙里偷闲，好不容易在疲惫的旅途中有时间有心情上下打量海城时，发现它忽然间面目一新，今时状态已非昨日吴下阿蒙。海城依仗内涵丰厚的历史人文，与时俱进借势而起，不但如愿捧回了“国家历史文化名城”金字招牌，而且经济民生实现了历史性的跨越！

海城是个好地方，它位居城市核心区域，人文古迹众多，历史文化底蕴丰厚。海城老街始建于清朝末期民国初年间，约成于20世纪30年代上下，长仅1.5公里，窄不过9米，骑楼式建筑中西合璧，多为二至三层，临街窗顶多为拱券结构，外沿雕饰流畅，工艺精美，是目前岭南保存最完好，直线距离最长的骑楼老街之一，是清末西方列强侵略中国的殖民印记，记载了一个时代的畸形繁华，每一条小巷都有着各自的名称与典故。

老街的文化价值在于“周边小街小巷保留了不少青砖木结构的传统建筑，散布在老城各个角落的古井、石碑、牌匾蕴含了丰富的民俗文化。洋关、领事馆、医院、教堂等外廊式建筑把中国近代史浓缩定格了下来”。

经过政府的精心挖掘打造，老街两边古色古香的店铺、百米T台百名佳丽的尽情表演，无不述说着老街已经从殖民文化的象征渐而成为中西方文化交流的场所、旅人寻根访古的平台。蓦然回首，饱经沧桑的老街自然而然形成的厚重的文化积淀，点缀着海城的容颜，提升着海城历史文化名城的形象，带动了旅游，牵动了经济。作为市民怀旧情结的有形寄托，老街既能充分张扬个性，又能抒发个人体验，焕发现代社会中逐渐缺失的一种传统文明心态。“国家历史文化名城”的称谓，恰如其分地表现了主政者和市民对于老城保护不懈努力的回报。

时间允许的时候，我会在夜幕来临之际，走进老街感受其中片刻宁静。老街白天喧嚣，入夜后，满眼尽是褪尽人间烟火的寂静、平和、淡定，融合了西洋建筑和南洋文化的装饰元素、窗拱，女儿墙在灯光下细腻缤纷，五彩纷呈。临街边一侧，卖唱的吉他手兀自卖力地表现，围观的路人不时叫好，小女偶然路过，也凑上去投了2元钱，随后蹦跳着高兴地走开。小女不懂这条街上曾经发生的故事和将要发生的故事，她只为眼前看到的一切而感到快乐。

老街用她的博大精深、宽厚胸怀，接纳来自四面八方五湖四海的各界人士，向着全中国最适宜居住的幸福城区大步迈进……随着女儿渐长，入学上进，店面生意慢慢转旺，渐渐有了积蓄，相继买了房子开上了车。闲暇时，我开始重拾久违了的文学爱好，埋头创作数年，竟不知不觉间有了些许收获，精神逐渐有了寄托，日子慢慢走上了正轨。

回顾昨日人生，经历朦胧而清晰，真实又虚幻。每每对着镜子照看着两鬓白发，我知道，不管愿意与否，可能下辈子我都要永久地滞留在海城了。银滩温暖平缓的十里碧波，涠洲火山地貌的扑朔迷离，老街古戏台的宁静以致远，我的欢喜、我的悲伤，我的憧憬、我的生活，已与海城肌肤相连、难解难分。

不是尾声

美学大师季羡林说过：大概从人类有了较大的城市之日起，城市就与大自然形成了对立面，形成了鲜明的对照。

若干年以后，我终于渐渐觉得，定居在车水马龙的城市中央，其实真好！它让我自然而然地拥有了城市生活信息的制高点，更让我在平和淡然世事尘烟中还原了对一座原本熟悉但已变化不断的城市再认知，也不无舒缓地感化了我对于家乡廉州古城的深层体会。从此，不再那么愤世媚俗，不再那么浅薄卑怯。也许，不能人人都可以生如夏花般灿烂，退而修身持家其实就是最好的个体选择。那么，就让我们感恩、热情地迎合生活的细水长流吧，或家长里短，或世故人情，或不急不躁——生活似乎本来就应该这样，只要你投入了足够的热情，在未来人生的某个转角处，终归会有一扇透着善意的门。诗曰：

一公里半长的百年老街
分成三个不同时空的集市
有人宣扬妈祖的福佑，有人播撒基督的护庇
有人简单而知足，有人偷偷躲在角落里叹气

西洋人来了又去就像冠岭山崖海水流下的痕迹
江湖好汉窝在闹市中再也找不到绿林啸聚
汤显祖穿越而来借口探访涠洲古珠池

齐白石扔掉画笔跑到宜仙楼满身酒气
究竟是灯红酒绿还是纸醉金迷
来来往往的穿梭有何意义

2000 多年的西汉古墓里藏着行军草鞋和美人鱼的故事
万里海上丝绸之路沉睡于南流江底的石头记
大冠沙盐水白花花深海茫茫洗净烦扰俗世
人潮汹涌北海洋关寂寞不过如此

我在穷乡僻壤的客家山村呱呱落地
我躲在喧嚣的小城里盼望三十而立
我从大浪古城到十里银滩的驿道上寻觅
我在历史与现实之间苦苦挣扎希望自强自立

故乡从历史的记忆深处走出让人渐渐着迷
城市和乡村，终将相携而行呼啸而去
心存善念一定能够跨越天然的遥远距离
所有的美好，都在于它未曾忘却的回忆……

从 20 世纪 70 年代末到 21 世纪初期，中国最大的最明显的发展趋势，就是城市化进程势不可挡。所有的社会问题，如果非要汇聚成一个故事来进行阐述，那么，城市化，以及城市化问题，就是这个故事演绎的背景和主线。城乡矛盾的永恒存在，就是人类文明的强大驱动力。

21 世纪，注定是个见证历史标志性转折的伟大年代。

从 2006 年起，中国全面取消了绵延一千多年的农业税赋。

2021 年，伟大的中国共产党百年华诞之际，中国向全世界郑重宣告近亿贫困线以下人员实现了整体脱贫摘帽。这不仅是中国以国家名义提前践行诺言，同时，吹响了新时代全国乡村振兴的嘹亮号角。

2022 年广西两会召开期间，多名人大代表在审议有关工作报告时呼吁加大农村耕地撂荒的处置和集中开发力度，确保粮食安全和守护耕地红线。2022 年 10 月，随着党的二十大胜利召开，中华民族伟大复兴中国梦逐渐成为现实。千百年来，一直相向而行的乡村和城市，终于历史性地找到了同频共振的话题，搭建了沟通发展的桥梁，实现了融洽合力的双赢。

或许，我这久住城市的乡下来客，从此之后，再也不是两头不讨好的陌生人了吧?! 辛丑牛年暮秋志。

（定稿于 2022 年 10 月）

北海乡客漫谈

题记：我一直对这个从中原、从远古走来的族群感到困惑。它善变，骨子里却难改“硬颈”、固执的基因；它好斗，却到处随遇而安、与人为善；它善学，却又抱残守缺紧奉祖礼不放未免故步自封……我不能代表它，却无法对它的过往将来无动于衷；代表它的人也许并不那么完美、出色，却星光灿烂层出不穷。它似乎要在某些时空节点定居下来了，却总是跃跃欲试整装待发；它激情高昂地走在路上，却似乎搞不清下一站目标到底在哪儿？我想描绘它，却不知从何下手；我想放弃，却又欲罢不能……

客居围屋

客家人或可称得上是中国的吉卜赛人。无论主动与否，它长期以一个族群的方式整体流动，从远古走到现代，似乎永远没有停歇下来的打算。

客族自中原地域起源，开枝散叶，广布于黄河、长江流域（很奇怪，黄河以北诸地历代少有客民迁徙记录，这可能与当时北方异族盘踞、中原长期战乱有关吧，却无意中佐证了客家人既非现居地土著，而是由中原正统汉民演变而来的事实）。客家人聚居地有个共同特征，就是非山即海，皆荒野之地。何哉？难道客家人不向往城市繁华自在，专喜荒山野岭蚊叮虫咬？非也。历次迁徙途中，客家人皆不是当时的主流百姓，少有官方参与支持，也不知下一站在何方，所到一地，不但典籍异册，且屡被当地官府民众歧视排斥。无奈何，只好栖身城郊野外，以至“逢山必有客、无客不住山”。为防止外敌及野兽侵扰，围垄屋、走马楼、五凤楼、土围楼、四角楼等建筑因地制宜，星罗棋布。其中围垄屋采用中原汉族建筑工艺中最先进的抬梁式与穿斗式相结合的技艺，主体结构为“一进三厅两厢一围”，以南北子午线为中轴，东西两边对称，前低后高，主次分明，坐落有序，布局规整，以屋前的池塘和正堂后的“围垄”组合成一个整体，讲究的还设有书房和练武厅，令人叹为观止。围垄屋融科学性、实用性、观赏性于一体，既是“世界建筑史上的一枝奇葩”，也是客家人团结奋进的象征。客家人围居于此，防火防盗防毒虫，倒也自得其乐。现今客家人重修祖地宗祠大都以围垄屋为蓝本进行建造。到得21世纪的今天，由于人迹罕至，客家人聚居地大多成了世外桃源，风景绝佳！局部来看，客家人在漫长的历史岁月里，凭着独有的韧性将“上山下海”生涯演绎到了极致，恋乡心态时时作祟，反而不愿轻易迁居入城。

北海合浦曲樟六湖垌客家土围屋传为陈氏十五代祖陈瑞甫率族人开建而成，飞檐翘角，清淡平实，经百年岁月洗涤，仍古色古香，与库区水光山色融为一体、相得益彰，成为客乡村居风情的典型代表。

但中国最大最年轻的火山海岛北海涠洲岛上星罗棋布的客家建筑与合浦县境客家围垄屋已大相径庭。其大部采用尖顶拱式或平房式横排三套间，屋顶较尖，居中作客厅，左右两间分作卧室和放置杂物。既有骑楼式的双连屋，或干脆就是珊瑚墙上珊瑚石盖顶，平房院落四散杂居，相连之中又有独居，隐有近代南洋海岛人家风格。任尔雨骤风狂，我自岿然不动。涠洲客家建筑蕴含着客家人的家园理念和人文精神，成为北海的独特景致。

客乡何处

北海客家以合浦县东部乡镇为主，渗透到全市每个角落，论客家历史文化遗存，多在偏僻的曲樟境内（原属公馆辖区）。传说乾隆下江南时与璋嘉先祖陈其鼐游方相遇，彼此意气相投而赠书帛曰：“弄璋蔚起为国栋。”因村形酷似古帝王御用玉器——璋圭，故名。少年英雄陈铭枢即从大廉山下穷乡僻壤出发，因北伐成名，凭抗战立威，成长为一代赫赫名将，在龙蛇混杂的粤省军政两界呼风唤雨。陈将军秉持“修身、齐家、治国、平天下”古训，统军治吏行政宗教诸方面均有建树，功劳德行令乡人仰视。其捐资兴办真如书院（现公馆中学），校舍青砖琉璃瓦苔藓密布，图书馆灰墙斑驳陆离，窗外凤凰树红云盖顶，蝉鸣声声，孕育着一代又一代客家书香子弟。

合浦客家究竟从何而来？各姓氏皆有出处牵连。据族谱记载，北海客家先民便是自秦汉以后两晋至唐宋时期，由中原到江浙，途经湘、赣，一路蜿蜒辗转，到达两广交界，也有由汉水通长江，达湘江，开灵渠，顺漓江，沿珠江、南流江而来，最终定居在大廉山下，六湖洞畔。先辈们披荆斩棘、奋起神威，将一片荒山野岭经营得风光秀丽、人杰地灵，至今大部分已有400多年繁衍20代以上。每有他人问起，乡人异口同声，一致认为是梅州、赣州客族后民，更远甚至溯及福建瓦子巷后裔，但清明祭祖一般仅回到廉江、湛江境内辄止。当然，近年来，顺源千里往返中原祖地寻根探流的客族子民逐年增多，络绎不绝，可见各地客民普遍思乡心切。

有资料说涠洲客民乃清末期间来自广东开平一带，惜乎岛上客民基本不修族谱，祖辈来龙去脉语焉不详众说纷纭。小岛不过25平方公里左右，却诸姓五花八门，简直就是中国百家姓的缩影。只是未有听闻涠洲居民辗转前往开平寻根探祖，近年倒是发现涠洲有人回到合浦地界恳亲访友，以为这是根之所在。

客味如何

合浦客家饮食惯用肥腻偏咸，选料讲求野生家养粗种，烹调方法采用煮、煲、蒸、炖居多，极少添加过重过浓佐料，稍用生葱、熟蒜调味，保证了食物“原汁原味”“可口可心”，特色糕点美食琳琅满目，滋味各有不同，但给人印象深刻的还数客家风味扣肉炖蹄。

曲樟梅嶂山村，地势陡峭，与六万大山余脉连为一体，交通殊为不便。风闻近年时有野山猪潜行，拱食玉米、扰民安宁，恐怕也仅是听闻而已，此“山猪”非彼山猪也，乃农家猪食喂大的本地猪，特别适合制成扣肉圆蹄。昔孔子曰：肉食者鄙。孰知此间猪肉滋味令人馋涎欲滴，入口难忘！

如遇夏季周末假日，曲樟鹞婆岭一带山稔野果熟透之时，便是我等顽劣孩童呼朋唤友翻岩攀崖大显身手的天堂，六湖垌水库葱郁青翠，周边山岭留下客家少年的多少欢声笑语！

涠洲客家惯过风雨飘摇的日子，其平常生活可是真

“穷”——穷得餐餐饱食生猛海鲜简直让人无比“悲催”，婚喜宴每样八大碗堆盘的饕餮阵仗更是令你举“箸”蹒跚、食欲梗塞！

客俗随心

从北海各姓所修族谱中看到，客家人节日源于上古，即使远离中原数千年，表面上生活方式看似无多少改变，语调语音仅稍有不同，但无论历史如何沧桑巨变，无论颠沛流离时空转换，照例古礼难移，汉习遗俗照旧，婚丧嫁娶，上敬天地下拜祖先，敬奉高堂相敬如宾，讲究多多。

客家春节祭祀场面宏大，清明节祭扫先祖墓地，仿佛是客族人一种执迷不悟的图腾，略可窥见客族人怀旧心情几许。族人扶老携幼，风尘仆仆，四方归来，主事者着古装长袍，执旧式礼节，环伺祠堂，怀着满脸的虔诚，一身的惶恐，辉映在年长一年的爆鞭炸响中；案台上排列整齐的三牲祭品，伴随着香烛氤氲，与先人做一次深刻的无言对话，反省自我灵魂，曾经流浪的心和现已归属的心，莫不悚然感动。

至于公馆一带民间流行曲艺《公馆木鱼》，则是北海客家民俗文化的杰出代表，传自明朝嘉靖年间民间“牡丹花”曲调，用客家方言演唱，现为自治区非物质文化遗产，传唱四方。

近代以来，天主教文化与妈祖信仰在涠洲岛上和平共处，杂居而存，形成了一种罕见的海岛二元宗教文明，圣诞节庆及三婆醮会因时而办，各有信众无数，深刻影响着岛民的起居饮食。西方文化以一种无声无息的状态，在天时、地利的因素下，悄悄地突破中国儒、释、道教义的藩篱而扎根普通民众内心，融入、改变了一方民众的信仰，还在一定范围内有效促进了全岛社会和谐，由此可见客家人对宗教信仰的宽容和亲善。

客往何方

北海客家人长久以来，历经无数次的辗转反侧，长时间的迁徙移居，忍辱负重，苦苦寻求生存之路而难得。故土渊源在哪儿，未来家在何方？客家人曾百思不得其解。修葺祖居，供奉祠堂，然后踏碎满地烟花纸屑，穿过呛人烟雾一哄而散，留下颓废的学舍以及因开发过度而渐被蚕食的土地，对家乡的回报就仅止于此吗？

菁菁故园，六畜兴旺，方可留住乡土气息，挽住文明之根。能走出家乡这一方水土地的客家人毕竟是少数，现实生活的浮躁，不应该让家乡成为荒芜的乡村、留守的农村。故土如母，母爱如山！曾经的清流甘泉呢？曾经的沃土青山呢？风筝断了线会随波逐流，鱼儿离了水会干涸而死，都市生活的繁华与喧嚣，怎能成为我们丢耕弃田或盗挖贱卖祖居地换取急功近利一夜暴富之借口呢？执迷不悟如此，不过痴迷不悔而已！客家人哪怕身处天涯海角，都会痴痴守望故土。

曲樟客家土围屋保存较好，历史人文丰厚，其旅游观光价值毋庸置疑。随着北海市生态乡村“一圈二区三带”重点区域规划的提出，六湖垌库区及其周边村屯人文生态观光旅游圈建设已正式提上日程，曲樟客家乡村民宿经济发展乍逢百年机遇，与以火山海岛地貌闻名的客家人聚集地涠洲岛遥相呼应，各有侧重。

望峰息心，窥谷忘返。当我抚去岁月的风尘弥漫，看见冬日的和熙暖阳已向初春洇染开去。在不久的某个日子，或可看见曲樟客家土围楼的温馨氛围里，演绎着金牡丹等传统民间曲艺……客乡人人热情好客，就着青山绿水席地而坐，大快朵颐，酒足饭饱。回眼望去，客家围垄屋与陈氏老祠堂老而弥新，掩映在民风淳朴的乡间小院旁边，风水轮流，静看花开。江面上只见黛青隐行，红墙出没，听得樯橹欸乃，浮光掠影，江水九曲回环处不停地有惊喜入眼而来。

再回首，这边风景独好，必是北海客家人愿意坚守的家园。

月又清明

时序易逝，冬去春来，草长莺飞，转眼，又是人间三月天。窗外的燕子开始叽叽喳喳地叫唤起来，清明时节，又到了。

清明节大约在冬至后第 108 天，即阳历 4 月 5 日前后。二十四节气是上古时期人们依据地球在黄道上的位置变化而制定的气候规律，原始真实地反映了一年四季气温、物候、降雨循环变化，对民间农事生产生活，意义不可或缺。清明，当节气来临时，大地春和景明，万物“吐故纳新”，阴阳转化，生气始盛，自古就有春祭做社，祈求风调雨顺，郊游踏青，吸收自然灵气之习俗。

我家祖上 400 多年前从广东迁来新屋地，繁衍传接已有二十辈矣。每年清明，老家风俗，大小老幼由四面八方向新屋地群归集聚，一起祭拜先人。年轻时为了破旧迎新不能理直气壮地过清明的父亲和伯父就特别兴奋，兄弟俩不顾年岁已高，经常要亲临祭扫一线“指挥”，跋山涉水，蹚沟过坎，抬担挑筐，整坟烧香，摆放祭品，样样抢着来。生性跳脱的小孩子在他们的带动下，个个不敢偷懒，人人争着动手，披荆斩棘，拔草垒土，把一座座祖坟捯饬得圆润饱满，气势轩昂……

已近百岁高龄的伯父精神矍铄，记性很好，哪位祖上葬在哪儿，谁是谁的谁，他心里门儿清着。每次到后山扫墓，都是他扛着大铁铲，健步如飞，带头跑在前面。地上杂树乱枝，山路崎岖，恁大年纪了，一不留神摔跤怎么办？我不停地提醒他慢点，要注意安全，偏他老当益壮，说没事没事，还要逞能似的加快脚步向前走。突然“哗”一声打了趔趄，伯父身子一倾，顺着山石乱草慢慢侧倒下来，我拼着绿箕扎肉，赶忙伸手一捞，在他将跌未跌之前好险不险地把他扶住，连说小心小心。伯父咧嘴一笑，说不用，没事，这小山冈，年年来，走几十年了，何况还有阿祖保佑，闭着眼睛都摔不了我。说着，还夸张地甩手跺脚，以示自己安然没事。唉，这不服老的老顽童。父亲小伯父几岁，90多了，近几年来，腿脚已渐渐不太灵便，他就站在不远处山脚下，笑眯眯地看着自家大哥，仿佛想起了小时候兄弟俩在奶奶面前拌嘴斗气的淘气样子……

伯父生得高大威猛，受益于三代贫农家庭成分好，努力上进，当过本地公社武装部部长，年轻下乡蹲点时经常斜挎着一支老式驳壳枪，骑一辆公家配置的32寸毛打单车，威风凛凛地走村串户，在人人皆步行的年代，一度惹得众人羡慕不已。而今伯父子女众多，四世同堂，尽享天伦之乐。父亲身体稍差，精神尚可。兄弟俩为人和善，远近闻名，很受乡人尊重。乡下老先生对我家一口祖坟推崇备至，一天到晚总是在乡人面前神神道道地说什么左青龙右白虎，什么前朱雀后玄武之类。虽然兄弟俩出身贫困，对改变人生境遇有着比任何人都更加强烈的愿望，但是很奇怪，他们自小就坚决不信什么“风水”。之所以不论多忙多远，年年都要吵着回到老家过清明，不为别的，仅仅只为看看祖先坟头的几株青草。

我怀念清明，是因为它无时不在地挂牵着我的内心思念。在故乡，有着我偶然来到人世间的确切证据，有着我割舍不断的血脉流淌。纵使来世不知魂归何处形聚何方，在一个叫清明的节日里，我，或许还要固执地站在初春的烟雨迷蒙里，怅望故乡后山冈上，在微风中摇曳的炊烟袅袅。

清明客

在汉族大家庭里，大约客家民系与闽语民系的现实状态差不多，同样历史久远、人才辈出，同样拥有自己别具一格的语言文化体系，但同样都没有形成各自独立文字。世代相传的口语皆源于中原古汉语言，又有别于汉语的表达方式。从地域分布来看，闽语发端于江浙一带，主要集居于闽、浙、粤、琼、台等沿海片区；客家人自中原地域起源，广布于华夏每个角落，仿佛大汉族源远流长的潜伏者，历久弥坚而不失本性。这或许就是客家人能身处各族之间游刃有余，又与各族息息相通、相伴始终的依据吧！

据族谱记载，我的家乡先民便是自秦汉以后，由中原而至江浙一带，再经江西，途经广东、湖南，一路蜿蜒辗转，到达两广交界；也有由汉水通长江，达湘江，过灵渠，顺漓江，沿珠江、南流江而来，最终与南越土著通婚、杂居、融合而成。表面上，生活方式看似无多少改变，语调、语音仅稍有不同，可是命途多舛，祖宗牌位尚在心中，故乡已远隔千万里之外。客家人历来信奉“父母在，不远游”的祖训。抛弃中原沃野千里，丢家弃子，离开温香暖玉般的安逸生活，扶老携幼，挈妇将雏，风餐露宿，经陌路踏上陌地，从此只能仰望血泪历史，从此只能仰望故土天空，得多大的勇气和毅力？

客家人一贯百折不挠，这与生俱来的禀性在每一次举家大迁徙中体现得淋漓尽致。故土渊源在哪儿，未来家在何方？孰知曾经荒蛮的南越大地其实也可以变为遮风挡雨、休养生息的家园！上敬天地下拜祖先，敬奉高堂相敬如宾。春节祭祀场面宏大，清明节祭扫先祖墓地，仿佛是客家人一种执迷不悟的图腾，略可窥见客家人怀旧心情几许。

随着清明节如期而来，依然牵挂着客家后代子孙至今魂牵梦萦，千里而返。浅薄如我，经历了由童年而少年到青年入中年的岁月洗礼，逐渐由浅入深地领悟到客家人节日祭祀的含义：这是后人与先人交流的一种特殊方式。生与死，也许没有太多的隔膜。况且，一年的奔波劳碌争强好胜，我们确实要在与先人的无言对话中，作一次深刻的灵魂自我反省，以振奋新年里创造生活的信心和勇气。

当我抚去岁月的风尘弥漫，揣着坎坷与沧桑感人，站在初春的和熙阳光下，看见微寒的月色已在春天里洇染开来。或许，客族人暂时的心灵放逐，只是为了更好地体会每一次嬗变的真谛。

（刊于 2015 年 4 月 15 日《北海日报》第七版：人文）

少年记忆

文治书院

报读公馆中学的时候，起初不知道它曾经叫作真如书院，更不知道学校创始人是何方神圣。当年，合浦东片四五个乡镇一千多平方公里区域数十万人口，也就仅有一所高中而已，所以大家都没得挑，糊里糊涂地就报读了，也算得上百里挑一了。

入学后才知道，原来公中之前还叫文治书院，虽已改名很久，但镌刻在图书馆（原来的教学大楼）门额上的“文治书院”几个大字还是依稀可见。

我入读书院时年仅 13 周岁，体重不到 50 斤，身高不到 1.5 米，比同龄人矮了一截轻了小一半，幸好脑袋瓜还算聪明伶俐。那时根本没什么远大理想，整日想的就是如何能争班上第一，年级第一，全校第一……可惜除了初一学期测验成绩偶然得过几次班级第一外，再无其他亮点。

既瘦且小又矮又弱的我顶着一个大脑袋，埋没在竞争激烈毫无生机的乡村校园里。虽然眼眉粗黑，似有凌云壮志，无奈体格实在是恭维不得。更可恨读初中之前连一身新衣服都没穿过，平日上学穿的都是几个大哥穿过多次的旧衣服，裤头又宽又松又烂又破，东一块补痕西一撮线头，洗得灰白翻毛，黯淡难看，特别是裤裆肥大无比，简直能拖到地上。女同学但凡看过来的眼光都是怪怪的，一些壮实顽劣的男同学更是不时起哄耻笑。我当时正是心理敏感的年龄，不禁羞赧难耐，觉得自尊心受到了很大的伤害。家里特别穷吗？虽然年年超支，但我父亲在一家国营工厂大小担任领导，好像不至于这么寒碜吧？平常没吃过一餐饱饭，逢年过节没有鸡鸭鱼肉也就罢了，为什么父母无视我的起码需求，以为这样是苦其心智、饿其体肤，磨炼我的意志吗？或是认为我年纪尚小，根本无须新裤鞋帽，高一褡低一褡有块布保暖遮羞就行，容易打发得很？我因此自卑不已，滋生出一种很强的逆反心理，再也不愿跟人家比新潮比穿着，自己跟自己怄气。以致后来经济好转，父亲在大哥的恳求下给我买了一条新式皮夹克，我也赌气不穿，让它空挂着直到烂掉。现在想想，脾气也是犟得可以的了。

但所有这些，都没能阻挡得了我在学校年年得奖，基本上每个学期都是校级三好学生。但从来都没得过县级以上三好学生——当时以为很平常，也是后来才知道，县市以上三好学生是要学校推荐上去才会有资格参与评比的。而我以为学习成绩是第一要义，且天性倔强，有时路上看见老师也不敢与之对视或是热情打招呼，低头匆匆而过，言行举止大概被表现出殊为不敬，甚为不讨人喜欢。在老师眼里，我只是个不起眼的“小D”而已，不活跃，不合群，少与老师同学来往，偶尔也因顽皮捣蛋被老师责罚——导致被老师有选择性地视而不见也在情理之中了！

这虽然阻止不了我坚持好学上进，甚至学有所成，但内心深处，似乎总是有一层说不明道不白的东西在阻碍着书院与我的进一步亲近，我们之间的关系渐行渐远，渐远渐淡——每有回忆，总是别有一种滋味在心头！

看电视

20世纪80年代初，电视是个新鲜东西。那时大哥刚从部队复员回家，我们感情很好。

夏季白天炎热，晚上却凉风习习。吃过饭，到山边清泉洗过澡，如果村上放映员说今晚没有电影看（那时公社有个流动放映组，经常到各大队各村庄轮流放电影，以革命战争片或英雄模范事迹为多，社员们欢天喜地，犹如过节般高兴），他就用单车带着我，去2公里外的本家叔叔那里“讲”功夫（客家方言互相切磋“练武”之意），有时车大炮（客家方言“聊天”之意，不是后来指的不着边际谎话连篇）。烟是不太抽的，偶尔喝茶，茶果当然少不了，这是孩子们的最爱。茶果约拇指头大小，用一团面粉炸得焦酥，外面沾一层芝麻糖油，咬一口，“吵”一声碎屑跌落满地，甜味芳香诱人，忙伸出舌头乱舔一气，惬意非常。大人看了哈哈大笑，抓一把瓜子递过来，说到一边玩去。如果运气实在好，傍晚能在村前村后排水沟渠的石洞里网得一笼天然塘鲺，或是用“电烛”照到一桶田蛙，则皆大欢喜，那晚的夜宵肯定丰盛无比，大炮可能一直“车”到凌晨还没散。那时，不用想着长大后的种种理想，也不用担心读书不过关招致老师家长责罚。日子简单而快乐着，暂时忘记了不久前还在餐餐啃芋头菜根的艰难岁月。

突然间，听说公社大院配有电视机（黑白的）了，天天晚上都在播电视连续剧，同村青壮年闻讯雀跃欢呼，终于有个地方可以免费看剧了。虽然搞不来电视周报，但小鸡不尿尿，各有各的道，村里人很快打听到每个频道每个时段的播放内容（其实那时也仅有两三个台的节目而已）。大哥本就是个闲不住的人，加上去湖南当了几年兵，回来后更加不安分，时时琢磨着找个时间去瞧瞧尝鲜。

一天晚上，偶尔得知当晚开播武打片的消息，便早早洗刷完毕，趁夜幕来临，兴冲冲地用单车载着我向公社所在地“箭”去。

还没到公社大院门口，已经听到远远传来“昏睡百年，国人渐已醒。睁开眼吧，小心看吧，哪个愿臣虏自认，岂让国土再遭践踏，个个负起使命——”的嘹亮歌声，那是正在热播的连续剧《霍元甲》的主题曲！对少年人有着难以言传的诱惑。便不断催促大哥，快点，再快点，晚了赶不上位置了！更怕电视演完了。进得大门口一看，不禁傻眼了。黑压压一大群人，拥聚在公社的大球场上，中间摆一台电视机，灯光灰蒙，人脸闪烁。前面众人或坐或趴或蹲，中间站立者挤挤挨挨，后面人有的踩在凳子上，有的俯身乱钻。我年小力微，拼命踮起脚尖，使劲往上蹦，都无济于事，根本近不了电视旁边，也看不到任何屏幕。时不时有个画面从大人们的胯下“窜”过来，我尚来不及反应，那人的大腿就合拢了，让人犹如拉屎刚拉半截就让吓得一激灵猛地一收肛般难受。

最后，直到电视剧主题曲长长的尾音散尽，人们三三两两走完，我才真正看见一台黑黢黢的电视机，摆在一个大木箱里，前面一块扣板松松垮垮地垂下来，屏幕在阴暗的夜灯下不时闪着荧光。工作人员开始收拾桌椅板凳，我第一次看电视的经历如此不着调地结束了……

当我三步一回头地跟随大哥离开公社大院时，竟没有一丝羡慕或失望的感觉。看天上繁星点点，夏夜虫鸣，心中五味杂陈，心头一片空明。

宁静的书香

在不算很长的人生岁月里，我已历经了数次搬家，身边值钱物件（表面价值如此）寥寥无几，仅剩几本随身携带卷角泛黄的“书籍”。诸般爱好也时断时续，唯有一个“陋习”根深蒂固屡教不改：出门、回家、临睡前免不了要拿本书放在身边，高兴时、失意了更要读书翻报。所涉范围包罗万象，随手拈来，到手就读——看不看得完无所谓，看得懂看不太明白不要紧，仿佛这样就可以心安理得心平气和了，比钱财落袋还要兴奋。别人高谈阔论或大快朵颐的时候，基本上就是自己读“书”的大好时光。可是人生竟没能因为痴迷读“书”而有很大的出息，甚至感觉不如巧言令色之辈吃香。有时也曾苦恼过，努力想改掉这不甚合流之举，但终不成功——想不到一样小小嗜好附骨入髓，放弃它竟然比戒烟还难！

追根溯源，这个“陋习”是老父传染给我的。客家乡村，不重工商重耕读，坚信能改变后辈际遇的唯一指望就是靠读书。纵然生计维艰，卖谷卖物，也要想方设法让子女拜师求艺，学会断文识字——皆因前辈们吃过太多没文化的苦。老父出身贫寒，但以高小学历入了公门吃上公饭，在那个年代的偏僻乡村也算是个“人物”了。老父信奉“父母在，不远游”的古训，多次放弃升迁提职的机会，就近在家尽心侍奉寡居多年的奶奶，直至晚年。其最大的爱好就是下班归来，单车一放，搬张竹凳坐在院里看书读报，惜乎家务一样不会一概不理。这一“恶习”一直让老妈诟病不已，却在老父的执拗坚持下无奈妥协。幼年如我，无所牵挂，天天盼望着父亲早点下班或出差回家讲《三国演义》《水浒传》的激动时刻到来。人说“萝卜青菜，各有所好”，耳濡目染地，我不免逐渐身陷书堆，不能自拔。

不同的书，自有其不同形式的味道，或有“庄生晓梦迷蝴蝶”的想象，也有“大江东去浪淘尽”的快意。但渐渐地，在信息繁杂的时代，读书这么好的事儿慢慢变成了一桩奢侈不过的事情了。在物质利诱面前，人们浮躁冲动不止，已经很难静下心来老老实实地钻研学问，洋快餐文化充斥街头也占领了很多人的内心，甚至连身处象牙塔的大学殿堂都无法幸免，谈笑间功利至上，利字当头闻利而起。书店里汗牛充栋，纸质书籍日渐式微，电子书的出现如当头棒喝，竟让人目不暇接左右为难！不知还有几人能寒夜捧读《红楼梦》《百年孤独》等名著？

古人云：书非借不能读也。一语道破人性本懒。是否只有借来的书才有读的紧迫感，才能读得津津有味？无论读什么，最好早日养成自己的兴趣吧。只有确定了阅读的方向，对生活的心得体会才既真实又可靠。于我，能拥有一处静谧独处的时间空间，最适合品尝的还是日常生活的启迪与感化。如果你想一生之中能必有所依靠的话，不妨好整以暇地找几本适合个人情感的书来读吧。“到书里去，或可栖身，或可忘却，或可放飞——它不仅是摆脱当下情绪的安全出口，也不用向谁证明你对文学阅读有着深刻而广泛的偏好且阅读水准和品位很高，因读书而产生的或多或少的沉稳判断力，宽容、悲悯的细节人文情怀，有时可能比激情澎湃热血沸腾更能彰显一个国家和个人的魅力”。

写作，或许是阅读的自然延伸——既然字里行间的墨韵纸香令人无法抗拒，那就干脆再来一次最彻底的亲密接触吧。无须展纸研墨，搜索枯肠，仅轻击键盘，伴书页页沙沙，说不尽的秦时明月汉时关山，已踏梦而来，洇染开去……

（刊于2014年5月6日《北海日报》第七版：南珠）

美丽的梦

有人说，每天睡醒的时候有两个选择：醒来，再睡，继续未完的美梦；醒了，起来，去实现自己的梦想。我少年时萌发的文学梦，在跌跌撞撞的人生历程中，好像从没间断过。有时暂时受到压抑，一旦有风吹草动，又蠢蠢欲动。

少年时营养不良，身体虚弱，老是做噩梦。及长，对所谓梦极为排斥，有一种本能的畏惧。以为那都是虚幻无影的事儿，是不真实的。上学后，虽然小身板弱不禁风的，好在头脑尚灵活，数学成绩好得出奇。在老师不停的表扬声里，我不自量力地幻想，长大后成为像詹天佑那样出类拔萃的工程师，像陈景润一样为国争光的数学家……惜乎《三国演义》《水浒传》之类图书读多了，高中阶段不可救药地迷上了"文学"，数理化成绩从此一落千丈，却开始幻想什么时候也要当个闻名遐迩的作家，梁晓声、舒婷、北岛等就理所当然地成为我崇拜的偶像。

我曾有一首名叫《节日》的小诗，以无休止、没白天、没黑夜而竞争激烈的高中时代为素材，表现了青春时期的无奈和忧伤，刊在1988年出版的钦州师范学院（现北部湾大学）学报上，并获得当年该院征文优秀奖。学生时期的节日总是灰色的，沦陷在淡淡的忧愁之中，可文章能变成“铅字”，毕竟是大家看得见的“好事”，因此大受鼓舞，从此在文学的路上越滑越远，以至一发不可收拾。虽天资鲁钝，至今未有大成，但日常生活竟与文字息息相关，纵藕断丝还连。

“推敲”典故，来源于唐代苦吟诗人贾岛。“吟妥一个字，拈断数根须”，千百年来让人望文生义望而生畏。余秋雨先生也说“文化苦旅”。从古至今，快乐作文对任何人来说似乎都是一种奢望。“穷文富武”的古训更道尽人生无奈——想必鲁迅笔下穷酸文人孔乙己的形象早已深入人心。彼时，没有报纸，更没稿费之说，一般文人想养家糊口，一是栖身私塾教学，二是作刀笔小吏代劳诉讼，三是兼任府院师爷……总之，微薄的“润笔”不足以恃，因此“文人”难做，难做文人是千百年来多数人的共识。那么，为何历朝历代，还有那么多有识之士前仆后继如飞蛾扑火般扑向文学这个殿堂呢？能仅仅用“知识可改变命运”或“文学使人有修养”等来解释吗？

当今中国正在进行着一场伟大的社会转型，在取得巨大物质成就的同时，某个时段文化领域建设却无端显现出很大的滞后性，文学、艺术、哲学、电影等文化状况一度让人不敢恭维，教育界有时候任由对国学的肤浅理解到处宣扬更加令人费解。

窃以为，为了廓清蒙昧，启发理智，将文学教化之义提高到应有的地位，实现文学界的百花齐放、百家争鸣，实为振兴中华国学文化之善举。不以个人文学梦小而不安，不因文化强国梦大而畏难，此梦与彼梦相辅相成，弘扬国粹，涓流汇聚，最终融合为可量化可感知的美丽中国梦。我相信，当承继中国数千年文明精华的国学文化得以普及、振兴，不仅关乎教书育人百年大计，更关乎国运兴昌源远流长，意义尤其重要。此乃真正的国民之福，民族之幸！

（刊于 2015 年 1 月 23 日《北海日报》第七版：市井，获“中国梦”征文一等奖）

老街杂谈

多少年以来，渔人、码头、海水、小巷，就是北海的一切。我们漫不经心、天天如此地生活着，树缝窗隙漏下的阳光触动不了我们麻木的神经。

那时，老街已名声在外很久。北海老街其实不算老，位于中山路和珠海路的骑楼老街区始建于清朝末期民国初年间，约成于1927年前后，长1.27公里，窄不过9米，沿街全是中西合璧的骑楼式建筑，临街墙面的窗顶多为拱券结构，拱券外沿及窗柱顶端有流畅的雕饰线条，工艺精美，其建筑多为二至三层。比起大多明清笔直巷道，老街简直就是另类少年。为什么说其老？原因有二：一是其在历年变迁中，是目前岭南保存最完好，直线距离最长的骑楼老街之一；二是其建筑风格受19世纪末英、法、德等国在北海建造的领事馆等西方券柱式建筑的影响，是清末西方列强侵略中国的殖民印记，记载了一个时代的畸形繁华，每一小巷都有着各自的名称与典故。

“骑楼”是在马路边相互连接而形成自由步行的长廊。

商业骑楼建筑最早见于两千多年前的古希腊，后来流行欧洲，近代散传至世界各地。

广州天气善变，20世纪初，“骑楼”建筑适时出现，逐步形成广州街景的主格局。但经年演变，目前仅余上下九路等街区小范围存留成都市的独特风景，在城市化进程中，又摇身变为商业步行街，人潮往来间渐被周边现代化的建筑所湮没，且没能互相呼应，事实上可科考、供观赏的价值已大打折扣。

广西梧州也有一段骑楼长街，不过时代痕迹太“潮”了，全花岗岩石的路面，新式涂料的廊柱，游人走过，感受的只是富丽堂皇，缺少稍许的历史感。

珠海路、中山路被公认为北海近现代建筑年鉴，凝固的音乐，其文化价值在于“周边小街小巷保留了不少青砖木结构的传统建筑，散布在老城各个角落的古井、石碑、牌匾蕴含了丰富的民俗文化。洋关、领事馆、医院、教堂等外廊式建筑把中国近代史浓缩定格了下来”（《唤醒老街》）。殖民时代的痕迹也是历史公共记忆的一部分。

近年来，各地越来越呼唤保护历史遗迹，我们从哪里来，到哪里去？这样的问题表现在我们怎样回忆，怎样面对。对于近代北海来说，既曾饱受殖民之苦，也曾得风气之先；改革开放后，数起数落，这是分外复杂纠缠的历史，由此也决定身份认同方向的暧昧。

如何接纳取舍，如何拿来扬弃，我们在反思也在努力。

近年经过政府的精心挖掘打造，北海老街两边古色古香的店铺、百米 T 台百名佳丽的尽情表演，无不述说着老街已经从殖民文化的象征渐而成为中西方文化交流的场所、旅人寻根访古的平台。蓦然回首，饱经沧桑的老街自然而然形成的厚重的文化积淀，点缀着北海新城的容颜，提升着北海历史文化名城的形象，带动了旅游，牵动了经济。老街成为一笔难得的财富。

作为市民怀旧情结的有形寄托，既能充分张扬个性，又能抒发个人体验，焕发现代社会中逐渐缺失的一种传统文明心态。

“国家历史文化名城”的称谓，恰如其分地表现了主政者和市民对于老城保护不懈努力的回报。

深圳在不长的开发历程中，纷至沓来的移民潮把原有的土居客家民系特色辗得粉碎，土著风俗至今荡然无存，等于是用新材料、新方法新做了一个深圳。有人形容它是经济绿洲、文化沙漠，也有人说它本身的历史就是一本内容浩繁的书籍，不一而足，一言难尽。这与时代的需要有关，但不是后来者仿制的借口。

入夜时分，推窗而对，满眼尽是老街褪尽繁华后的寂静，平和、淡定。融合了西洋建筑和南洋文化的装饰元素、窗拱，女儿墙在灯光下细腻缤纷，五彩纷呈（《唤醒老街》）。临街边一侧，卖唱的吉他手兀自卖力地表现，围观的路人不时叫好，小女偶然路过，也凑上去投了2元钱，随后蹦跳着高兴地走开。小女不懂这条街上曾经发生的故事和将要发生的故事；游客所为而来，至少不会是道听途说而是想体验其中感受一二。

透过烟云看世事，在历史的天空下，我们该做好的就应想法做好，该面对的必须面对，尽量不留遗憾，尽量不辜负光阴。

老街的魂在哪儿，路向何方，无须再来一次争论。其根本在于，在目前的旅游态势下，或嫁接或捏合或变身，无不需要从文化入手，又从文化出头，扎扎实实地钻研透老祖宗留给我们的东西，开发自我特色，挖掘丰富底蕴，以求破茧蚕变，化蝶而生。

老街无言，静静地期待着新一起风起云涌的酝酿。

（刊于《北海日报》2012年4月15日第二版：文化广场）

东一巷口夕阳斜

北海老街，其风情不只在四通八达的通衢大道，也在于它九曲回肠般的窄巷小路。如果说摸乳巷让人啧啧称奇，沙脊街令人抚今思古，那么，冷清幽静的东一巷口，便让人有一种情怀纠结：是西方风情东渐，还是近代民风嬗变？你来，或不来，它就在那里；你在或不在，它总是默不作声……

我走进东一巷口纯属偶然。在一阵紧过一阵的西南热风吹拂下，我在东游西荡时与东一巷不期而遇。虽然我自诩是个老街迷，对老街的历史过往半通不通，似懂非懂，居然一直不曾知道在数不胜数的大街小巷中藏着一条叫东一巷的小巷子！更不知道这条叫东一巷的地方，藏着一间北海最早的近代药厂——东一药局旧址。据查，东一药局为北海第一位医学博士罗广庭开设的私人诊所所在地。罗博士曾在河内和巴黎学医，后来回到家乡悬壶济世。罗广庭所著《生命起源的二十年科学实验》被称为“生物学界的新开端”，其生命起源学说的理论与实验引起当时社会的巨大反响。

该房屋坐东向西，为一座券拱式两层西洋骑楼建筑，由北海当地著名建筑商陈兆衡承建，现在是市级历史保护单位。据小巷老人说，记忆中小巷的路面是用竖起的青砖铺的，与沙脊街现存的一段老路面一样，很有特色，穿着木屐走在上面，咔咔作响，从巷头一直传到巷尾。百年时间不到，药厂旧房子如今老态龙钟，弱不禁风，变成了危房。破败的院落里面，是一株虬枝高展、生机盎然的龙眼树，枝叶婆娑，花香阵阵……

唐代刘禹锡在《乌衣巷》里写道："朱雀桥边野草花，乌衣巷口夕阳斜。旧时王谢堂前燕，飞入寻常百姓家。"乌衣巷曾经的繁华鼎盛，却敌不过而今野草丛生，荒凉残照。那么，蜗居一隅的东一药局是经历了怎样的变故，而成现在的破落不堪呢？东一巷子这个名字，又寄托了后人怎样的一股情思呢？我感慨着岁月的沧海桑田，人生的剧情多变。

转头之间，只见旁边一栋民房前面的空地上，几位赤着上身的老头儿正围着一张四方桌子，隔着楚河汉界埋头拼杀，一副陶然其中、浑不知春夏交接的模样——是燕栖旧巢般含而不露，还是"野草夕阳"的俗而不美？东一巷口，隔着一股夕阳的斜晖，渐渐隐去。

（刊于《广西工人报》2018 年 4 月 26 日）

走近曲樟，走近记忆

在一个天气晴好的日子，我忙中偷闲，再一次回到曲樟，重游璋嘉水库，近距离观赏六湖垌风光，重拾儿时记忆。

曲樟是抗日名将陈铭枢的故乡。昔合浦曾属广东省辖，民国期间陈铭枢因北伐成名，凭抗战立威，穷乡僻壤一介客家少年，成长为粤系政要巨擘。陈铭枢戎马一生，军功闪耀、名震中外，却为人严谨，秉持“修身、齐家、治国、平天下”的古训，招揽贤能，提携后辈，统军、治吏、行政、宗教诸方面均有建树，功劳德行令人仰视。其麾下十九路军“大刀队”令日军闻风丧胆、望风披靡，武术教官赖成己号称广州南方五虎，自创南拳套路“南蛇过垌”，经后人发扬光大，现已成为省级非物质文化遗产留传；捐资创办真如书院，延续大廉山下客家书香文脉，培养莘莘学子无数；晚年在统一战线颇有贡献。先生诚心向善，发起成立佛教协会，担任《现代佛学》社长，子辈起名皆嵌佛字，可见其佛缘深厚。惜乎其命途坎坷，竟抑郁终老，不免令人唏嘘感慨。

我少年时曾求学于真如书院数载，听将军传奇故事长大，闻将军尚武英雄而励志。校舍青砖、琉璃瓦、苔藓、枯藤，图书馆灰墙缝隙斑驳陆离，窗外凤凰树红云盖顶，蝉鸣声声，学子们汗流浃背，读书声响成一片……彼时，肉食难觅，粗粮果腹，到了夏季周末、假日，曲樟一带山岭野果熟得透亮，便是我等顽童呼朋唤友跋山涉水大显身手之时。山棯和萝芒等，一捡一大兜，只吃得满嘴乌黄，牙齿发酸，眼见日影西斜，山风暗涌，才择路而归……

本人虽少肉食，心中却始终对曲樟的“山猪肉”颇有好感。记得真如书院饭堂里曾有一位曲樟璋嘉“铭”字辈陈氏大厨，所做扣肉香、酥、爽俱佳，刀功尤其了得，切成薄如蝉翼的一片片，看着便赏心悦目，让学子们馋涎欲滴，望眼欲穿。这大约是因为儿时偶然才得尝试，自此唇齿留香，回忆挥之不去的缘故吧。

曲樟交通闭塞，也正因此，至今还保存有部分完整的客家特色城墙和围垄屋民居。乡村素净，没有酒楼茶肆扰耳，只见黛青隐行，红墙出没，江水九曲回环，青翠时时扑面而来……

曲樟在烦躁的时代，能安静如此，实属难得。

（刊于2015年5月27日《北海日报》第七版：人文）

沙画银滩

“普通的一捧黄沙，是儿时沙雕城堡的原料，到了沙画大师手中，变成了金沙，成了一幅幅精美画作。”——受着这诱惑，我特地来到银滩景区观看了沙画老师的神奇表演。

中国有着深远的沙画历史，据传是由民间艺人汲取“景泰蓝”艺术的古老精华而创造出的手工作品，手法各异，原料亦有不同，多用金丝及天然的彩色沙石和树皮制作，纯手工与现代工艺技术相结合，融合了国画的渲染、油画的厚重等精髓于一体。作品突破传统窠臼，脱离了普通工艺品的范畴，新颖独特、色彩绚丽、栩栩如生、高雅华贵，富有东方神韵，又呈现代风采，在传统中兼具现代感，别具一格。

沙画与油画、国画各有所长，创作手法更易掌握。但显然此画非彼“画”。现场表演沙画艺术时，仅借用一块底部透明的胶硬板，利用光漫反射原理，心随指动，意催画走。灯光下，一掬细沙、一双妙手，将绘画与雕刻完美结合，仿佛指缝里漏下的不是简单的沙子，而是让人惊叹不已的岁月流金，每粒沙子都充溢着坛祭仪式的祝福。再配合优美的背景音乐，通过幻灯装置让美术由静态艺术变成动态的表演呈现，沙子瞬间万变，惟妙惟肖，形式变化万千，视觉效果奇妙，使沙画更富生命力，现场观众随着大师的表演进入梦幻般的感觉和前所未有的视觉享受。沙画恰到好处的动感演绎，符合了现代城市人群对异地风情，对别处人文快速了解、欣赏的“猎奇”心理。

沙画题材无限，从古典诗词到景区景点推介，画面的不断变换到最后公司LOGO或产品形象，创意独特，效果神奇，让人充满遐想。

十里银滩素有“天下第一滩”美称，其特点是“滩长、沙白、水净、浪软”，尤其满地晶莹剔透的沙子是银滩景区最具标志性的物品，其观感、质地天生超凡脱俗，数量胜人一筹，别家纵心有戚戚，难以复制。可惜景区自开放以来，悠悠云天，匆匆过影，守着这一片海，结下了这片缘，却始终局限于嬉水游戏，浪过无痕，无法因地制宜进行建设升华，绽放出大浪淘沙的幻化之美，让游人真正融入其中，深度体验这片无与伦比的大自然馈赠。

沙画，画沙？当一把把银色沙子，迎着温婉的朝阳扬起一阵阵微尘时，海面上跳跃着走来新鲜活泼的生命——无数的尝试总是酝酿着出人意料的可能。

“风吹来的沙，穿过所有的记忆，谁都知道我在等你……”何时始，谁人能出奇思妙想，让银色的沙子羽化成蝶，给我们一个活灵活现的银滩？或许，沙画会带来意外之喜！

（刊于2016年12月13日《北海日报》第七版：南珠）

南漮风景冠岭西

南漮古称南湾，当地人称南漮。它位于广西北海南端，闹市西区，古廉州六大天然古珠池之青婴池海域附近，“面对浩渺的北部湾，背靠巍峨的冠头岭”。

《廉州府志》（卷十四）载：“广东海道自廉州冠头岭前海发舟。”据考证，志文中“前海”即今南漮港——前海深渊无礁，背后冠头岭阻风挡浪，乃天然良港也。相传冠岭山势从泰山龙脉向南迤逦而来，经五岭蜿蜒而至，余脉悄然入水。临海一面有海蚀陡岩，错落别致，千姿百态，岩上别有幽洞，深不可测，村人以为“龙回首”。史记汉代伏波将军马援曾在此大造船舰，远征交趾，南漮因之开始有人烟。

明成祖年间，朝廷解除海禁，遣郑和下西洋播撒天恩，历朝孱弱的海外贸易得已逐渐恢复。至永乐年间，随着前海鱼货交换频繁，海陆集散忙碌，居民渐多，村落成形，为与涠洲南湾区别，遂称南漮。惜清顺治以降，朝廷连发迁海令，几度反复。南漮居民时而空室内迁，船舶绝迹，片帆不见，山海荒凉；时而海禁渐除，四方民众迤逦迁来，张屋、黄屋、上高埠、中间埠、下底埠“五境”不日遂成，人气重聚，商埠渐立，清廷谓之“古里寨”，设南康珠场巡检司代治海防。

南澫依山傍海，景色秀丽，一为“冠岭览胜”，极目远眺，海天尽舒，又有“海涯双涛”，潮浪拍岩，震天巨响，林海绿涛，汹涌而来，“北海八景”果然名不虚传。登斯山顶也，“则有心旷神怡，把酒临风，其喜洋洋者矣”，万顷海涛，山风阵阵，纵乡间匹夫，竟隐有宋范仲淹之感受。而或夕阳西下，霞光万丈，波光粼粼，山道弯弯，人影幢幢，市民安步当车，或车或步，搅动得偌大一阵无声无息。自冠山海欢乐海岸以西，城市的喧嚣纷扰仿佛从此一刀两断，渐行渐隐，让人恍如隔世。回望山景，情难自抑，诸般不实念头渐渐融入一片薄雾轻云，如梦如幻。

某个春光明媚的周末，我们几个“中年”老同学偷得浮生半日闲，相约聚会于南澫村边冠岭山脚，非为东施效颦抒发浅薄的都市小资情结，只为偶尔“劳其筋骨”“空乏其身”，最好能松散出一身臭汗来，如此，万事方休。那么，我们是不屑于跟随大众顺着阳光正道亦步亦趋爬上山的，那就专拣山径崎岖偏僻处走吧。脚下踩着散发泥土气息的碎石子路，两旁是傍山而生不事招摇的青翠松林，间杂长着许多不知名的野花异草，山势回环，海平面若隐若现，视野随着步步登高而渐渐开阔。

咦，这里居然有一堆牛粪！几个人东翻西找瞬间像突然发现一只大头蟋蟀的顽童，团聚一起，不嫌其味，啧啧有声，一直以为，城市进化的车轮，已势不可挡地碾压过所有的青春年少，任你清水长濯也不可幸免，童真只有留在心底品尝，可是这里竟然还有一堆牛粪！那一撮明显来自山间青草的新鲜气息任谁都无法抹掉，原始、生态、自然，大约说的就是这个味了吧。

在长年累月的平凡日子里，冠头岭迎风长成一面鼓胀的帆，他留住了西南季风带来的暖湿气流，滋润着山上村里的一草一木；他挡住了来自西太平洋的台风肆虐，给南澫村民撑起一片晴空。只求付出，不求索取，这，就是冠头岭给予南澫村民多年真心守护的忠实回报。唯其简单之极，自然之至，没有丝毫唐突之感。

北海三面环海，长白洁净的沙滩自廉州湾发迹，穿过外沙岛向冠头岭突兀而来，沿着大墩海来到银滩，再朝大冠沙奔去。这几十里无边无际的沙滩，从来就是一脉相承，她孕育了冠头岭的清新秀逸，成就了城市稀缺的绿肺之源，也培育了金海湾红树林海洋卫士。冠头岭“穹隆如冠”，有“三廉海门”之称。主峰望楼岭四周小岭星罗棋布，植被繁茂，是鹦鹉、八哥、珊瑚鸟、百灵鸟等鸟类的天堂，为南来北往的多种珍贵候鸟提供了过境栖息地。据监测资料显示，北海是国内迁徙猛禽、候鸟最多的地区，数量和种类居全国之首。2014 年 10 月，国际动物保护机构筹办的第一届“赏鹰节”便在这里举行。

长期以来南澫村民半农半渔半商，既建有武帝庙驱邪避恶，极力尊崇关帝爷义气千秋、忠贞不贰之仁勇神威，又敬奉三婆佑护商贾渔农，也广受龙王观音神祇庇护安居乐业。南澫沿海滩涂纵横交错，基岩袒露，海石崎岖，大王滩、二王滩、三王滩依次罗列，利于打造向海景观景点；其人文史迹交相显摆，民俗价值历久弥新，可顺势建成特色风情街区，受经济利益驱动，南澫村民“靠山吃山，靠海吃海”。冠岭山门旁边，一棵硕大如盖榕树下，南澫黄氏村妇开有一间露天小店，兼顾租车、冷饮、烧烤一家大小五口轮流守望，收入可观，怡然自得。其他村民眼见得旅游业方兴未艾，来不及细斟慢酌，量力而行土法上马，乡间民宿随处可见，遍地开花。另有眼光犀利者，迫不及待地合力于海边风水聚集处觅得一块奇石，丑行怪状，嶙峋变样，于是上刻“海枯石烂”数个大字，倚为海景婚纱照背景，顿时引得老少情侣蜂拥而上，取其“海枯石烂，永不变心”之意。

为更好地挖掘历史，整合资源，有关部门不遗余力开展工作。大张旗鼓开发的冠岭旅游综合体规划总投资超过 12 亿元，包括滨海酒吧街、游艇俱乐部等项目，其中冠岭山庄主楼将按五星级标准打造高端滨海度假酒店。银滩东区以“中信国安·北海第一城”这个超大体量的综合服务类项目为龙头形成涵盖文化、旅游、金融和商贸、娱乐的大型旅游目的地。大墩海以西有冠岭旅游综合体及其配套项目，以海洋主题公园和邮轮母港、宗教特色产业为主，通过银滩中区和侨港风情小镇将两者有机连接起来，彼此遥相呼应，滨海景观大道沿线将会呈现出令人惊讶的全景视听效果，一席饕餮旅游盛筵正向我们徐徐走来，有力构建起北海全域旅游新格局。

南澫早年曾因鱼货集市兴旺被誉为“北海第一村”，岁月流转，世事变迁，假以时日，南澫必将从寂静的海边小渔村升级为滨海休闲度假典范。诗云：

春暖花开携与游，鸟鸣啁啾山连天。
可怜冠岭流下村，无奈潮头海平线。
百年历史涵珠光，一朝发展变景观。
尔来明月松间照，惊涛声闻十里滩。

不曾老去的乡村

乡村老去似乎是一种不可阻挡的趋势。

其实乡村也有梦，它总是梦见铁马冰河或一马平川，也许还会梦见关山难越筚路蓝缕车水马龙灯红酒绿，可它还是无法抑制地逐渐老去。就像村边那口池塘，慢慢混浊、干涸，以至枯竭；也像村口那棵老树，一点点枯萎，一片片落叶，最终零落成泥碾作土……

那么，乡村是从什么时候开始老去的呢？

这得从实行家庭联产承包责任制即乡人惯称的分田到户开始说起。从 20 世纪 70 年代踉跄着走过来的乡人大概都记得，饥饿好像已经慢慢变得不那么可怕，因为当时屋后背山上有着无穷无尽的野果，沟里有游来游去的小鱼小虾，田头还有活蹦乱跳的青蛙……农家肥浇灌的庄稼虽然产量不高，加上粗粮小米，薯菇瓜菜，足以养活家人矣。小孩无知，不明白大人们对温饱生活的诸多展望。如果能够在闷热焦躁的夏天，顺着萤火虫尾部发出的微弱光芒去追捕鸣蝉，或者点着煤油灯相跟着踩过黑黢黢的田塍去上晚自习，半路上被身后吹来的阵阵阴风吓得毛骨悚然心惊胆战，这一切的一切都那么令人欢呼雀跃，兴致勃勃。

间或邻村之间孩童闹矛盾，则常以“飞”石头仗作为回敬对方的通例，你可主动挑起，也可被动应战。最终鼻青脸肿也好，眼角乌黑也罢，都是自找的，总之没胜者，也没输家，所以只能独自忍受。但好了伤疤忘了痛，过后一样重蹈覆辙依然故我，坡间田垌彼此征战不休，令父母们无可奈何却也没人横加干涉——老子辛苦一天累得贼死才勉强果腹，小屁孩们玩玩罢了，只要不出人命，鬼才有兴致去操心那些芝麻绿豆事，有那闲工夫，还不如聚拢一堆“拍”两局“天九”，或“煲”两筒水烟“粥”来得过瘾！女人家这时能弄啥？干脆摇着葵扇，坐在树荫下，好一番东家长西家短，扯起来真个是没完没了……

童年的夜晚，总是有着许多不可捉摸的惊喜。碰到季节、天气适宜的话，趁着闪烁的星光去“罩”（用手电筒之类光源照定猎物后趁机捕捉之意）青蛙，则是所有乡村孩童的最爱。无论你是否家有存粮还是家徒四壁，偶尔饱餐一顿葱花青蛙粥或姜丝爆炒青蛙肉的滋味都让人无法拒绝，至今想起来，还一样令人垂涎欲滴舌头咂巴有声。

那时节，种植庄稼的常用之物是农家肥配氨水，闻之欲呕，肥力不敢恭维，对庄稼生长效果不大，反倒利于害虫繁殖。害虫多了，青蛙相应也多，嘴馋的乡人于是循声而去……刹那间，虫鸣蛙应，人声鼎沸，生生将好端端一个夏夜吵成一团糨糊。大人小孩都眼巴巴地期待着出征者满载而归后的饕餮大餐！星光点点，夜风习习，村口禾坪上的龙门阵甚至可以一直摆到子夜不散。

若干年后，当远离故土和童年的乡人，孤独地站在表面热闹繁华的城市中央，靠回忆过去抚慰千疮百孔的前程人生时，大伙不约而同地发现，儿时那热得汗流浃背的乡村夏夜竟是最令人怀念的时刻！

至若村旁一条人工水利灌渠，连接六湖洞樟嘉水库，流水沿大廉垌山脉山脚一直走走停停，到得坡斜转弯处竟平添几许潺潺之意。大人们劳作之余，带着一身汗臭，傍晚歇工回来，皆胡乱撂倒家什农具，“扑通”跳进灌渠大洗特洗一番，一天的欢喜也便水花四溅，随波逐流。其中就有一个顽皮女孩，瞅瞅四下无人，也学男孩偷偷玩水，不幸给水蛭顺着裤脚而上爬入身体，惊慌中拉拉扯扯断了一截，血淋淋吓得面无人色，哭哭啼啼跑回家去，听说后来整整吃了一罐蜂蜜才逼出那半截水蛭。从此，那女孩再也不敢以身试水了。其他村人再有戏水念头，也便战战兢兢、东张西望，仿佛那条滑溜蠕动的水蛭无处不在，浑然没有了往日快意。

忽然有一天，为了提高作物亩产量（当然，这已经跟某一时期不着边际的虚夸吹牛截然不同），人们普遍习惯了采用进口化肥尿素农药等化学药品“催产”，农作物产量就像雨后的竹笋节节拔高，不料害虫却不减反增。曾几何时，“猪快长”使农家人欢天喜地发家致富，随着激素、抗生素泛滥而用，后果是植物异化动物变味，家禽家畜出栏时间大大推前，禽畜肉食味同嚼蜡，菜蔬果实今不如昔大相径庭。不知不觉间，萤火虫没有了，青蛙不见了，夜空貌似璀璨如昨，难免逐渐老去，少有当年野趣了，此情此景不免令人黯然神伤。惜乎乡人发觉情况不妙，试图悬崖勒马做出改变时，已经覆水难收无法回到从前了——老去的何止是乡村，其实还有我们曾经单纯而欢乐的童年。

所幸，乡人不需等待太久，一夜之间，“美丽乡村”中国梦如春风拂开了“天常蓝、水常清、树常绿、地常净”的美好家园愿景，为淳朴善良的乡人带来了“天蓝、地绿、水净、心宽”的民生期许。放眼望去，大廉山绿染山峦，六湖垌碧波荡漾，可感知、可评价的“美丽中国”蓝图在合浦客乡慢慢展现出温暖感人的人文之美。

当四方游人从城市冰冷灰暗的钢筋混凝土丛林中突围而出，历史文化底蕴深厚的珠乡大地上生态旅游之花遍地盛开，客家特色民居家喻户晓，涠洲火山海岛民宿名声在外，成为他们体验乡村民俗，流连忘返的最爱。

当曾经老去的乡村终于将所有的不幸沉淀过滤透彻，当澄澈的夜空重现闪闪星光之时，一个崭新的生态人文家园，正向乡人款款走来……

古郡汉风丝路缘

合浦汉墓博物馆不仅藏有大量中土文物，里间珍稀串珠、琥珀等隐有波斯及古希腊“舶来”风格，记载着中国自汉代以来因海洋航运商贸而远涉东非、红海沿岸，溯及地中海周边国家的蛛丝马迹。西安是中国汉文化发祥地，也是古欧亚大陆丝绸之路跨国商贸始发点。两地远隔千山万水，气候迥异，习性有别，却缘牵丝路，源远流长。

话说秦朝始皇雄才大略，借灵渠开凿之便，遣大军从汉水经湘江，顺漓江、南流江而下，征战南蛮之地，从此百越归服。汉代灭南越而置郡合浦辖治此处。2000 年前，汉王室为借散播皇恩而将天朝“虚荣”炫耀四海，暗为搜寻奇珍异宝而去，遂遣使吏试探着从合浦乾江古港等港口顺流而发，越拓越宽、渐航渐远。商海泛舟，海路辗转，无意中竟成就一条万古留名之海上“通路”。丝绸为媒，瓷器为介，中华文化得以另辟蹊径，与域外文明水乳交融，和生共长，从此海洋商贸故事潜滋暗长，数不胜数。

漫步珠郡古城，随处可见古迹遗物。东坡亭、海角亭各居一隅，大浪古城、草鞋村汉窑及近代西洋建筑斑驳陆离，南流江两岸古巷幽幽，汉音呢喃……犹如蒙太奇镜头，将历史的无奈与古合浦郡的沉浮起落拉得忽远忽近忽明忽暗似梦还真。依稀可见“南珠之乡”曾经沿袭汉风南渐，凭借中原古风一脉相承，吹散了南蛮愚昧，吹响了向海洋进军的号角。可谓几许辛酸历史，多少不平凡！

马年初秋，北海市大型历史舞剧《碧海丝路》在西安索菲特人民大厦倾情演绎。古代海上丝绸之路爱情故事情节优美感人，赢得高度赞誉，引来陕西客人千里造访北海。羊年时节，多位书画名家齐聚北海采风，创作海上丝绸之路始发港系列美术作品；“感知海丝路”网络媒体云集合浦汉墓博物馆，近距离感受中原汉族与南越文化交流的历史盛况；多国驻华外交官联袂访问北海，“重走丝绸之路”；北海作家采风团伴乍起秋风，从合浦汉墓博物馆开启探寻古丝路变迁之旅……

往事如烟，世事迷离。丝绸之路曲曲折折，翻云覆雨，大起大落，屡让世人于习焉不察间对古中国周礼已成、秦朝一统江山以及汉唐文化普照华夏、商业辉煌光映世界的历史事实有了更为直观、可信的认识。

可惜寻常大陆文化拷问方式，往往只停留在思考地域文明的出处，讲究徐而图之，感而化之，不甚重视文明建立后何去何从。是故步自封，从此闭关锁国？还是卧薪尝胆励精图治，开拓无限的生存之路？史海钩沉，点滴可窥全豹。不幸明清以后，历代帝王面对大海远洋的呼唤，兀自紧守着天朝自大情结闭关锁国，对“化外之境”日新月异的剧变无动于衷，以致民族自尊一度被西方列强掀起的巨浪拍得粉碎，颜面无存。

“天下大事，浩浩荡荡，顺之者昌，逆之者亡。”溯本方可追源，拨云才能见日。重拾中华文化自信，重建华夏民族辉煌。

“来自东方古老又现代的作品”——《碧海丝路》，如一缕散发着脉脉温馨的中华玫瑰，走南洋，穿印度洋，过红海，巡演欧洲，香远益清。它用文化传播友谊，在剧场外搭建起了一座民间交流的桥梁，向世界娓娓讲述着谁都听得懂的“中国故事”，以此高调展现中华传统文化的迷人魅力，以潜移默化的方式收获着五湖四海的文化认同。古代海上丝绸之路故事重新演绎，犹如凤凰涅槃，宣示着五千年东方文明古国新型价值观的浴血重生。正是：

征途未有穷尽时，
劈波斩浪比耐力。
蓝海新篇展辉煌，
丝路繁华映历史。

三游星岛湖

羊年春节期间，突然间冒起了去一趟星岛湖看看的念头。

我第一次去星岛湖是在 20 世纪 90 年代初。那时刚毕业参加工作，星岛湖乡还没设立，听说位于合浦县西北部 24 公里处，该地属沙岗镇与乌家镇交杂地界，有座横跨钦州、北海两市三县的洪潮江水库，风景优美，几个人兴冲冲就出发了。骑的是单车，走的是黄泥土路，临近库区时，还有一段窄小曲折的乡村水泥路，让人讶异非常，后来才知这是专为水库周边畅通而修。315 国道上不时有客货汽车驶过，卷起一片尘土飞扬，但转入黄泥土路后车就少多了。路两边杂树生花，空气中有一种在集市里难得一见的清新，倒也别有风味。我们几个同学，还有同学的同学，都是 20 出头的愣头青，精力旺盛，你追我赶，足下发力，单车轻快地向前滑行，一路前进，毫不费力。

当夜，我们决定露宿在星岛湖山坡上。

吃过随身所带的简单食物，寻个合适的地方，把松树枝（当时满山松树，现在全是速生桉林）一拉一扯一折一绑，摊开席子、挂好蚊帐，野外床铺眨眼就成。山上凉风习习，天上星光点点，我们点着蜡烛打了一通“升级”，输的人要挂夹子。没几个回合，个个的耳朵都已被夹子夹得通红，困意也来了，战斗力普遍下降。输家纵使不服，可无心再战，无奈罢休。牌一扔，四脚朝天躺下去，不一会儿，呼噜声大作，酣然入梦。睡到半夜，感到脚跟一痛一惊一乍，朦胧中伸手一拍，沾了满手汁液，点着打火机一看，全是血！第一反应是给蛇咬了，顿时惊醒，爬起来东寻西找，不见丝毫中毒的迹象，原来是睡熟后不知谁的脚乱蹬乱踢，啥时把蚊帐搞开了一个大口。臭脚气味如同琼浆玉液，蜘蛛般大小的花脚山蚊闻风而至，扑上就咬，人人不能幸免。我赶忙点着蜡烛，扯实蚊帐，东拍西打，妄图挽狂澜于未倒。谁知山蚊不仅大而毒，个个反应灵敏，哪里能被轻易收拾！只听得一声声清脆的“啪啪”声在夜间传得老远老远。可怜哥儿几个嘴角流涎，兀自睡得七荤八素，我却睡意全消，睁大一双眼睛，恍惚挨到天亮。这次星岛湖之行，除腿上收获了几只大疔疱外，一无所获。

第二次去大约是在 1995 年 1 月 18 日星岛湖建乡后。当时中央电视台剧组选定了洪潮水库库区作为《水浒传》连续剧的外景拍摄基地。政府斥巨资将库区按剧组要求改建成梁山水泊模样，改名星岛湖。水浒电视剧啊、央视媒体啊，等等都是很能吸引人眼球的噱头。我们就日盼夜盼地憧憬着央视的到来能给星岛湖带来脱胎换骨的变化。

我再次吃力地爬上水库那个不算太陡的斜坡，到得库区山门，唯见门前冷落。来既来了，就想是否能上岛瞧瞧梁山好汉风采。四顾巡回，却无船可坐，只好“深情”地远眺湖中水寨，略补遗憾。涌金门那边似乎人影幢幢，不知聚义堂鼓上蚤时迁的影子是否还在？最后恍恍惚惚回到宿舍时，已近晚上 10 点。

那一次星岛湖之行，实在让我记忆犹新。

时隔多年，我依然对星岛湖念念不忘。大大小小有着 1026 个岛屿，宛如一颗颗璀璨的星星撒落在方圆 600 平方公里的绿水碧波上，库区的自然景观和人文景观融为一体。我辈屡次来此，山还是那座山，水却不是当年的那汪水了。山风阵阵，多希望有朝一日，星岛湖能如愿开发打造成一个迷人的景区啊！

到得 21 世纪初期，沉寂多年的星岛湖，瑰丽多姿的山水风光，迷人的南国风情，幸被山东皮划艇队开辟为冬训基地，终于人气渐聚。如今，景区经过多年的建设，基础设施、服务设施和游乐设施等日趋完善，景区品位、知名度不断提升，被定位为自治区级旅游度假区，水利部授予“国家水利风景区”称号。2016 年 3 月，星岛湖如期撤乡改镇，巧借合浦创建特色旅游名县的东风，山乡巨变将不会远了吧！

真心盼望能有机会怀着好心情四上星岛湖，更盼望着，星光璀璨的清清湖水真正为美丽山村、为百姓富足带来福音。

南康天波府

——千年南康系列之一

古色古香的南康天波府传为地方绅士纪念杨家将而建，现存建筑为明代重修，彩门楹联，小巧别致，坐落在杂粮行，正殿三间，后院有东西廊房三间，屋内雕龙画凤，金碧辉煌。

据史书记载，杨家满门忠烈，历经六朝天子（太祖、太宗、真宗、仁宗、英宗、神宗），不分男女，皆为北宋柱石之臣。开封城杨家庙邸，名曰“孝严寺”，乃太宗赐名，由杨家府衙，杨家花园，演兵场三部分组成，其主体建筑“清风无佞天波滴水楼”尤为壮观。

话说当年宋太祖赵匡胤定下重文轻武基本国策，“杯酒释兵权”后，宋朝一时文风大盛，国势却因此积弱不振，屡遭外族侵凌而无力抵抗。杨家身负抗辽大任，一样难逃奸臣迫害，数次险遭抄家灭门，所幸忠贞之士鼎力护持，才使代代相续。最终五代孙杨怀玉因不堪凌辱，举家归隐太行，躬耕田野。呜呼，君主昏庸，奸臣当道，武将竟需仰仗文臣才能苟活存世！这咄咄怪事却无损杨家历代英名，杨家将故事广传后世，影响之大，古今罕见。

其后，千余年间，天波府历经多次毁复，至民国废于日军战火。建国初期，天波府一片荒凉，湮没于乱石瓦砾之中，渐于民间生根发芽，四处仿建。

南康地处偏僻，与中原不啻万里之遥，竟然也隐有一座天波府第？难道在历朝历代当权者你方唱罢我登台的纷扰争夺中，在江山龙椅反复变更主人的漫长岁月里，辗转千里迁来此间居住、繁衍生息的原汉民之中，也有杨老令公的子嗣后代？南康当地流传一种语言叫“军话”，晦涩难懂，无迹而循，莫非真是由古代令公部下军旅方言流变而来？难道，此处居民先祖虽处江湖之远，于乱世之中还能心存报国之志，时时以杨老令公事迹激励，想要寻机为国分忧？可为何，这天波府一旦蜗居民间之后，犹如龙归大海虎隐山林，就此埋没千年?!

不管怎么说，2000 年以来，南康镇文物古迹交相辉映，乡村综合经济田园体四处开花，由此荣获第一批广西历史文化名镇称号，并昂首入围中国首批特色小镇名单，天波府等古遗迹可谓居功至伟。想必杨家将风采重现之日，应是南康经济超常跨越发展之时。

南康天波府，一处让人不得不浮想联翩的历史文物。

（收录于《千年南康》）

薯苗行古井

——千年南康系列之二

薯苗行古井是南康老街四大古井之一，隐身在一个偏僻而寂静的角落。

我们循着行人的指点，穿过解放路老街骑楼群，沿着一条狭窄的弯曲的水泥小路前行。小路右边是一条早已淤塞的小沟渠，据说是南康江的分叉。沟里杂树乱花，旁逸斜出，难得听到几声流水潺潺。想当年南康江直通大海时，海水经常漫延而上，气势肯定蔚为壮观，海鲜必也不少。那么，往昔宁静的乡村岁月里，不时跳起的鱼虾，是否会惊吓了在青石板叠成的浣洗台上轻歌，浑身泛着健康肤色的少女娇娘？

小路左边是一排参差不齐的农家院子，偶尔还会有一段破败的老式黄砂石墙，不甘心地豁拉着许多大小不一的口子。有人在断墙里面的空地上种上菜疏，也有让它好端端空着的，野花异草趁四下无人寻隙攀爬而上，将一片盛夏染得七零八乱。我用手摸着裸露着砂石的墙体，结实得很。

这就是薯苗行古井吗？我们绕过方砖灰砂砌成的老旧井台，径直走了进去，只瞧见四方形的井壁黑黢黢地向下延伸，井口四周长满蕨类植物。据介绍，这是南康镇最早的水井，至今还能使用，而且井水有生津、清凉之效。不说其他，单说“最早”之谓，我至少是很不以为然的。南康历史该有多长，此井年纪又有多大？难道此前古人从不挖井汲水？难道先人吃水都是从远处驮来或是干等天水？

南康老街位列北海八大特色街区之一，其历史文化渊源可追溯到汉代以前，最早见于“公元前 223 年间，秦平定南越后，当时大批移民（主要是中原汉人）南迁到南康这一带，成为这里最早的居民”。唐朝末年，各地诸侯混战不断，士兵南征北战，一支残兵剩勇散落南康境内，为远离战乱，于是“卸甲归田、开荒垦土，日出而作、日落而息，乡村群落渐渐出现……”因为南康“水路交通便利，从公元 972 年起，就成为船货交换的集散地并形成圩镇”，直到清末民国时期，此地贸易更加发达，商号云集，人烟密匝，一条西式南洋风格的老街顺势而成，共有“历史文物保护单位 16 处，文物点 93 处”，“骑楼街”从此声名远扬。在这漫漫的时间长河里，居民饮水，牲畜喝水，士卒征战，商旅官迁，日常生活里，似乎“水井”已经必不可少吧！那么，薯苗行古井还是不依不饶地被冠以“最早”，至今仍散发出古朴魅力，而赢得世人瞩目。

放眼四周，薯苗行古井斜对面还建有一个社王祭台，大榕树下香烛缭绕，清风徐徐……

（刊于 2020 年 3 月 24 日《北海晚报》，收录于《千年南康》）

南康冼太庙源远流长

——千年南康系列之三

茂名之人名乃东晋道士潘茂名，传说他一生行医济世，乐善好施，“好心”精神流传后世；茂名之地名起用于隋朝开皇年间，唐贞观改设潘州，皆为后人怀念潘茂名恩泽而立。巧的是，被誉为“中国巾帼英雄第一人”的岭南百越俚族首领冼夫人，历经梁陈隋三朝，其座右铭“我事三代主，唯用一好心”，志在安邦抚民，经略海疆，情系民族团结，国家统一，与道士潘茂名信仰相合，如出一辙。

合浦与茂名（古属高凉郡）渊源颇深。汉武帝元鼎六年（公元前 111 年）以来，茂名（古高凉县）乃合浦郡属地。大约三国期间，合浦纳入东吴属治，辖区反而愈小。东汉建安二十五年（220 年），高凉郡（茂名）从合浦郡划分而存。古廉州府位于交广分治接壤，交通地理位置作用渐显。南北朝时期，高凉冼氏俚族势力以高州为中心不断向外扩展，航海贸易财富多由钦、廉诸地中转，达至交趾、海南一带。由此，钦、廉郡属“南蛮”始与岭南百越区域俚族交往频繁。隋唐以后，茂名之名渐渐而来，反复变迁，而冼夫人的英雄事迹，长久地流传在雷廉琼各地民间。

今广西北海南康镇（原属合浦辖区）庙宇众多，除了供奉神灵的三婆庙、三帝庙，老百姓耳熟能详的居然还有一座祀奉高州巾帼英雄冼夫人（512 年农历十一月二十四日—602 年农历一月十八日，讳名英，史称谯国夫人，古代杰出政治家和军事家，被奉为“岭南圣母”）的庙宇——南康冼太庙！目前北海市唯一，别无他号，默默藏栖于南康老街旁边的一条小巷深处。

南康冼太庙红墙灰瓦，门前立着一座“有求必应”香炉，门楣上镌有一副嵌字对联：冼恩浩荡惠百姓，太庙威武普众生。它一边倚着车水马龙的俗世烟火，一头连着荒草丛生的陌路窄巷，仿佛要闹中取静，又似乎割舍不断街市凡尘的繁华闹热，让人不禁生起探究一番其过往来生的好奇心。

据有关资料，冼夫人是高凉俚人，乃梁、陈、隋三朝时期岭南俚族部落首领，一生历经战乱，致力于维护国家统一和民族团结，保障地方安宁，发展社会经济，家风传世，数代接力，为岭南地区持续百年的相对稳定、社会和经济的融合发展做出了杰出贡献，后人为纪念她而兴建了许多冼太庙，遍布马来西亚、新加坡等地。

纵观各地冼太庙，大多数采用砖木结构，红墙绿瓦，斗拱飞檐，装饰华丽，运用彩绘、堆塑、雕刻等艺术形式，表现出浓郁的民族风格和地方风貌。雕刻有十二生肖栏杆、立体龙柱、大门抱鼓、雌雄座狮等。木雕有吉祥屏风、百花落地罩、哼哈守门将、瓦檐裙边、冼夫人座像等。融入了特色民族文化气息的炫彩浮雕和瑰丽壁雕，给人们带来强烈的视觉效果。其中，高州长坡冼太庙年代最早，由冼夫人孙子冯盎（时任隋朝高州太守）所建。高凉岭冼太庙则别具一格，庙正门上方为同治帝手书匾额：“敕封护国慈佑高凉郡主冼太夫人庙”，左右对联为：“慈母本慈心遗爱与高凉万古，佑民兼佑国丰功著纲目三书”。庙内墙壁还镌刻苏东坡即兴所作《题高凉冼庙诗》：“遗民不可问，偻句莫余欺……”

无奈历朝江山更迭间，中原战乱频仍，岭南边地亦在所难免。各地冼太庙皆几度兴废，历经波折，建后毁，毁后建，令人嗟吁。

南康冼太庙“始建年不详，明正德九年（1514 年）重修，原建有正厅、拜亭、前厅，坐北朝南，宽窄有度”。由于年久失修，香火断续，目前被周围民居建筑挤得空间逼仄，老气横秋。

为何偏安一隅的北海南康境内，与高凉山水相隔，居然也建有一间冼太庙？庙既建好，却无端缺少祭祀习俗；或仪式尚在，却少了些隆重威严。这是否与宋末天下大乱，中原汉人数次南迁，流民与岭南俚人再次大规模杂合繁衍，后人因荒避难辗转迁徙到此，又不愿从此与世隔绝，漂泊所到之处，便随地建庙怀念家园有关？或是此地百姓与岭南高凉俚人原本就是一家，古郡黎民倾慕冼夫人于战乱中世代护佑家园之恩德，借此直抒胸臆？可惜，史料记录不详，后人无法猜知其中本源。

随着北海全域旅游示范区创建步伐加快，北海南康镇携深重历史文化底蕴堂皇入选中国首批历史文化特色小镇，诸多往昔破败不堪的历史遗迹大有重见天日之幸。21 世纪以来，在粤琼桂泛珠三角区域合作概念下，南康（北海合浦）与茂名在某种程度上又开始了藕断丝连的诸般联系。

至若许多外地游客因此慕名而来寻访南康冼太庙，争先恐后，虔诚拜谒，香火缭绕，唯恐错过冼夫人播撒福荫。惜乎当今来客话语多以物质寄托为主，几与冼氏后人建庙初衷背道而驰了。嗟乎！

（刊于 2019 年《茂名日报》，获“茂名地方文化研究”征文三等奖，收录于《千年南康》）

特色小镇“标配”

——千年南康系列之四

公元前214年前后，秦灭六国后，于岭南设置桂林、南海、象郡辖治骆越大地。史传当时大批中原汉人为避战乱，南迁移民到南海、象郡交界处定居，南康地名或许由此渐渐而来。约公元前111年（元鼎年间）左右，西汉灭南越，象郡和南海郡分治，合浦郡始立，南康地面由于水路交通便利，中原商贾经此纷至交趾，以米易珠，驿路通衢，集市渐旺。唐代以后，藩镇割据，郡县俱废……明朝在北部湾一带设“珠场八寨”据守沿海，南康寨居中，为珠场巡检司驻地。清道光年间，南康属珠江团南康局。民国期间，抗战烽火连天，南康偏安一隅，茂隆、北国客栈、同和隆等诸多大商号闻风啸聚，人烟日显密稠，船货商贸繁荣。及后，精巧的庙宇、深幽的古井、狭小的街巷，鳞次栉比，渐次组合成为南康街貌的古雅风情，以及沉淀着滨海历史沧桑的“标配”。

纵观南康全貌，解放路南洋风格骑楼一溜排开，街、庙、府、宅等诸多老建筑星罗棋布，以它独具匠心的造型为古镇塑造了一个鲜活的灵魂。19世纪末20世纪初，欧式殖民风格建筑与南洋诸地民俗特色相混合，在传统岭南建筑的基础上加上了流行的仿欧装饰元素，古色古香、线条流畅，从侧面反映出南康商业人文曾经远达南洋西欧，街市繁盛各有迹可循。清朝康熙、乾隆年间，因坊间买卖形成的商业街——鱼巷街至今仍然保留着传统建筑形式：砖木结构，木门木窗，木挑梁，木质楼板，青砖山墙，门口设置敞廊，弧形的檐口天花设计独特，颇为有趣。南康老街偶尔也有青砖式样民居，风格多变，各不相同。这些历史文化街区经历了中国多次风云变迁，刻印着南方商埠城市从街区演变为集市的清晰脉络，表明了南康地域曾经作为古代中国中原与大西南地区货物交易必经之路。

特色小镇南康不但古建筑堂皇有序，蔚为大观，民间非物质文化遗产更有“花灯”“神相”“还福”“社戏”“地戏”等数十种类。农闲时，村邻圩场互相唱戏斗法蔚然成风，令人眼界大开。其中民间神曲“卖鸡调”（俗称“南康调”）风行乡里田间，几乎人人都会哼唱几段。相传此曲从清光绪年间沙塘岭书院调妹、鸡郎凄美的爱情故事演绎而来。曲调主要根据南康白话语腔定音，一般为七字或十一字，押韵，拄尾腔，奏过门，主旋律简单但音调复杂，节奏快慢合适，每小节唱四句或六句，优美动听，富有地方浓郁乡土特色，是不可多得的民间艺术精品。在二胡、扬琴等乐器伴奏下，或团体对唱，或群唱，别具韵味。

徜徉南康老街，也许，老字号风味小吃“叶氏水粑”让你大饱口福，流连忘返；也许，百年“卖鸡调”古曲新唱，流淌着千年古镇的历史回音，会使你感同身受……历经风雨和时代变革的南康古镇，乘着全域旅游的东风，在“美丽乡村”行动的不懈努力下，古代海上丝绸之路的古驿道渐渐焕发无穷生机，乡村综合田园体经济初具规模，特色骑楼街区魅力四射。

（刊于2018年8月31日《北海日报》，获征文优秀奖）

曲婉调俗韵味长

——千年南康系列之五

公元前223年间，秦定南越后，南康古镇因象郡和南海郡分治而设，后归合浦郡辖管，历史超过2200年。中原商贾经此纷至交趾，以米易珠，驿路通衢，集市渐旺。南康地名，寄托了民众祈盼世代和平，生活安好的愿望。

清道光年间，南康被朝廷辟为珠场巡检司驻地，茂隆、北国客栈，广华昌针织厂，同和隆商铺，珍文书店，“又发”黄记副食酱料厂等诸多大商号闻风啸聚，人烟日显密稠，船货商贸繁荣。及后，精巧的庙宇、深幽的古井、狭小的街巷，鳞次栉比，渐次组合成为南康街貌的古雅风情，以及沉淀着滨海历史沧桑的“标配”。

解放路南洋风格骑楼一溜排开，街、庙、府等诸多老旧建筑星罗棋布，以它独具匠心的造型为古镇塑造了一个鲜活的灵魂。19世纪末20世纪初，欧式殖民风格建筑与南洋诸地民俗特色相混合，在传统岭南建筑的基础上加上了流行的仿欧装饰符号，古色古香、线条流畅，从侧面反映出南康商业人文曾经远达南洋西欧，街市繁盛亦是有迹可循。清朝康熙、乾隆年间，因坊间买卖形成的商业街——鱼巷街至今仍然保留着传统建筑形式：砖木结构，木门木窗，木挑梁，木质楼板，青砖山墙，门口设置敞廊，弧形的檐口天花设计独特，颇为有趣。偶尔也有青砖式样民居，风格多变，各有不同。这些历史文化街区不约而同地经历了旧中国多次风云变迁，刻印着南方商埠城市从街区演变为集市的清晰脉络，表明了南康地域曾经作为古代中国中原与大西南地区货物交易必经之路的重要意义——诸侯为此混战不休，却无意中助长了移民集居文化在建筑艺术上的交融再生，历史科考文化价值巨大。

特色小镇南康不但古建筑堂皇有序，蔚为大观，民间非物质文化遗产更有“花灯”“神相”“还福”“社戏”“地戏”等数十个项目。农闲时，村邻圩场互相唱戏斗法蔚然成风，令人眼界大开。其中一首传唱度较高的民曲——“卖鸡调”（俗称“南康调”）风行乡间，几乎人人都会哼唱几段。相传此曲从清光绪年间沙塘岭书院调妹、鸡郎两人凄美的爱情故事演绎而来。调妹因爱无果积疾而别，鸡郎触景情哀，遂自编“卖鸡调”寄托情思。曲调主要根据南康白话语腔定音，一般为七字或十一字，押韵，拄尾腔，奏过门，主旋律简单但音调复杂，节奏快慢合适，每小节唱四句或六句，衬词为“啊啊啊呀……”等，优美动听，富有地方浓郁乡土特色，男女老少咸宜，家喻户晓，是不可多得的民间艺术精品。该曲过去由一人拿折扇演唱或一人自用竹板演唱，后来增加二胡、扬琴等乐器伴奏，并发展成对唱，群唱或伴舞等形式，内容堪称珠乡版“孔雀东南飞”，委婉柔美，别具韵味，流传百年，屡听不厌。

历经风雨和时代变革的南康古镇，既可探古思幽，民宿、民俗、美食三不误，又能集观光、游玩、休闲、健身于一体。乘着方兴未艾的全域旅游的东风，沿着古代海上丝绸之路的通道，也许，老字号风味小吃“叶氏水粄”让你大饱口福，流连忘返；也许，民曲“卖鸡调”古调新唱会使你感同身受，近距离领略到千年古镇百年小调的独特魅力。

（收录于《千年南康》）

西村古寨武刀墩

福成镇西村与北海大冠沙盐场隔着一个港湾，那港称为西村港，那湾冠名金海湾。港是因村而名，或者是古村因港而显，村里老人无法说清楚，似乎也不必搞清一个所以然来。

我曾经数次出入西村地界，竹林盐场偌大一片盐田就是西村当年村场所在。在20世纪60年代末，合浦举全县之力围海造田，竹林与西村边壤盐场凭空而成。从此，白花花的盐碱让此间居民脸上笑开了花。可惜好景不长，随着食盐市场逐步放开，原盐生产日渐式微，起初是出了优质原盐卖不了好价钱，后来是因为设备落后没能力将原盐加工成食用精盐，初级产品照样是有货没市场……每次走过密密麻麻，细如阡陌般的盐田工区小道，不时看见一长溜开着黄花的仙人掌孑孑而立，几株不知名的野花在海风的吹拂中抖动。遗憾的是，我那时还不知道有武刀墩这个地名，更无从考证它的历史典故。

丁酉年某天，一群古皖大地的作家同行远道而来，他们对闹市的五彩缤纷丝毫不感兴趣，异口同声地说要去看看本地海边人究竟如何“揾”食！思来想去，离市区最近而又较有原始“海味”的地方只对西村港一带较为熟悉，于是便“勉为其难”地带着他们吆五喝六地来到西村港采风。车甫停稳，一大帮老少男女文人便争先恐后挤下车来，迫不及待地挽着高高的裤脚，一起越过盐场不甚陡峭的防浪堤口，顺着浅海滩涂走出数里之遥，去体验渔民挖螺耙海，看渔夫插箔起网，大呼小叫声此起彼伏。彼时经过的防浪堤口恰与武刀墩毗连，可惜当时我们施施然走过路过，居然“无知”地与武刀墩擦肩而过了。这帮内地作家都是惯居城市高楼大厦的“山佬”，乍然见到海水海景，哪里受得了这蔚蓝色的致命诱惑，人一下子疯了一般，风乎舞雩，兴高采烈，叽叽喳喳，恨不得就此跳进海里来一次亲密接触，甚至永不离开。有几位美女作家兴头上来，便缠着要我这个半拉子“摄影师”帮忙拍照留念，在无数次快门的响动声里，美女作家们仪态万千，容光焕发，笑声抖落一方海面。

有几次，趁工作之便，我曾经冒失地站在武刀墩旁边的沟渠上，看着不远处沙墩长势茂盛的一片速生桉树林，树林里农家乐炊烟袅袅，人影绰绰，鸡鸣狗吠，流水潺潺地穿过荒草丛生的堤坝涵洞，流经海湾，流向大海更远处……

据查，武刀寨是明洪武元年廉州府奉旨而建的珠场八大海寨之一，隶属于营盘白龙卫所。为了抵御倭寇入侵、看守珠池，官府明令海寨附近不能插箔围网（清道光·张堉春·《廉州府志》：武刀寨至龙潭、至杨梅池十五里守军十一名，本寨沙尾有箔五所俱在，池不可插）；为了秋夏季节汛期防范，还设有武刀汛。武刀寨旧址地势高出周围一大截，正是武刀墩所在。传说某年台风季节，罕见的狂潮巨浪上涌，西村良田屋舍被淹没无数，村民避无可避，仓皇栖身其上，幸而躲过一劫。村民劫后余生，都以为武刀墩乃神佑之所。

西村人至今还固执地说着一种发音奇怪的语言——波米话。初听觉得类同闽南话和雷州半岛黎族口音，细听之下却又混沌不清晦涩难懂，茫茫然不知所措。经有心人考证，西村村民或许是秦汉时期北方汉民随军迁徙而来，与闽南渔民和百越土著通婚杂交繁衍。村民先祖在历史变迁的过程中不断融合了雷州府俚人和沿海疍家血统，后人不知何故忽然远离闹市，与世隔绝，风俗习惯与周边村落语言陡呈断崖式差异，祖辈相传而与汉民口音迥然不同的语言因此得以顽固地保存了下来。西村人或许遗传了武刀军寨好勇斗狠的基因，男子皆孔武有力，善游会水；女子皆赶海耙螺，样样精通。

西村港沙虫个大味甜，是西村人致富发家的“秘密武器”。海滩上还有许多模样呆萌的招潮蟹，时不时张着一把把吓唬人的大螯横冲直撞，肆意妄为。西村港大桥如期开通后，滨海大道将从银滩景区越过金海湾生态保护区而来，西村亲海景观顺势与全市交通完美对接，水乳交融，西村人的日子必将越过越红火。

武刀墩，是西村港的地理标志；说着“波米话”的村民，是西村特有的人文印记。两者合一，述说着一个古老而又年轻的村落传奇。

洋墩之变

从兰海高速合山段出来，沿着乡村公路七拐八弯，一条顺着海堤而建的环村水泥路出现在眼前。堤外是浅海滩涂，茂盛的红树林一眼望不到头。水泥海堤道路右侧，有一个漂亮大花园，花园依村而建，小径葱郁蜿蜒，花团锦簇。小径一侧还有一汪鱼池，亭台楼阁倒影其中。沿小径穿过拂柳岸堤，便见一条暖色回廊，曲折着径往海中央延伸，掩映在红树林中……

这里，就是合浦白沙良港洋墩村。村子南高北低，东邻蛋地，南邻铁山港，西邻周墩，北邻良港，兰海高速合山段从村中部直通而过，海陆交通便利，四通八达，可以说是乡村一处少有的风水宝地。

听村民们说，海堤未建之前，每当台风潮汛，全村土地都泡在苦涩的海水中，一到夏天，方圆几里的盐碱地就泛着苦涩的盐花。海堤建起来后，此间盐碱地几经改良，逐渐以种植木薯、花生、玉米等作物为主，近年来，耐碱耐旱的海水稻才开始试种。虽然洋墩村土地瘦弱贫瘠，人多地少，但是附近海域海鲜资源丰富，螃蟹、沙虫、泥虫、泥鱼、肥螺、跳鱼不计其数，养育着这一方水土的人，村民们勤劳朴实、早出晚归，在日复一日的劳作中耕耘着属于自己的家园。

2010年3月，洋墩整村实施城乡风貌改造。该村企业家积极响应号召，在政府投资的基础上再捐资200多万元，把环村道路全部修葺一新，在村级服务中心旁建有一个农家乐，将废弃虾塘建成钓鱼基地，多处崩坏的海堤修成一个美景观海堤……数年之后，洋墩村民房外立马焕然一新，海边一式海景小洋楼，绿树掩映。整洁的道路，崭新的篮球场，标准的垃圾池，小型污水处理厂，农村沼气项目等基础设施一一建成，村中有未成年人校外活动中心、远程教育终端点、村级兽医室（卫生室）、新农村示范点、农家书屋等。乡村变城市，农民变市民，洋墩村俨然就是一个现代时髦的小集镇。

洋墩村怡人的生活环境，让村民们对美丽乡村工程有了更为直观的感受，进一步增强了他们致富奔小康的信心和决心，正是：

洋楼花香疑农舍，墩长岸阔红树景。
日子越过越红火，乡音不改村振兴。

（刊于2020年5月11日《北海晚报》）

风雨烟楼

合浦烟楼，恬淡地靠泊在南流江入海口一处港湾边上，那是一片偌大的廉州湾，传说这里曾经是中国古代海上丝绸之路始发港所在。此地港湾与冠头岭遥相呼应，隔海抱偎，远眺着烟波缥缈的涠洲岛，也许还有更远处的海南之南，南海之波……

“烟笼寒水月笼沙，夜泊秦淮近酒家”，这是晚唐诗人杜牧的怀古诗，悲悯、落寞，哀其不幸、怒其不争，充满了对命运蹇途的感慨叹息。

可以肯定的是，当年烟楼船火通明，肯定比世间青楼昏暗的宫灯亮堂；当年烟楼人声鼎沸，樯橹欸乃，肯定比秦淮河上的脂粉俗气牵动人心。也许盛唐时期杜牧豪情赋诗之时根本不曾想象，初唐基业乍开，万象更新，豪情万丈，少年天才王勃曾经万里颠簸，路经此地寻亲交趾。也许任何人都无法想象，当年此地瘴气弥漫，狼烟袅袅，战鼓声声，恍如眼前。当王勃踏着“潦水尽而寒潭清，烟光凝而暮山紫”的歌声，一路迤逦而来，其行色匆匆，浑然不知此处偏僻有风景，浑不知平凡风景里别有洞天。

穿越千年，烟楼杳去无踪；历经风雨，烟楼依旧在那。好在，潮水退后港湾还有；好在，岁月流淌在海港土地里的故事尚存。风雨无悔，岁月无痕，各自默默地向后来者讲述着那些曾经的遭遇，以及那些不曾失去或者失去过但又侥幸找回来的陈年往事。

当我顺着路牌指示，绕过一阵阵拂面的温湿海风，绕过一口又一口四面敞亮的池塘，终于看见了一座灰白汉式塔楼建筑。塔楼前面，生长有一大片蓬蓬勃勃的红树林。四周沙渚围成浅湾，机帆片片，好一派春和景明。恍惚中似有“爽籁发而清风生，纤歌凝而白云遏”之感，不觉生出“穷睇眄于中天，极娱游于暇日”的闲情意趣。

想当年，王勃年少成名，心高气傲，适逢滕王阁盛会，名士云集，筵席尚未开始，他曾小心翼翼地自谦“三尺微命，一介书生”。随着酒过三巡，遂本性毕露，不经意间口出豪言：一言均赋，四韵俱成。请洒潘江，各倾陆海云尔！活脱脱初生牛犊不怕虎。可惜的是，王勃最终兀自嗟叹“时运不济，命途多舛”，感慨“北海虽赊，扶摇可接”。轶史记载，王勃在合浦和交趾间往返，留下文曲星下凡的故事，也许冥冥之中真有天意，世间万物归宿去向，从人生出发时节早已注定。诸如此类野史俚语，无论真假如何，即使是点滴传说，寸言片语，都为北海历史人文增添了几许神秘。

央视大型古装历史正剧《沧海丝路》围绕当时世界第一大帝国——西汉王朝国家战略，讲述一个海洋版“张骞”式人物，率领一批海洋拓荒者肩负国家重托，履行传播华夏文明、加强经贸往来的神圣使命，从合浦乾体港出发，最终开创了彪炳史册的海上丝绸之路。在乾体港周边设置烟楼，既防倭寇海盗，又能示警安民。《沧海丝路》拍摄外景地选址烟楼，尽诉乾体港当年风云多变。沧海茫茫，丝路相连，充满着历史的寓意。

合浦秦称百越，属象郡地。西汉元鼎六年（公元前 111 年），合浦始立，乃南越国七郡之一，陆海商贸渐兴。自唐贞观以来，合浦郡治渐废。明洪武年初，合浦沿海岸区置“珠场八寨”（又称

“防寇八寨”）防倭。大约彼时开始，烟楼周边归属古里寨统辖。清代以来，又转归珠场巡检司治地。民国期间，此地建制更迭尤为频繁。新中国成立后，历经数次撤并，合浦之称才终于稳定下来。

2019 年春，“海丝首港”大型文旅项目在烟楼高调动工建设。项目设计理念依托古合浦郡丰厚的历史文化底蕴，借鉴汉代干栏建筑和珍稀文物藏品灵感，以海、港、船、城、街、楼等舞台背景为载体，开创北海历史文化全景交互式演艺先河。11 月初，先后获得“全国优秀村镇”“全国先进党组织”“全国文明村”等荣誉称号的烟楼村又光荣上榜“全国乡村治理示范村”名单……

2018 年秋，“北海生蚝”正式被批准为中国国家地理标志保护产品。北海生蚝，外壳坚硬，蛎体饱满或稍软，呈乳白色，体液澄清，有弹性，肥厚爽滑，滋味鲜香，有淡淡的海腥味，素称“海上奶牛”。廉州湾海域阳光充足，水温适宜，风浪较小，潮流畅通，多条江河在此入海，带来丰富的养分，远离城市工业污染源，无须人工饲料，乃大蚝生长的极佳环境。以烟楼为中心的一片浅海区域，所孕育出的生蚝蛎体饱满，肉厚肥美，蛋白质、钙、锌、牛磺酸等营养物质的含量均高于其他海域的生蚝，是真正的野生珍品大蚝。烟楼水儿村一处简易码头，正是生蚝养殖大户交易集散所在地。内港航道里，不时有机帆船“突突”往来不停，岸边地上蚝壳层层叠叠，影影绰绰，“蚝”情四射。

历史无言，文化有声。烟楼，晃晃悠悠走过 1300 多年。大浪淘沙，潮起潮落。它是一个海边居落族群延续成长的见证，它静观世事，不曾轻易动容。它，依然期待着一场不期而遇的风云激荡，它必定迎来烟波浩渺、荡气回肠的时代变革。

（刊于《泉州文学》2021 年 1 月总第 298 期）

静谧的古镇

合浦乾江港自秦汉以来，便是一个商贸重镇。这从不少史书的记载中和历年挖掘出来的大量汉代文物中，可得到印证。明清期间，乾体军港襟带两广，遥控琼崖、安南，乾江圩因此成为“雄藩海北”的军事要塞和海防前哨基地。随着时光变迁，水师营半军半渔，农人混合，军事要塞沦为平民聚居地，沿途烟楼、马鞍、禁山等地名犹见当年海防战垒的影影绰绰。

乾江古镇文化底蕴深厚。乾江天后宫与涠洲三婆庙渊源颇深，为北海建设的年代较早、香火兴盛、规模庞大的宗教场所。古圩上的开明乡绅沿袭古风学制设有珠乡最早的近代学堂——乾体学堂（现合浦县五中），距今已超过110年，另还设有私塾学馆十数所。乾江古圩学风兴盛，读书人层出不穷，近来的数十年之间，取得成就、颇有影响的教授、学者就有百位以上。乾江中学延续文风，秉承古训，校内古榕苍翠如旧，东西两楼风采依然。

乾江古镇携两千多年历史沧桑蹒跚走来，古迹遗址繁多。古镇民居建筑独具特色，青砖瓦房，街巷阡陌，庭院别致；菜圃果园，稻田鱼塘周边野花异草遍布，田园风光美不胜收。水星街寂静，历史陈迹隐现其中。

惜乎岁月蹉跎，沧海桑田，南流江入海口数次改道，海岸线屡屡变迁，导致乾江古镇河道几度淤塞，航海豪情戛然而止，渐渐沦为人声鼎沸、熙熙攘攘的渔养基地，丰厚的历史文脉沉溺于杂乱无章、烟熏火燎的菜市场包围之中，殊为可惜。

而今，从国家到地方，从官方到民间，“一带一路”的东风，吹开了海上丝绸之路沿途联合开发、发展的愿景。借北海协同广州、漳州等地全力推进海上丝绸之路联合申报世界文化遗产工作之契机，乾江古镇仿佛迎来百年机遇。

窃以为，依托合浦汉文化博物馆、南珠博物馆的建造、开放带来的聚焦效应，重新审视乾江古镇作为地方历史文化标志景观的真实价值正当其时。整合乾江古镇历史景观资源，重塑人文书香的浓郁氛围，应可提高北海作为海上丝绸之路始发港之一的人文魅力。

乾江古镇在静谧中期待着，一块集聚深厚历史人文、极具深度开发价值的风水宝地呼之欲出……

（刊于2015年11月11日《北海日报》第七版：人文，获征文三等奖）

金海湾畔有片红树林

北海的大冠沙风景区毗邻银滩景点，沙滩颜色却迥然不同，一条金色丝带在岸边蜿蜒伸展，纯净、温婉，令人惊艳，金海湾因此而名。大冠沙湿地位于北海市区东南面约15公里处，景区内海浪柔和，木麻黄挺拔坚韧，近海滩涂，更有一大片翠绿红树林映入眼帘，那是南来北往的候鸟和长年栖息的各类自然生物生存繁衍的场所。每年冬春季节，百种鸟类、昆虫、贝类、鱼、虾、蟹都在此缠绵嬉戏，动静相间，滩涂海水里虾兵蟹将挥螯大战，天空上翔鹭飞舞，此起彼伏，景象蔚为壮观，俨然城市边缘罕见的生物乐园和多样性海洋植物天堂。晨曦初露时，夕阳西下时，无数摄影发烧友持长枪短炮蜂拥而来，只为用镜头留住天边一抹美景，定格滩头一片美好。

相比广东湛江徐闻东南部2万多公顷的红树林国家自然保护区而言，金海湾区区2000亩红树林显得微乎其微，无足挂齿。与中国首批海洋类自然保护区之一，2000年成为联合国“人与生物圈”成员的山口镇近8000公顷国家级红树林自然保护区相比，也有不小差距。但金海湾景区的可贵之处在于，在北海倾力打造宜居城市的规划愿景里，它是离城市中央最近的一方净土——处于城市边缘，却是天然难得的休憩空间。红树林素称海上“森林卫士”，是珍贵稀有的木本胎生植物。为防风固堤，北海历年人工造林约有 500 亩，沿党江、沙岗、南康岸线分布。大冠沙景区内不仅木麻黄防护林硕果仅存，更有一片天然滩涂红树林，计有白骨壤、桐花树、秋茄、海漆、卤蕨和红海榄等多种红树植物，点缀着生机盎然的红树林生态湿地，成为城市呼吸系统中重要的风景线，让零星分散的、中看不中用的、孤芳自赏的大王椰、假槟榔之类伪风景无地自容。

伴随着高速的城市化进程，自然的绿地体系日渐减少，支离破碎的绿地在都市水泥的蚕食下勉强求生，自由式、原生态灌丛乔木及海洋生物多样性呈逐年退化趋势。但金海湾红树林不为所动，默默坚守。当四方游人从内陆大小城市的钢筋混凝土丛林中突围而出，摩肩接踵入得园区，尽览木麻黄林郁郁葱葱，清风摇曳；红树林虬根错节，老树新枝。偶见三两渔人赶海涉水归来，赤脚走在满地的黄沙上，踩满一地印记，挂着一脸满足，给远道而来的旅客留下无尽悬念……你还能说它小或大，有或无吗？

随着政府围绕建设“生态北海、滨海人居”的生态宜居文明城市的目标，以“碧海银滩”的生态发展理念，人工种植红树林，不断增加湿地植被面积，生态、植被系统渐渐恢复，公益人工林与干道绿化带蔚然成形，相得益彰，逐渐构成了相对连贯的城市次生林——湿地系统，在城市生态安全格局中发挥着越来越重要的作用，直接促进了银滩周边旅游人气持续升旺。周边居民赶海捞捕收获丰厚，笑逐颜开，从侧面反映大冠沙海域滩涂环境的不断优化。

2008 年 5 月，旅游管理者审时度势，依托滨海资源，发挥优势，把握良机，利用有关政策扶持，整合景区资源，因地制宜，大力发展滨海林下休闲旅游特色经济模式，林下产业与户外休闲拓展配合，金海湾红树林生态旅游区应时而生，顺势而成。几乎一夜之间，在原住民导游的热情推介下，耙海螺、挖沙虫、抓螃蟹、摸鱼虾之类“渔活”信手拈来，却成了最具北海疍家特色、最受游客欢迎和体验渔耕生活的新玩法。经年发展，金海湾景区初步形成具有较大辐射带动力的旅游规模经济，为创建国家4A级景区迈出了坚实的一步。时尚旅游，生态休闲。金海湾景区以力所能及的细节情怀，适应现代人亲近自然的愿望，将林下经济与地方经济、企业发展有机结合，探索出一条生态和谐的发展之路，带头树立起把北海变成“天常蓝、水常清、树常绿、地常净”的美好家园愿景，为游人带来“天蓝、地绿、水净、心宽”的民生期许，体现了人与自然相和谐的科学发展之美，践行了可感知、可评价的“美丽中国梦”——原来在城市日复一日铺天盖地的喧嚣楼盘包围中，也能通过我们的智慧和努力，创造出如许美丽的亲海型原生态景观！

美丽的大冠沙，红树林环抱下的金海湾，正带着温暖感人的人文之美，乘旅游大会东风，款款走入公众视野，走进都市百姓生活。

（刊于《广西工人报》2013年11月25日第八版：心香艺苑·创造者）

我的文学之路

一

少年是没有文学梦的，他梦见的都是行侠仗义、锄强扶弱的大英雄，或是会发明创造受人尊敬的科学家。但造化弄人，许是开蒙启智时读物缺乏，阅读时便有点饥不择食，《三国演义》《水浒传》《红楼梦》之类图书拿来就看，哪管它是竖排还是繁体，真正是不求甚解、囫囵吞枣，偏偏津津有味，乐在其中。

客家乡村历来主张耕读传家，祖辈坚信读书是改变后辈际遇的不二法宝。纵然生计维艰，卖谷卖物，也要想方设法让子女学会识文断字。老父秉承古训，最大的爱好就是闲暇时搬张凳子坐在天井旁边晒太阳边看书读报，幼小如我每每陪侍一旁，不免耳濡目染，初受熏陶。如果老父那天心情特好，十九有“古仔”听，那就是节日般的享受了。

杨绛在《读书苦乐》里说：每一本书，无论小说、戏剧、传记、游记、日记，以至散文诗词，都别有天地，别有日月星辰，而且还有生存其间的人物。后读《唐宋诗词赏析》，课堂上苦学文言古句而不得其解的惆怅竟若有所悟。哥哥精心摘抄的“笑话集”放假带回即被我占为己有，成了我当时的最爱，读至淋漓酣畅处，不免笑掉大“爹（牙）”，捧腹滚地直呼原来如“北（此）”——文学启蒙，也就自然而来。日积月累，看多看够，高中阶段竟不可救药地迷上了“文学”！

彼时，公中成立了文学社团，主事者得知我有一首小诗《节日》曾获得1988年度钦州师范学院征文奖，认为我肚里有点“料”，一致推选我做了主编。主编应该干些什么，我一窍不通，干脆随心所欲，率性而为。凡是送来审改的文稿，无论体裁，大肆圈点，任意涂抹，如此方显俺们水平。这或许与当时正处于青春期，做梦都与想方设法吸引异性目光的虚荣有关。有位肤白如雪、貌美如花的女同学居然还要“纠缠”着跟我讨教作文技巧，这简直叫人情何以堪，避之唯恐不及，虽然暗里窃喜！学生时期的节日总是灰色的，沦陷在淡淡的忧愁之中，可文章能变成“铅字”，毕竟是大家看得见的“好事”，因此大受鼓舞，借文学的名义把学校图书馆的藏书一扫而空，文学之梦不经意间如雨后春笋，一发不可收拾。过去经年，不知历届学子们还在苦心耕耘与否？

在以后跌跌撞撞的人生历程中，文学梦似乎从没间断过。在奔波不停的人生岁月里，我依然保留着一个根深蒂固的“恶习”：任何时候都书不离手，高兴时、失意了，都要读书翻报，别人高谈阔论或大快朵颐的时候，基本上就是自己读“书”的好时光。虽然始终没能因为痴迷“读书”而致仕发财，有时也曾苦恼过，努力想改掉这不合潮流之举，但是终究不成功——小小嗜好早已附骨入髓，万难放弃！

二

大约是在20世纪90年代中期，我来到了慕名已久的涠洲岛。

那时我已伤痕累累地从昆明回到家乡廉州，少年的无知无畏，狠狠地跌落至事业人生的低谷，虽然平日不知天高地厚地自诩是关在笼子里的哲人，可没人赏识，四处无门，竟以为憋屈失意简直胜过当年远道而来的汤显祖。乍然登上鳄鱼山灯塔，但见四海茫茫，目力所及，触景生情，任思绪烦乱也一并涤荡方休，那是怎样一种心旷神怡的境界！我在苦闷彷徨时无意中来到这个孤悬海外的化外之境，是冥冥之中早就有了预约吗？

不说岛上惊世骇俗的火山地质构造，不说随季节时令而变幻莫测的景观造型、植被意境，更不说秋夏时节，泉水甘润清甜，沁透心扉，海蓝得透彻见底，天白得使人怦然心动。光是入夜时分，一片听涛意境、阑珊灯火，徐徐入梦而来，缓缓幻化而去，这样纯洁干净得一尘不染的夜晚，纵有蝉虫喁喁，轻涛喃喃，皆条分缕析，不含丝毫的杂念，很容易让人心态平和，灵感迸发，一刹那间我如醍醐灌顶茅塞顿开。充满神奇传说的妈祖文化和“三婆庙”故事与晚清时期传入盛塘村的天主教文化共同形成了颇有海岛特色的二元宗教文明，岛上百姓安居乐业，祥和闲淡，少见争执纠纷。徜徉其中，明代著名戏剧家汤显祖“日射涠洲郭，风斜别岛洋”蕴含的诗情画意，不经意间流注笔端，发诸文字。离开涠洲后，业余写作不知不觉中成了我亲近墨韵纸香、怀想涠洲的最好方式。既然回忆总是令人无法抗拒，那就干脆再来一次最彻底的亲密接触吧。

2009 年的某一天，我又寻机回到涠洲岛工作。白日里，上班做事，生活游玩发呆数不误。夜阑人静时，我尝试着将内心感悟、生活游历见闻整理成稿，或展纸研墨，或轻击键盘，说不尽的秦时明月汉时关山，已踏梦而来，渲染开去……但有报纸刊登，欣喜之情无以言表，不时获得各种征文奖项，更让人喜难自抑。经常自觉不自觉地沉浸于“写作”的快感之中，一日不动笔，浑身不自在。

三

俗话说：天下熙熙，皆为利来，天下攘攘，皆为利往。也有人说，一个人心有多大，人生的舞台就有多大。如今世俗之风蔓延，经济为纲，商业至上，文脉渐颓，文风渐弱，街头巷尾，一拨一拨纷至沓来的羁旅过客你方唱罢我登台，又有几人能如闲云野鹤般洒脱？相比之下我更愿意行行且止，左顾右盼。

人这一辈子，其实不用一开始就费劲猜测长大后路在何方，更不用害怕人生的每一次转折茫无头绪，也不用担心一条歧道走到黑。大多数人此生平凡，很难有大富大贵、荣归故里的奢望。如果有幸能在日落日息之间，因为一个风马牛不相及的理由，于涠洲岛上寻得一隅静谧独处的空间，将热血澎湃、意兴阑珊化作小心翼翼安顿抚慰下来，伴着花开浪涌，牛车土路，钟声香雾，愉快地倚窗阅读，伏案笔耕，不问出处归期，不用寻根究底，笔之所至，触景生情，其实这何尝不是一种可遇不可求的别样生活。

在新人辈出的文坛众生江湖，有靠天赋才情取胜的，有以勤奋刻苦著称的，有以时髦取巧上位的，有以情感心声服人的……无论手法如何，如能发挥到极处，相信都可自成一家，不枉人世间走一趟。随着岁月蹉跎，转眼我已由蓬头稚子而鬓染霜华，内心千疮百孔而日渐痊愈。偶尔在疲累的人生旅程中稍作歇脚时，不自觉间想起在枯燥无趣的中学时期那难得泛起一丝情感涟漪的执着追求，想到客家山村逼仄狭窄的空间，时不时会漏进一丝半点的文学之光，给了我一个实实在在的惊喜，想到涠洲岛方寸天地之间居然大有可观风景迷人，不禁长叹青春美好，唯时光流逝不可重来。

因为文学，我发现了自己的不一般，找到了不一般的自己。纵然曾经彷徨歧路，经历天人交战，终归不敢妄自菲薄，自甘沉沦。因为文学，我毫不迟疑地重新埋首书桌，再次漫步于缪斯的神圣殿堂里，驾思想之帆，以文抒志。耕耘偶有所得，心灵渐有归属。生活，诚不我欺也。

文学写作，是生活为我重新打开的一扇门，引导着我亦步亦趋，欲罢不能……

（刊于20170221《北海晚报》第九版：文艺苑）